허균, 불의 향기

# 허균, 불의 향기

이진 장편소설

북치는마을

# 차 례

1부. 그날

# 한낮의 햇살

\*\*\*

푸우우!!

망나니가 입 안 가득 머금었던 물을 뿜어낸다. 하늘 가운데서 부서지는 희디흰 물보라…!

칼날 위로 뚝뚝 무지개 가루가 떨어진다. 언월도가 말간 하늘을 휘저으며 한바탕 공중제비를 돈다. 시퍼런 날빛이 닿는 곳마다 한낮의 햇살이 배인다. 해의 살점들이 은빛 비늘로 후두두……, 튄다.

소덕문 밖 장터 네거리 툭 트인 광장,

구경거리를 쫓아 각다귀 떼처럼 몰려든 흙발들이 몇 겹 울타리로 우릴 에워싼다.

그렇다, 우리! 죽일 자와 죽을 자.

수많은 사람을 죽이고 또 죽여도 저주받을 이름조차 없는 망나니 하나, 처형됨으로써 만고에 길이 이름을 남길 반역자 허균.

두 마리 광대!

# 1

풍경 하나가 홀연히 피어오른다.

스쳐간 수많은 날들 가운데 어느 한 날, 내 오랜 친구 매창과 시린 바람 한줄기로 남은 향아, 부안 객사에서 그들을 처음 만났던 그때…. 아름답고 쓸쓸하다. 휘황하고 처연하다.

차가운 칼날 아래 목 줄기가 얼어붙는 절대 공포의 순간, 어딘가 어루만져줄 손길 하나 남아있어 그윽한 환영幻影에로 나를 이끄는가?

풍경 속에 있는 나를 풍경 밖의 내가 본다.


한여름 밤의 빗소리가 창호지 문살을 촉촉이 적시고 있다. 무심한 듯 살뜰하고 밀어내는 듯 끌어안는 매창의 거문고 가락에 난 한참 취해있다. 하늘인지 땅인지 바다인지 계곡인지…, 치솟았다 내리 꽂히고 출렁이다 뒤집힌다.

현 위에서 파르르 떨던 그녀의 가느다란 손가락이 사뿐히 물러앉는다. 자작자작 내리는 빗줄기 사이로 새벽 이내가 기웃거린다.

"한 곡조 더 청해도 되겠는지…?"

"밤이 깊었습니다. 오늘은 이쯤에서 접으시지요. 잠자리 시중들 아이 하나 불러드리겠습니다."

매창은 내가 뭐라 답하기도 전에 문밖으로 기별을 보낸다. 도대체 내 맘을 아는 것인가, 모르는 것인가?

처음 매창을 보았을 땐 이리 단박에 가까워질 줄 몰랐다. 현감이 몹시 아끼는 보석이라도 내어 놓는 양 온갖 생색을 내며 그녀를 불러들였을 때 난 솔직히 놀랐다. 부안 최고의 기생이라는 소문에 값할 만한 외모는 아니었다. 귀염성 있는 오밀조밀한 눈코입이 봐줄 만은 했으나 돌아서면 그리 기억에 남을 것 같지 않은 평범한 얼굴이었다. 발랄함이나 싱그러움이 느껴지지 않는 누르께한 낯빛에다 눈가에 잡히는 잔주름으로 보아선 나이 또한 적지 않을 듯했다. 무엇보다 기생이라면 당연히 가지고 있으리라 여겨지는 특유의 홀림, 그러니까 나긋나긋한 콧소리라든가 끈적거리는 눈웃음이라든가 살풋 말려 올라간 입 꼬리 같은 게 그녀에겐 없었다.

친척 형님인 이귀 대감은 이런 기생을 두고 내게 신신당부였더란 말인가? 한 수레를 가져다준대도 눈가에 차지 않을 밋밋한 기생 하나에 폭 빠져서, 아직은 자기의 여인이니 시와 노래로는 어울려도 몸으로는 절대로 어울리지 말라고? 조선 최고의 감식안 허균을 뭘로 보고?

좋은 시간 보내라며 의뭉한 미소를 한 자락 깔면서 현감이 다른 기생들을 거두어 나가자 나는 몹시 아쉬운 눈으로 현감 놈의 뒤통수를 노려보았다. 그의 뒤를 따라 나가는 늘씬하고 화사한 아이들에 비해 매창은 사뭇 초라하였다.

"꽃밭은 텅 비고 쭉정이만 남았구나, 나리의 눈빛이 그리 말씀하시는군요. 남은 쭉정이 민망하게시리!"

호오, 이것 봐라! 내 실망감을 은근히 비꼬면서 제 초라함을 슬쩍 눙치는 당돌함이라니…, 어떻거나 신선했다. 호기심이 스멀스멀 피어올랐다. 헛된 이름은 없는 법이니!

"허헛! 다만 쭉정이로 보았다간 큰 코 다치리란 위협인가?"

"위협이라니요? 예언이겠지요."

매창이 설핏 웃음기를 흘리며 거문고를 무릎 위에다 올렸다. 조그맣고 가느다란 몸피 때문인지 거문고가 유독 크고 장엄해 보였다. 오른손에 술대를 쥐고 그녀가 거문고를 타기 시작했다.

밀고 당기고 찍어 내리고 긁어대는 술대의 가락에 맞춰 왼손 손가락들이 문현에서 유현으로 유현에서 대현으로 다시 문현으로, 바람처럼 물처럼 아무 걸림 없이 넘나들었다. 붉은 저고리소매 끝동에선 하얀 매화 꽃잎이 분분이 흩날리고…. 어느 순간 매창과 거문고는 한 몸이 되어 저 높이 날아오르고 저 멀리 사라졌다가 저 깊은 어디선가 솟구쳐 올랐다.

갸우뚱 기울어진 내 고개가 반듯하게 서고 비스듬히 벽에 기댄 허리가 꼿꼿이 펴지고, 손은 쥐고 있던 술잔을 내려놓았다. 연주가 이미 끝났음에도 그윽하고 깊고 웅장한 떨림이 날 놓아주지 않았다.

살포시 고갤 숙여 인사하는 그녀의 자태가 뭐라 표현할 수 없을 만큼 어여뻤다. 하늘 선녀가 있다면 바로 그런 모습이 아닐까 싶었다. 처음 보던 순간의 매창과 연주가 끝난 이후의 매창은 전혀 다른 여인이었다.

"큰 코 다치리라던 그대의 예언은 틀렸네."

숨을 고르며 잠시 고즈넉해 있던 매창이 눈을 휘둥그렇게 뜨고서 날 쳐다보았다.

"코를 다친 게 아니라 귀를 다쳤으니…. 천하의 허균이 부안 기생 매창의 거문고 가락에 귀를 크게 다쳐 이제 다른 이의 거문고 소리는 들을 수 없게 되었다, 이 말일세."

"호호! 귀만 다치셨습니까? 그 크신 눈은요?"

이런, 시골 기생에게 한 수 밀리고 말았다. 유쾌한 패배감이 전신을 훑어 내려갔다. 잘 익은 홍시마냥 붉고 촉촉한 그녀의 입술을 살큼 베물고 싶어졌다.

"내 눈이 얼마만큼이나 다쳤길 기대하는가?"

"나 아닌 다른 여인은 보이지 않을 만큼 심하게 다치셨기를…."

문득 유치한 시샘이 고갤 치켜들었다. 이귀 대감에게도 그런 식의 농담을 던졌느냐, 서울로 떠나버린 그와의 의리를 언제까지 지키려느냐, 하는 따위 어리석은 질문을 던지고도 싶었다. 스스로에게 무안해진 나는 공연스레 큰소리로 웃어젖혔다. 으하핫! 매창도 따라 웃었다.

동서고금을 넘나드는 시의 향연이 펼쳐진 건 그때부터였다. 거문고 연주에 못잖은 그녀의 노래 솜씨와 탐나는 시 구절에 무릎을 치며 감탄하는 동안 주고받은 술잔을 셀 수가 없다. 초저녁 하늘이 차츰 어두워지고, 어둠을 가르며 비가 내리고, 빗소리와 함께 새벽이 슬금슬금 내려앉기까지 그녀와 나의 대화는 잠시도 끊이지 않았다.

조정에 바칠 세미稅米:조세로 바치는 쌀를 법규대로 거두고 있는지, 지방관들이 혹 빼돌리진 않는지 관리감독 차 파견 나온 해운판관이란 사실도 잊고, 시와 노래와 술에 그리고 무엇보다 매창에게 난 완전히 빠져들고 말았다.

뒤가 구린 지방관들이 바라마지않는 그림 속으로 깊이 발을 디민 것이다.

마침내는 이귀 대감의 당부를 깨고 싶은 충동으로 몸이 달아올랐다. 조선천지 알만한 이는 다 아는 한량 허균이, 맘이 통하면 몸까지 통해야 진정한 만남이라 믿어 의심치 않는 솔직한 바람둥이 허균이, 맘을 홀딱 앗아가버린 여인을 눈앞에 두고서 손가락 하나 까딱 못하는 참담지경을 견뎌내야 한단 말인가?

하지만 매창은 한 치 망설임도 없이 내 잠자리에 다른 기생을 불러주겠다는 거다. 내 맘과 제 맘이 다른 게 분명했다. 그러니 견뎌야한다. 매창이 거문고를 거두고 술상을 정리하기 시작했다. 방문을 열고 나가려다 말고 그녀가 훅, 등촉을 껐다.

"저 아닌 다른 여인을 보실 수 없을 만큼 눈을 다치셨으므로…."

여인의 마음은 알다가도 모르겠다. 다른 여인을 굳이 불러주는 건 무엇이며, 그 얼굴을 보지 말라고 불을 꺼버리는 건 또 무슨 심사인가?


마당을 가로질러 아슴아슴 멀어지는 발소리…, 가시지 않은 여운을 지르밟고 기이한 향내가 끼쳐왔다. 달콤한 장미향에 시든 풀 냄새가 섞인, 아릿한 치자 향에 건조한 흙바람 내가 스민, 우아한 듯 메마르고 세련된 듯 고단한 향기가.

"향아라고 합니다."

목소리가 서늘하였다. 매창이 들여보낸 어린 기생일 것이다. 어둠 속에서 스적스적 옷 벗는 소리가 났다.

"지금 뭘 하는 겐가?"

문득 정신이 들었다. 매창에게 혼이 팔려 무슨 일이 벌어지고 있는지 미처 판단하지 못하였다. 짜증이랄까 서운함이랄까, 아니면 분노랄까 하는 미묘한 감정이 피어올랐다. 나 허균이 말 한 번 건네 보지도 않은 여인의 허리나 휘어 감는, 느낌 한 번 나눠보지도 않은 여인의 치마말기나 푸는, 그런 질 낮은 난봉꾼쯤으로 보였다는 말인가?

"물러가게."

"나리마님! 제가 또 무슨 잘못을 저질렀나 봅니다. 용서하십시오."

"무슨 잘못을 저질렀는지 알 순 없으나 용서를 해 달라…? 갈수록 날 더 부끄럽게 만드는군. 가보게."

어쩌자고 무조건 용서를 비는가? 상대의 무엇을 자극하려고 비굴함을 방패로 삼는가? 그래서 과연 얻어내는 게 하나라도 있었던가?

수도 없이 보아왔다.

*나리, 용서하십시오. 제 아들만은 살려주십시오.*

울부짖으며 매달린 어미는 전쟁 통에 화살받이로 끌려 나간 어린 아들을 결코 돌려받지 못했다.

*용서하십시오, 나리. 이마저 가져가시면 저 어린 것들은 다 굶어죽습니다.*

마지막 남은 알곡을 긁어가는 관리에게 하소연하던 늙은 할아비는 가차없는 매질을 피하지 못했다. 언제까지 그저 용서만 빌어댈 터인가?

"나리마님이라면 절 받아주시리라고, 결코 절 내치지 않으실 거라고…,

매창 언니가 그리 말씀하시기에….”

여인의 목소리가 촉촉이 젖어있다. 어떤 절박감 같은 것도 묻어났다. 어둠이 눈을 가리니 귀가 더욱 밝아진 걸지도 모른다. 금세 짠한 마음이 들었다.

“내가 그대를 내쳐서는 안 되는 까닭이 무엇인가?”

“나리마님, 저는 말보다 먼저 노래를 배웠고, 걸음마에 앞서 춤을 배운 기생입니다. 제 할미도 제 어미도 기생이었고, 언니도 동생도 그 처지를 벗어날 수 없는 기생이지요. 타고난 운명이기에 누구보다 성실하게 기생 본연의 임무에 충실하려고 노력해 왔습니다. 양반 나리들의 눈에 들어 저의 기명도 제법 높아졌더랬지요. 그런데 언젠가부터 외면 받는 신세가 되고 말았습니다. 명망 있는 분들의 후원을 받지 못하면 저는 수급비 노릇 외엔 아무 쓸모없는 기생으로 살아가야합니다.”

수급비란 물 긷는 여자종을 가리키는 말로 관청의 온갖 허드렛일을 맡은 제일 급 낮은 관비였다. 같은 관비라도 기생은 격이 다른 예인이었다. 어려서부터 다양한 분야의 기예와 문장을 익히고 또 그걸 자신 만의 무대에서 표현할 수 있는, 어찌 보면 당대 그 지역의 문화를 창조하고 이끌어가는 여성 인재들이랄 수 있었다.

그런 기생이 수급비로 전락한다는 건, 외모에 심각한 문제가 생겼다거나 성정이 거칠다거나 나이가 많이 들었다거나 등의 이유로 지방관에게 밉보였을 때가 아니면 지방관에게 영향력을 미칠 만한 선비들에게서 도외시당한 경우였다.

방안에 들어오자마자 대뜸 옷고름부터 풀어 젖히던 성급함과 달리 향아의 사설은 길게 이어졌다. 하지만 할머니에게서 듣는 옛날이야기도 아니겠고, 짙은 어둠 속에서 허연 그림자의 이야기를 듣고 있자니 어딘지 모르게 괴기스러운 느낌이 들었다. 등골이 서늘해지는 게 단지 목소리 탓만은 아닌 것 같았다.

"등촉을 밝혀보게."

"안 됩니다, 절대로 그럴 수 없습니다. 나리마님!"

향아의 만류는 울부짖음에 가까웠다. 품위를 지키려 노력했으나 호기심이 마구 솟구쳐 올랐다.

"내 후원을 받고 싶다면서? 내 영향력이 필요하다면서? 그렇다면 거기에 값할 만한 뭔가를 보여주어야 할 게 아닌가? 어서 등촉을 밝히게."

내 호기심은 치졸한 꼬드김으로 이어졌다. 대체 이 여인은 나의 무엇을 믿고 겁 없이 제 속내를 까발렸단 말인가?

"나리마님, 제발! 제발 그것만은……."

"꼬리가 아홉 달린 여우라도 되는가? 불빛을 받으면 펑 사라지는 도깨비라도 된단 말인가?"

"설마 그럴 리가요? 다만 제 얼굴을 보여드릴 수가 없어서…."

"나 허균이 소문난 바람둥이라고 하여 하룻밤의 인연을 아무하고나, 아무렇게나 맺는 오입쟁이인 줄로 오해하지 말게. 단 하룻밤의 인연도 가벼이 여기지 않았기에 조선 최고의 한량 소리를 듣는 거라네. 그 하룻밤들이 쌓여 한 해가 되고, 그 한 해들이 쌓여 또 한 생이 되는 것을, 마음이 통한다면야 얼굴이 무슨 문제겠는가?"

매창과 쌓지 못한 하룻밤 잠자리에 무슨 분풀이라도 하듯, 유별 나리마님이란 극존칭으로 날 부르는 향아에게 필요 이상의 추파를 던지고 있었다. 그녀의 기이한 향내가 더욱 강렬하게 코끝을 자극했다. *물러가라* 나무란 게 언제였던가 싶을 만큼 마음은 조급해지고 몸은 달아올랐다. 이런 걸 예견한 밀고 당기기라면 어둠 속에 앉아있는 이 여인은 고도의 전략가임에 틀림없다. 무슨 연유로 양반 떨거지들의 외면을 받기에 이르렀을까?

"나리마님을 믿겠습니다."

향아가 마침내 불을 밝혔다. 속저고리 아래로 얼비치는 뽀얀 젖가슴이, 흐늘거리는 속치마에 가려진 탄탄한 둔부가 내 남성을 사로잡았다. 하지만 무엇보다 내 눈길을 끈 건 빼꼼 내놓은 두 개의 눈동자 이외엔 하얀 명주보자기로 둘둘 감아버린 얼굴이었다. 벽란도 시전에서 우연히 마주쳤던, 눈만 빼고는 얼굴이고 몸이고 온통 천으로 휘감고 있던 아라비아 상인의 여자가 문득 떠올랐다.

"설마 아라비아 장사꾼 여자는 아닐 테고, 얼굴을 친친 휘어 감고서 잠자리에 드는 게 요즘 젊은 기생들 사이의 새로운 유행인가?"

풋! 분명 웃음소리였다. 경계를 지우고 차가움을 녹이고 완고함을 무너는 소리, 그렇다고 보자기를 풀 생각까진 없는 듯했다. 행여 내가 억지로라도 벗겨낼까 두려운 듯 그녀는 두 손으로 보자기 매듭을 꼭 쥐어 잡기까지 했다. 그토록 맹렬히 가리고 싶다면 그럴 만한 까닭이 있을 거였다.

"아라비아 상인의 여자도 남편과 잠자리에 들 땐 머리에 뒤집어 쓴 걸 벗는다던데 그대는 어찌…, 혹 얼굴에 화상이라도 입었던가?"

"나리마님께서 그걸 어찌 아시고…?"

그러잖아도 댕그란 눈이 화등잔만큼이나 크게 부풀었다. 정곡을 찔렀음에 틀림없다. 기생에게 얼굴이란 사내들의 온갖 되먹지 못한 공격을 막아낼 거의 유일의 방패였다. 어쩌면 노래나 춤이나 문장 같은 문화적 재능보다 더 귀중한 자산일지도 모른다. 그런 기생의 얼굴에 어쩌다가 화상자국이 남게 되었을까?

"그분이 저를 너무 아끼셔서…, 행여 다른 어른이 저를 탐낼까봐…, 어쩔 수 없이 그랬다고…. 서울로 떠나가시면서 따로 저를 불러 특별히 양귀비주를 권하며 위로해 주셨는데…, 술이 독했던지 잠시 정신을 잃은 듯도 한데…, 그 사이 촛불로 여기 왼쪽 볼을…….""

향아의 말은 뚝뚝 끊어졌다. 마치 말을 더듬는 아이처럼. 답답할 정도로 느리게 이어지는 이야길 듣고 있자니 가슴 속에서 작은 불덩이 같은 게 치밀어 올랐다. 그런 미친 작자들이 더러 있단 소문을 듣긴 했지만 피해 입은 아일 실제로 마주치게 될 줄은 정말로 몰랐다.

"어떤 놈인가?"

분명 최근 1~2년 사이에 부안이나 김제를 스쳐지나간 지방관이거나 그의 수행원, 혹은 그에게 빌붙어 다니는 친구나 친척 중 한 놈일 것이다. 어떤 놈인지 알아내어 당장이라도 잡아다 죽도록 패주고 싶었다.

기생 신분으로 태어난 아이에게 기생 일이란 생업이요, 몸 자체가 일터

이고 얼굴은 기생으로서의 성공을 위한 기초자산일 터였다. 더구나 관기란, 잘난 양반 사내들이 인정하고 싶지 않겠지만, 조선 관리들의 업무 수행 과정에 은밀하게 개입하여 시정施政에 적잖은 영향력을 끼치는 존재가 아니던가? 한 개인의 사적인 욕심에 휘둘릴 수 없고 또 휘둘려서도 안 되는, 어찌 보면 조선 여인으로서 유일하게 공적인 기여를 허용 받은 존재들이 아닌가 말이다.

"말씀드릴 수 없습니다."

"보복이 두려워 그러는가?"

"아니요. 반드시 절 데리러 오시겠다고…, 당장은 흉측하고 또 서럽겠지만 얌전히 기다리고 있으면 언젠가 서울 본가로 불러주시겠다고…."

순진한 건가, 어리석은 건가? 그럴 만큼 따뜻하고 의리 깊은 놈이었으면 정들인 아이의 얼굴 한쪽을 불로 지져 놓았겠는가?

"그걸 믿는가? 그렇담 다른 사내의 눈에 띄지 않도록 구석지에 처박혀 수급비 노릇이나 하면서 의리를 지킬 일이지 왜 내게로 찾아 들었나?"

안타까움은 답답함으로 답답함은 짜증으로 짜증은 다시 추궁으로 변질되었다. 그녀의 큰 눈에 눈물이 괴었다. 흰 명주보자기를 적시는 눈물방울이 알알이 내 가슴 속으로 날아와 박혔다.

그녀의 흔들리는 어깨를 끌어당겨 안았다. 시든 가을 풀 냄새를 헤치며 아릿한 치자 꽃향기가, 마른 흙바람에 실린 달착지근한 장미 내음이 내 갈비뼈 속으로 포옥 스며들었다.

# 2

포도군관 이의효는 차마 그를 바라볼 수 없어 고개를 돌렸다.

사지가 포승줄에 묶인 채 뿌연 흙먼지를 뒤집어쓰고서 사로잡힌 맹수처럼 포효하는 눈빛 형형한 사내, 그가 과연 좌참찬 허균이란 말인가?

사방팔방이 툭 트인 소덕문 밖 장터 네거리, 의효는 부하들을 시켜 열 걸음 이내로는 사람들이 접근할 수 없게끔 처형장을 빙 둘러 금줄을 치게 했다. 군데군데 경비병도 세웠다. 하지만 포졸들의 험악한 인상 따위 아랑곳없다는 듯 경계선을 무너뜨릴 기세로 인파가 몰려들었다. 대단한 구경거리라도 난 듯 밀려드는 그들의 무모하고 맹목적인 저돌성에 의효는 진저리를 쳤다.

망나니의 광대 짓은 군중이 늘어날수록 더욱 격렬해져 갔다. 하늘 가운데서 상모초리처럼 휘도는 언월도에 맞춰 자지러지게 맴을 돌다, 우뚝 멈춰 서서 사형수와 구경꾼들을 번갈아 위협적으로 노려보는가 하면, 문득 죄수의 뒤통수를 칼끝으로 찔러보곤 겁에 질린 척 뒤로 펄쩍 물러섰다가, 칼을 높이 치켜들어 허공을 난도질했다. 천생 광대였다.

*허균 대감이 무슨 죄냐?*

*간신 이이첨을 처형하라.*

망나니의 공포스런 춤사위를 흩뜨리는 소리가 어디선가 터져 나왔다. 비슷한 외침이 몇 군데서 산발적으로 이어졌다. 하지만 가차 없는 몽둥이질과 발길질이 순식간에 목소리의 주인을 짓이겨버렸다. 의효 휘하의 좌포청 포졸들은 아니었다.

의효는 한 발 앞서가는 아버지 이이첨 대감의 빈틈없는 대응에 등골이 서늘해져 왔다. 혹시 모를 소요사태에 대비하여 의금부와 훈련도감에다 인력충원을 요청하면서 만약의 경우 신속진압 역시 명령해둔 모양이었다. 웅성거리던 사람들은 이내 겁먹은 눈빛이 되어 누군가의 등 뒤로 숨기에 바빴다.

의효는 긴박했던 아침나절이 아버지에게 혹시나 간파된 건 아닌가하는 두려움에 사로잡혔다.

의효가 아버지의 부름을 받은 건 어둠이 질펀하게 깔려있는 새벽녘이었다.

"부르셨습니까?"

"난 그놈을, 넌 그 아일 없애야겠다."

방안으로 들어서자마자 이첨의 나직한 목소리가 울렸다. 우려했던 만약의 사태가 현실의 옷을 입겠다고 선언한 셈이었다. 의효는 짐짓 놀라는 표정을 지으며 물었다.

"왜 갑작스레 그런 결정을…?"

"개미에게 가장 위험한 적이 누구라고 생각하느냐?"

이첨이 되돌려준 질문은 다소 엉뚱했다. 그리고는 의효가 뭐라 답하기도 전에 말을 이어갔다.

"다른 개미 종이다. 서로 비슷한 습성을 가진 벌레들은 같은 서식지, 같은 먹이, 같은 사냥터를 원한다. 해서 개미는 개미와 싸우고 벌은 벌과 싸우는 것이다. 천한 것들이 서로를 더 업신여기며 못살게 구는 것도 바로 그런 이치다."

의효의 별 감흥 없는 맹한 눈을 쏘아보며 이첨이 혀를 찼다.

"쯧쯔, 모르겠느냐? 허균이 천한 것들과 붙어먹을 땐 우리의 적수가 될 수 없었다 그 말이다. 그런데 이제 그놈이 우리와 같은 존재가 되려한다. 어찌 더 이상 참아줄 수 있겠느냐?"

허균이 번듯한 가문의 적자로 태어났으면서도 자기와 동류인 양반보다는 그들이 버린 서얼 자식들이나 함부로 부리는 하급 아전들이며 종들과 더 친하게 지낸다는 건 의효도 잘 알고 있었다. 기생들과도 친구처럼 무람없이 지내는 바람에 그는 양반들 사이에서 늘 손가락질을 당하는 처지였다. 당대 최고의 권력 실세인 이이첨이 손을 잡아준 덕에 출세 가도를 달리는 와중에도 그의 버릇은 여전하였고, 그를 향한 대다수 양반들의 쑤군거림과 비아냥 또한 여전하였다.

"하면 아가씨는 어찌하여…?"

의효는 행여 사심의 한 조각이라도 드러날까 조심하며 지나가듯 물었다. 목소리엔 털끝만큼의 감정도 싣지 않았다. 아버지 이이첨 대감은 외손녀를 세자빈으로 입궁시켜, 현재는 물론 미래 권력까지 거머쥔 당대 최고의 권세가다. 한 발짝 삐끗하는 순간 천 길 낭떠러지가 자신을 집어삼키고 말 것이다.

"감히 세자빈을 넘본 죄다."

이첨은 생각할수록 화가 치민다는 듯 눈썹을 치켜뜨며 미간을 찡그렸다.

"세자빈의 나이 이제 겨우 열여덟이다. 아직 왕손을 생산치 못한 게 어찌 그 애 탓이라더냐? 허구한 날 궁녀들 뒤꽁무니나 쫓아다니는 세자를 책망하기는커녕 후궁을 들이겠다고?"

"그게 아가씨 탓은 아니잖습니까?"

의효는 '허균 대감을 이용하고자 아버지께서 적극적으로 추진한 일 아닙니까?'라고 따져들고 싶은 걸 꾹 참았다. 필요 없는 질문으로 자신의 속내를 드러내 보이는 건 어리석을뿐더러 위험하다.

"그렇다면 내 탓이라는 게냐?"

이첨은 자기가 아무런 관여도 한 바 없다는 듯 신경질적으로 되물었다.

"우리 손에다 그 아가씨의 피를 굳이 묻힐 필요가 있는지 여쭙고 있는 것입니다."

"후환거리를 남겨둘 필요는 없지. 재빠르게 움직여라."

이첨의 계산은 끝났고 되돌릴 수 없다. 그가 한 번 버리기로 작정한 패라면 어떤 말로도 그 걸 되살릴 수 없다. 의효는 입술을 굳게 다물고 일어섰다.

"미출일 데려가도록."

뒷걸음질로 물러나는 의효를 빤히 쳐다보며 이첨이 덧붙였다.

"쥐도 새도 모르게, 재빠르고 은밀하게 해치워야 할 일 아닙니까?"

"그러기에 미출일 데려가라는 것이다. 뱀처럼 교활하고 범처럼 사납고 개처럼 충성스러운 자다."

"저 혼자서도 충분합니다. 계집 하나 없애는데 장정이 둘씩이나 필요하진 않습니다."

의효는 덜컹, 가슴이 내려앉는 소리를 들었다. 계집 하나라니⋯? 그 여인이 그렇게 불려도 괜찮은 존재였던가?


늦은 봄 어느 날이었다. 허균 대감네 솟을 대문 안으로 들어서던 의효는 흡, 숨이 멎을 듯한 떨림으로 휘청거렸다. 연분홍 비단 댕기를 드리운 흑단의 머리채가, 봄 햇살이 미끄럼을 타는 동그마한 어깨가, 갓 피어난 목련꽃처럼 희고 뽀얀 목덜미가 그를 한 눈에 사로잡았다. 허균의 막내딸 인영이었다.

"어서 오십시오. 뵙게 되어 영광입니다."

인영은 누가 방문하는지를 이미 들어 알고 있는 모양이었다. 아버지 이첨이 야릇한 표정을 지으며 그녀를 위아래로 훑었다.

"이렇게 아리따운 아가씨를 꽁꽁 숨겨놓았다니! 허 대감, 이거 큰일 날 사람이로구먼. 왕께서 친히 교지를 내려 처녀를 숨기고 내놓지 않으면 1품 재상이라도 중죄로 다스리겠다 하셨거늘."

국혼 후 3년이 다 되도록 세손이 태어나지 않자 왕실에선 가문 좋은 집안의 아가씨를 세자의 후궁으로 들이고자 결혼적령기에 이른 처녀들에 대한 금혼령을 내린 바 있다. 그러나 종5품 소훈 직첩으로 후보자를 물색 중인 왕실에 선뜻 처녀단자를 바치겠다는 집이 없었다. 왜 안 그렇겠는가?

선조의 후비로 대군을 생산한 인목대비의 집안이 하루아침에 결딴나고, 왕실의 축복 속에서 태어난 어린 왕자 영창대군이 처참하게 살해당하는 걸 목도한 마당에 누가 그런 위험부담을 떠안으려 하겠는가 말이다.

의효는 가만 고갤 숙이고서 이첨의 말을 듣고 있는 인영을 이윽히 바라보았다. 파들거리는 귀밑머리와 이마에 도드라지는 실핏줄, 살포시 깨문 입술 사이로 새나오는 한숨소리로 보아 그녀는 왕실과의 혼담을 온몸으로 거부하고 있는 듯했다.

허균의 논리 정연한 문장으로 자신의 권력욕을 포장하고 싶어 하는 아버지 이이첨과 아직은 드러나지 않은 나름의 목적을 위해 이첨의 권력을 이용하려는 야심가 허균의 밀담이 도달할 결론은 빤해 보였다. 미래 권력에 대한 공동투자. 인영은 지금 그걸 두려워하고 있는 것일지 모른다. 하지만 아버지 이이첨의 그물망은 촘촘하고도 튼튼하다. 포획되어 버리면 아마도 벗어날 길이 없을 터이다.

"어서 들어오시지 않고 뭘 하십니까?"

허균 대감이 활짝 웃으며 방문을 열어젖혔다. 반백의 나이에도 장난기 넘치는 소년처럼 콧잔등을 허물며 웃는 사내, 의효는 그에 관한 수많은 험담과 비방에도 불구하고 그 웃음이 좋았다.

"얘기 나누십시오. 찻상 올리겠습니다."

비단실에 꿰인 초록 이파리들이 다홍빛 옷고름 사이에서 사르릉거리며 의효를 스쳐 지나갔다. 버들잎을 본떠 만든 녹옥 노리개가 서로 부딪히며 찰랑거리는 소리였다. 의효는 그 순간, 자신이 그 버들잎 중의 한 잎이 되었으면 싶었다.

"여기 서 있거라. 아무도 얼씬거리게 해선 안 된다."

이첨은 의효에게 경계를 명했다. 의효는 섬돌 아래 부동의 자세로 서서 아련히 멀어지는 인영의 뒷모습을 바라보았다.

희디 흰 이팝나무 꽃잎들이 분분이 날려 그녀의 붉은 치맛자락에 수를 놓았다. 길게 땋아 내린 머리채가 물잠자리 날개마냥 나풀거렸다. 아지랑이가 뽀얗게 피어오르고 새파란 하늘이 흐물흐물 녹아 내렸다. 행여 놓칠세라 의효는 눈 한번 깜빡하지 않고 바라보았다. 그녀의 발자국이 중문을 지나 안채 저 멀리로 아득히 사라져 갈 때까지.

나뭇가지 사이에서 참새들이 재재거리고, 노란 나비가 팔랑거리며 지나가고, 한낮의 햇살이 폭포수처럼 쏟아져 내렸다. 한 줄기 바람에 마당의 먼지들이 뱅그르르 회오리를 돌다 내려앉았다. 자박자박, 그녀의 발소리를 포착할 수만 있다면 한 생生이라도 그리 아깝지 않을 것 같았다.


이첨이 일어섰다. 입궁을 서두르는 눈치였다. 의효는 머릿속에 일렁이는 그 봄날의 정경을 지웠다.

"순진한 것. 그러니 데려가라는 것이다. 이 일은 그저 계집 하나 없애는 일이 아니다."

이첨의 목소리엔 설핏 노기마저 서렸다. 하지만 의효는 쉽게 물러서지 않았다. 그와 아버지와의 사이에 자존심의 경계라는 게 있다면 그건 바로 미출일 것이다. 놈은 이이첨 대감이 가장 신뢰하는 심복이라는 자부심에 겨워 제 주제를 모르고 날쳐댔다. 놈과 함께 간다면 일거수일투족이 아버지에게 고스란히 보고될 것이다.

"절 믿지 못한단 말씀입니까?"

"그 계집을 믿지 못하는 것이다. 두 말 말고 데려가라."

이첨이 대청마루를 내려서며 다시 한 번 다짐을 주었다. 미출이 충성스런 부하처럼 의효의 등 뒤로 바짝 따라붙었다. 허리춤에 단도까지 꿰어 찬 꼬락서닐 보니 화가 치밀어 올랐다.

"따라올 필요 없다."

"대감마님의 명이 있었습니다요. 뒷수습은 쇤네 몫이라고요."

뒷수습이란 말이 함의하는 피와 죽음의 냄새에 온몸의 피가 거꾸로 솟구치는 듯했다.

"꺼져! 한 번만 더 어른거리면 네놈 모가지는 없다."

"정히 그러시다면 도련님의 부관께서 조금 전에 어딘가로 급히 달려가는 걸 봤노라 대감마님께 여쭐 수밖에요."

의효는 그대로 멈춰 섰다. 사위는 아직 어둠에 잠겨 있다. 실눈썹 같은 하얀 그믐달이 동산 위로 빠끔히 자취를 드러내려는 참이었다.

"감히 날 협박하는 거냐? 내 부관 놈이 한밤중에 어딜 가든 그게 나랑 무슨 상관이냐?"

"전 단지 본대로 말씀드릴 뿐입지요. 판단은 제 몫이 아닙니다요."

"버러지 같은 놈!"

의효는 마구간에서 말 한 필을 끌어냈다. 그리고는 채찍을 들어 잠에 겨운 말의 엉덩이를 사정없이 후려갈겼다. 헐레벌떡 의효의 뒤로 따라 붙는 미출에게도 채찍이 날아갔다. 휘익! 사나운 바람소리가 미출의 어깨를 스치고 지나갔다.

"어이쿠!"

미출이 땅바닥으로 나동그라졌다. 의효는 뒤도 돌아보지 않고 허균 대감네 상곡 집을 향해 내쳐 달렸다. 미출의 눈과 귀가 어디에 박혀 있을지 모르는 판에 인영의 피신처로 마련해둔 마포나루 유모네 집이 들통 나서는 안 되는 일이었다. 눈치 빠르고 충성스럽기 그지없는 부관에게서 자신의 명령을 빈틈없이 수행했다는 보고를 받기 전까진.


동녘 하늘 저 멀리서 부연 새벽빛이 슬금슬금 기어 내려왔다. 허균 대감네 숫을대문 위로 똬리를 틀고 앉은 허연 새벽안개 사이로, 여전히 붉은 빛을 토해내는 배롱나무 시든 꽃잎들 사이로.

사위는 그저 고요했다. 아주 오랜 옛날부터 언제나 그래왔던 것처럼, 태고의 침묵 속에서 늘 그렇게 멈춰 있었던 것처럼. 의효는 둔중한 고요에 압도되어 한참을 망연히 서 있었다.

푸푸! 말이 콧바람을 내뿜으며 그르릉거렸다. 무엇인가 뒤척이는 듯한 미묘한 진동이 어렴풋이 느껴졌다. 말이 내뿜는 숨소리와는 다른, 가느다란 떨림 같은 것이. 의효는 그대로 멈춰 서서 온 몸의 감각을 열었다.

인영이 기거하는 별채 뒷담에서 산자락으로 이어지는 야트막한 풀숲 너머, 키 큰 나무들이 우거진 에움길 안쪽에서 검푸른 새벽빛을 뒤집어 쓴 그림자 하나가 일렁이는 듯 했다. 의효는 칼을 빼들고 내달렸다.

"꼼짝마라! 누구냐?"

"군관나리! 죄, 죄송합니다."

시커먼 그림자가 제대로 몸을 가누지 못한 채 신음소릴 깨물며 간신히 대답해왔다. 부관이었다. 소리 소문 없이 인영을 마포나루로 수행해 갔어야 할, 의효가 가장 믿고 아끼는 바로 그 부관이었다.

"어찌 된 일이냐?"

"아가씨를 빼앗겼습니다. 칼 솜씨가 저로서는 도저히……."

"뭐라?"

"막 아가씨를 모시고 나오는데 별안간 그놈이 절 덮쳤습니다. 죽을힘을 다해 놈을 뒤쫓았지만 역부족이었습니다. 보시다시피 이렇게… 죽여주십시오."

부관은 입술을 앙다물고서 어렵사리 말을 이어갔다.

"그놈이라니, 누굴 말하는 게냐?"

부관은 낭패한 빛으로 고개를 저었다.

"그게 누군지는 도저히, 의금부 나졸이나 뭐 그런 자 같은 옷차림이었습니다만 제대로 얼굴을 볼 수가 없어서…."

도대체 어떤 놈이란 말인가? 인영을 구하려는 자인가, 해하려는 자인가? 몇몇 가능성이 의효의 머릿속을 스치고 지나갔다.

허균 대감이 보낸 자일까? 딸을 안전한 곳에다 숨기고자 자신이 기르던 군사 중 한 놈을 보냈을 수 있다. 하지만 이첨의 배신을 알 리 없는 그가 세자의 후궁으로 간택된 인영을 섣부르게 빼돌리려 하진 않았을 것이다. 주도면밀한 이첨은 아들에게조차 자신의 본심을 조금 전에야 알려주지 않았던가?

설마 아버지 이이첨 대감이? 인영을 향한 의효의 연정을 눈치 챈 그가 아들을 시험해 보고자? 하지만 그 정도 대담한 일을 벌이려면, 조선 최고의 무사로 꼽히는 자신과 감히 대적할 만한 놈을 골랐어야 한다. 설령 그렇더라도 굳이 그런 우회로를 택할 필요가 있었을까?

부관이 거친 숨을 몰아쉬었다. 풀숲은 그의 피로 검붉게 물들어 있었다. 그의 어깨와 옆구리, 그리고 고관절 아래 허벅지에 이르기까지 깊은 칼자국이 여러 군데였다. 의효는 마음속에 이는 의문들을 일단 접었다. 더 이상 피를 흘리게 두었다간 목숨이 위태로울지도 모른다. 그는 부관을 말에 태웠다.

"곧장 의원에게로 가라."

"나리! 혼자서는 위험합니다."

"나, 이의효다. 감히 어떤 놈이 날 대적한단 말이냐?"

"그리 쉽게 보셔서는 아니 되는……,"

부관의 말이 채 끝나기도 전에 의효는 말 엉덩이를 후려쳤다.

나리이~! 부관의 외침과 말발굽 소리가 동시에 멀어져 갔다. 의효는 장검을 빼들고서 바람처럼 노도처럼 산길을 헤쳐 나갔다. 바짓가랑이가 순식간에 축축이 젖었다. 밤새 머금은 이슬방울을 하릴없이 빼앗긴 풀잎들이 스적스적, 앓는 소리를 냈다.

생각은 더 길게 이어지지 못했다. 조정대신들이 형 집행과정을 참관하러 나오리란 전갈을 받은 때문이다. 왕의 명령은 단호하고 지엄했다.

*만조백관은 한 사람도 빠짐없이 역적의 최후를 낱낱이 지켜보고 만고의 교훈으로 삼으라.*

왕의 명령이 아니었더라도 그들은 허균 처형이라는 특별한 사건을 목격하고픈 욕망에서 절대로 벗어날 수 없었을 것이다. 의효는 부하들을 시켜 금줄 안 쪽, 일반 백성이 넘어 들어올 수 없는 경계선 구역에다 조정대신들의 자리를 만들었다. 망나니의 현란한 칼춤이 바로 코앞에서 펼쳐지는 자리, 사형수의 핏방울이 튀어 박힐 수도 있는 자리, 최전방의 구경꾼들이 길게 손을 뻗으면 옷자락이 만져질 수도 있는 자리였다.

아버지 이이첨을 필두로 우의정 박홍구와 대사헌 남근, 대사간 윤인과 승지 한찬남 등 의효가 집에서 한 번쯤은 만난 적 있는 고관들이 소덕문을 지나 한 명 한 명 모습을 드러냈다.

우우, 소리 나지 않게 입술을 말아 뱉는 낮고도 얕은 소리들이 발밑을 휘돌아 나갔다. 숨죽인 듯 가느다란 휘파람 소리는 어쩌면 비난처럼도 항의처럼도 들렸다. 하지만 그 소리는 뻣뻣하게 목을 세운 조정대신들의 귓전에까지 가 닿지는 못했다. 어디선가 시작된 조직적인 외침이 가느다란 휘파람 소리를 뒤덮기 시작한 때문이다.

*죽여라! 죽여!*

*처형하라! 효수하라!*

섬뜩한 구호가 그 세를 불리며 파도처럼 밀려왔다. 조금 전과는 전혀 결이 다른 분위기에 의효는 깜짝 놀랐다. 뭔가 자연스럽지 못하고 생경하고 어색스러웠다.

<br>

## 3

홍희는 반 쯤 열린 사립문 앞에 멈춰 섰다. 막상 돌한일 만난다고 생각하니 가슴이 뛰었다. 녀석이 제 아버지 허균 대감을 찾아 집을 떠난 이후 어느덧 3년 가까운 세월이 흘렀다.

"혹시 여그가 박충남 나리의 집인지…?"

안 마당은 성근 물결무늬로 가득했다. 싸리비가 쓸고 지나간 흔적이었다. 그 위론 발자국 하나 찍혀있지 않았다.

"우리 아버진데요."

"그라믄 여그서 곁방살이 하는 허돌한이라고…."

홍희는 말끝을 얼버무렸다. 존대어로 깍듯한 예우를 갖추기엔 집주인이 너무 어려 보였다.

"오늘, 형 찾는 사람 많네. 누구시래요? 형 지금 없는데."

제대로 집을 찾은 게 확실했다. 홍희는 정갈한 물결무늬를 밟으며 성큼 울안으로 들어섰다. 돌한의 삶이 어머니가 걱정했던 만큼 그리 팍팍하지는 않았으리란 안도감이 홍희에게 자신감을 주었다.

"어디로 가야 만날 수 있제?"

"글쎄요. 누구신데…?"

고개를 갸웃거리는 아이의 등 뒤로 낡아빠진 책 한 권과 깨진 벼루며 먹, 종잇조각 따위가 어지럽게 흩어져 있는 게 보였다. 새까맣기 짝 없는 녀석의 손가락엔 가는 붓이 쥐어져 있었다. 땟국이 질질 흐르는 해진 바지저고리 차림의 꼬락서니와는 영 어울리지 않는 소품들이었다. 홍희의 눈길을 의식했는지 아이가 슬그머니 두 손을 뒤로 감추었다.

"책을 베꼈더니만 먹물이 튀어서…….”

"책을 베꼈다고? 니가?"

홍희는 자기도 모르게 아이에게 바짝 다가들며 따지듯 물었다. 책을 베낀다는 건 글을 읽고 쓸 줄 안다는 말이다. 베끼고 싶을 만큼 책의 재미에 푹 빠져들었다는 뜻이기도 하다. 하지만 그게 콧물을 소맷자락으로 쓱 훔쳐대는 여남은 살 꼬마 녀석이 일상적으로 할 만한 일은 아니었다.

"장에 내다 팔 거예요. 엄청 재미나요. 한 권 살래요?"

어리숙한 손님을 만난 장사치처럼 녀석이 반색을 했다. 그러더니 마룻바닥에서 원본 책을 집어 내밀었다.

'홍길동전, 허균 지음'

홍희는 화들짝 놀랐다. 홍희 자신이 필사하여 집 떠나는 돌한에게 선물로 주었던 바로 그 소설책이었다. 글과 삶이 어긋난 아비를 굳이 찾아나서는 돌한에게 행여 기대 따위 갖지 말라고, 이런 글을 쓰면서 정작 자기 자식은 제대로 돌보지 않은 위선자의 실체를 보라고, 돌한의 누나로 살았던 십오 년 세월의 진심을 담아 저자의 이름까지 책 겉장에다 명기해 주었던 것인데….

"보통 닷푼을 받지만 형을 찾아온 손님이니까 특별히 깎아드릴게요. 서푼만 주세요. 돌한 형이 빌려준 책이니 양심상 그 정도 에누리는 해드려야죠."

아이는 값을 묻기도 전에 깎아주겠다고 나서는 한 편, 사겠다는 의사표시를 하지도 않았는데 낱장들을 차례대로 모아 네 귀를 반듯하게 맞추기 시작했다. 능청맞은 장사꾼임에 틀림없었다.

"그걸 팔아서 뭐할라고?"

"쌀이 다 떨어졌어요."

"왜 니가 쌀 걱정을 혀? 아부지가 호조 아전 아닌겨?"

홍희는 정작 그 집을 찾은 목적조차 잊고 아이와의 실속 없는 대화에 정신을 놓았다.

"아, 모르시는구나. 울 아버지 얼마 전에 짤렸는데….."

"……?"

"그놈의 오지랖을 누가 말리겠어요? 그건 그렇고 누구신데 돌한 형을 찾으신대요?"

정작 핵심을 놓치지 않은 건 아이였다. 네 귀를 반듯하게 맞춘 홍길동전 필사본에다 송곳으로 몇 군데 구멍을 뚫고, 무명실을 꿰 넣어 한권의 책으로 묶느라 손이 바쁜 와중에도 홍희의 정체와 방문목적에 대해 묻는 걸 잊지 않았다.

"나가 돌한이 누나여. 전라도 부안에서 왔구만."

아이가 문득 일손을 놓고 홍희를 찬찬히 훑어보았다. 바지차림에 패랭이를 눌러 쓴 홍희의 꼬락서니가 도무지 여성스러워 뵈지 않아선지, 아니면 홍희의 정체를 믿기 어려워선지 모를 일이었다. 하지만 그도 잠시, 녀석은 이내 고개를 숙이고 무명실의 마지막 매듭을 묶으며 심드렁하게 말했다.

"형을 찾을 수 있을라나? 포졸들한테 쫓기는 신세라…."

"뭔 소리여??"

"역적질을 했다나, 어쩐다나!"

홍희는 도대체 요점을 잡을 수 없었다. 역적이라면 간이 배 밖으로 튀어나온 작자들이, 왕이 되겠다며 설치다가 제 간을 수습하기도 전에 모가지가 먼저 떨어지는 비극의 주인공들 아니겠는가? 세상 사람들의 눈과 귀를 온통 끌어당길 특별한 능력을 보여줘야 하는 만큼, 어지간히 위상도 되고 깜냥도 되어야 할 수 있는 게 아니던가?

"아야, 꼬맹아! 역적이 뭔지나 알고 하는 소리여?"

"꼬맹이 아니고 아지걸랑요? 박아지. 좀 창피한 이름이긴 해도 꼬맹이보단 나아요."

아이가 이마에 핏대를 세우며 발끈했다. 자기도 모르게 피식 새나오는 웃음을 참으며 홍희가 녀석의 손에 들린 책을 낚아챘다. 아이의 상한 자존심을 보상해줄 손쉬운 방법이 있다는 건 다행스런 일이었다. 홍희는 서 푼에다 두 푼을 더 얹어 건넸다. 아이의 얼굴에 이내 화색이 돌았다.

"그러니껜 아지, 아지라고 했제? 쪼깨 알아듣기 쉽게 말해주믄 좋겠는디…."

"말 그대로예요. 좀전에 우리 집도 한바탕 털렸다니깐요. 도망친 역적 잔당들을 잡는다며 쳐들어와선 마당이고 헛간이고 마룻바닥이고 사방팔방 흙발로 지근지근 밟고, 닥치는 대로 뒤집어엎고 깨고 부수고, 그런 난리가 없었어요. 값나가는 게 별로 없어 망정이지, 하여튼 청소하느라 얼마나 내가 고생을 했는지 몰라요."

홍희로선 여전히 무슨 말인지 이해할 수 없었다.

"니가 알랑가 모르제만 돌한이 아부지가 허균 대감이여. 거 뭐시냐, 여동생인가는 세자마마한테 시집도 간다드만. 자기가 무슨 홍길동이라고 고런 골치 아픈 일을 벌이겠냐? 암만해도 니가 뭘 잘못 알았겠제."

아이가 홍희를 쳐다보며 한숨을 푹 내쉬었다.

"바로 그 허균 나리가 오늘 아침에 옥에 갇혔다니깐요. 군사를 이끌고 창덕궁으로 올라 가다가 관군들하고 한 바탕 야무지게 붙었대요, 글쎄! 울 아버지가 그러는데 이이첨 그 개자식이 배신을 했대요."

아이의 입에서 흘러나오는 말들은 갈수록 해석하기가 어려웠다. 여튼 돌한에게 엄청난 위험이 닥쳤고, 그 위험은 바로 잘난 아비 허균 대감 때문이라는 것만은 확실해 보였다.

"그래두 다행 아니에요? 형을 찾는 사람이 이리 많은 걸 보면 어떻거나 도망을 쳤다는 말이니까."

애늙은이 같은 녀석의 대꾸에 홍희는 할 말을 잊었다. 그렇다고 그냥 되돌아 설 수는 없었다. 아이의 입에서 나온 이야기들이 사실인지부터 확인해야 했다.

"니 아부지를 좀 만났으믄 싶은디?"

"의금부 옥사 앞에서 대감을 석방하라며 시위하고 계실 걸요. 허균 나리
라면 죽고 못 사는 양반이라…. 모셔다 드려요?"

녀석은 얹어 받은 책값 때문에 하는 수 없이 길잡이 노릇을 해주는 거라
며 너스레를 떨었다. 종로 안통이 가까워지자 길거리가 부쩍 혼잡해졌다.
싼거리를 파는 장사꾼이라도 나타났는지 골목마다 북적거리는 사람들로
넘쳐났다.

'좋은 자리 차지할라믄 남들보다 앞서 가야지요.'

'에효, 뭐 그리 좋은 귀경꺼리라고.'

어디서 놀이판이라도 벌어진 모양이었다. 두 부부가 홍희의 어깻죽지를
밀치고선 미안하단 말도 없이 바삐 지나갔다. 순간 아지의 얼굴에 얼음 같
은 냉기가 훅 끼쳤다.

"쬐끄만 게 어른들한테 시비 붙어봐야 좋을 거 없제. 언능 가던 길 가드
라고."

"그게 아녜요. 잘 들어봐요."

녀석이 멈춰 섰다. *능지처참이래! 목을 친다던데?* 어디선가 오싹한 말들
이 길바닥에 떨어져 구르고, 수백 수천의 짚신이 우루루 내달리는 소리가
천둥처럼 울려왔다. 아지가 홍희의 손을 획 잡아챘다. 그러더니 다른 이들
과 같은 방향으로 내달리기 시작했다. 왜 그러는지 물을 새도 없이 홍희는
녀석에게 끌려 겹겹이 쌓인 인파 사이를 헤쳐 나갔다.

*죽여라! 죽여!*

듣기에 따라선 누군가를 응원하는 것도 같은 흥분 가득한 구호가 홍희의 귓전을 때렸다. 장터거리를 가득 메운 인파 너머로 육중한 성문이 바라다 보였다.

소덕문.

강화나 인천으로 오고가는 사람들이 통과하는 문이면서, 죽은 자를 도성 밖으로 내보낼 때 주로 사용하는 서소문이었다. 그 앞에서 수많은 사람들이 겹겹이 울타리를 치고서 목청껏 외쳐대고 있었다.

*처형하라! 효수하라!*

"누굴 죽이라는 거래요?"

물정 모르는 낯빛으로 묻는 홍희에게 한 사내가 큰소리로 나무랐다.

"역적 허균이지 누구겠소? 우리 임금을 해치고 나라를 말아먹으려던 놈을 여직 모른다는 게 말이 되오?"

주변에 몰려있던 덩치 큰 사내들이 눈을 부라리며 명령조로 다그쳤다.

"우리를 따라 큰 소리로 외치시오. 죽여라! 죽여!"

그들은 필요 이상으로 목청껏 내질렀다. 사람들의 흥분을 돋우려 작정이라도 한 것처럼. 평소 길거리에서 눈치나 보며 지나다니는 평범하고 힘없는 백성들 같아 보이진 않았다. 아니나 다를까 그들의 선창을 받아 수많은 사람들이 후렴구라도 외듯 소릴 질러댔다.

*죽여라! 죽여!*

홍희는 예리한 시선으로 주변을 훑었다. 여기저기서 비슷한 분위기가 연출되고 있었다. 선동자가 있다는 느낌을 지울 수 없었다. 아지는 사람들 사이로 미꾸라지처럼 파고들며 앞으로 앞으로 나아갔다. 홍희는 아지를 놓치지 않으려 정신없이 뒤쫓아 갔다. 투덜거리는 사람들, 째려보는 사람들, 비켜주지 않으려 버티는 사람들을 젖히며 필사적으로 아지의 뒤꽁무니에 따라붙었다. 누군가의 발을 밟고 누군가와 어깨를 부딪치고 등에 달라붙는 욕설을 털어내며 마침내 금줄이 쳐진, 경비병들이 막아선 최전방으로까지 나아갔다.

웃통을 벗어부친 거대한 몸집의 망나니가 양 볼을 개구리 울음주머니처럼 불룩 부풀린 채 언월도를 치켜들고 서 있는 게 보였다. 그리고 그 아래 무릎 꿇린 채 짐승처럼 묶여있는 사내 하나.

오랜만에 보는데도 홍희는 그를 알아볼 수 있었다. 흙먼지와 땀으로 얼룩진 형편없는 몰골이어도 그는 분명 그였다. 어머니 비금의 도련님, 매창 이모의 그분, 그리고 향아 이모의 나리마님이자 돌한의 아버지 허균!


"이름이 뭐고?"

까마득한 어린 시절의 어느 한 날이, 홍희를 이윽히 바라보던 그의 눈길이 소롯이 떠올랐다. 발가락에 물집이 잡혔다 터지고 다시 잡혔다 터지기를 반복하면서 어머니의 손을 잡고 하염없이 걸은 끝에 도착한 으리으리한 기와집에서였다. 휘황찬란하게 차려입은 예쁜 선녀들이 홍희 모녀를 흘끔거리며 지나갔다. 홍희는 그가 자기를 번쩍 들어 올려 하늘 가로 빙글빙글 돌려주지 않을까 기대하며 목을 가다듬었다.

"홍희래유. 이홍희!"

바로 그 순간 어머니가 냉큼 나서서 대답을 가로챘다. 홍희는 몹시 허탈하고 또 서운했다. 대여섯 살 홍희로선 도무지 알아들을 수 없는 이야기를 쉬지 않고 주고받았으면서, 홍희에게 주어진 모처럼의 기회조차 어머니가 앗아가 버렸으니 말이다.

"애 아범은 어디 있는가?"

"에구, 도련님! 말씀드리자믄 긴 데 그러니껜 애 아배 되는 양반은…."

홍희는 주저앉아 발을 구르며 울고 싶었다. 어머니가 미워 견딜 수 없었다. 발가락이 아파 한 걸음도 떼기 싫을 때마다 *요리 게으름 부리믄 니 아배 못 만난다* 라며 하루에도 몇 번씩 으름장을 놓곤 하던 어머니였다. 그런데 마침내 도착했다고 생각한 바로 그 순간, 애 아범은 어디 있느냔 질문을 받고 있는 어머니라니! 홍희의 귀에 어머니의 대답 따윈 더 이상 들어오지 않았다. 홍희는 뾰로통한 얼굴로 어머니의 등을 노려보았다.

어머니의 구구절절한 변명이 다 끝나기도 전에 그가 대청마루를 성큼 내려섰다. 그리고는 홍희에게로 다가왔다. 홍희의 눈높이에 맞춰 쭈그려 앉은 그가 홍희를 가만히 바라보았다. 더할 나위 없이 다정하고 따뜻하고 부드러운 눈빛이었다.

"오밀조밀한 이목구비가 한 떨기 산다화로구나."

머릴 쓰다듬으며 그가 중얼거렸다. 한 떨기 산다화, 홍희는 그게 뭔지 몰랐지만 기분이 좋아졌다. 뭔가 특별한 사람이 된 것 같아 어깨가 으쓱 올라가기까지 했다.

"이보게, 매창! 내 누이나 마찬가지인 손님이니 머물 곳을 알아봐 주게."

가야금인지 거문고인지를 안고서 물끄러미 그들 모녀를 바라보고 있던, 조금쯤 피곤해 보이는 기색의 선녀 하나가 섬돌을 딛고 내려와 홍희의 손을 잡았다.

"얘, 향아야!"

흰 보자기를 둘러쓴 다른 선녀가 종종거리며 나타났다. 꿀 항아리라도 싸듯 머리통을 둘둘 감아 눈만 빼꼼 내놓은 모습이 참으로 이상했다. 늦은 오후의 햇살이 그녀의 하얀 명주보자기 위에다 알록달록 수를 놓았다. 노랑나비, 흰나비, 고추잠자리, 물매미…. 날개달린 예쁜 벌레들이 보자기 위에서 맴을 돌았다. 홍희는 그 신기한 보자기를 뒤집어쓰고 싶어졌다.

"나리의 친척 분들이란다. 일단 네 집에다 모시렴."

보자기 선녀는 말없이 고개만 까딱했다. 홍희는 신이 났다. 그 보자기를 한 번 써보게 해달라고 조를까 말까 망설이며 그녀의 붉은 치맛자락에 바짝 따라붙었다. 하지만 방 두 칸짜리 조그맣고 초라한 초가집 앞에 서자 모든 흥분이 싹 가라앉고 말았다. 어머니의 도련님에 대한 실망감이 파도처럼 몰려왔다. 으리으리한 기와지붕 집에서 하룻밤 쯤 재워주면 어디 덧나나?

한참 세월이 흐르고 세상 물정을 어느 정도 알 나이가 되었을 때에야 홍희는 그 기와집이 부안 관아의 객사 부풍관이라는 걸 알았다. 기예를 닦은 기생들이 지체 높은 양반네들의 예술적 자아도취감과 성욕을 그럴듯하게 버무리는 곳이라는 사실도. 그렇게나 예쁘고 그렇게나 휘황한 선녀들이 사실은 부안 관아의 관비이자 기생들이었다는 것도.

"쉬세요."

스치듯 돌아서 나가는 보자기 선녀에게서 뭐라 설명할 수 없는 기이한 향내가 풍겼다. 추녀 끝에 매달린 고드름을 와사삭 깨물었을 때 입 안 가득 퍼지는 얼얼함 같달까, 눈 쌓인 텅 빈 마당에다 첫 발자국을 찍을 때 뽀도독 새겨지던 꽃무늬 냄새랄까, 뭐 그런…!

한 순간 망나니의 부푼 볼이 분사기가 되어 터졌다. 푸우 푸우, 그의 입에서 뿜어져 나온 희고 가는 물 알갱이들이 칼날 위로 흩뿌려졌다. 그가 투박한 손으로 젖은 칼날을 주욱 훑어 내렸다. 시뻘건 술이 달린 커다란 칼이 뚝뚝 물방울을 흘리며 하늘 높이 솟구쳐 올랐다. 홍희는 질끈 눈을 감았다.

# 거친 파도

***

수백 수천의 눈길이 따갑게 쏟아진다. 난 절대로 고개 숙이지 않는다.

죽여라! 내리쳐라!

흥분이 거친 파도처럼 밀려온다. 망나니의 춤사위가 더욱 맹렬해진다.

"나리, 쫌만 더 고개를 수그려 봅쇼."

세상의 온갖 소란이 문득 멈춘다. 땀으로 번질거리는 험상궂은 망나니의 낯짝에서 순하고 그윽한 눈빛이 흘러나온다.

"힘 빼십쇼. 단번에 가십시다요!"

장인匠人의 혼이 느껴지는, 떠나보낼 작품을 향한 긍지거나 애틋한 작별 인사 같은, 깊고도 은근한 목소리가 나를 감싼다. 안개인 듯 이내인 듯 휘어 감는다.

"한나, 두울, 서잇!"

망나니가 숫자를 센다. 열광적인 함성이 천지사방으로 울려 퍼진다.

우우우!

차갑고 둔중한 무엇이 내 목덜미를 후려친다. 반전은 없다. 변명은 없다. 더 이상의 말도 없다.

툭!

단 한 번만의 낙하! 비명소리가 새나오기도 전에, 내 머리통이 땅바닥으로 굴러 떨어졌음을 미처 알아채기도 전에.


1

불과 한 나절 전이었다. 마침내 새 세상이 열리고 환호소리 우렁차게 온 땅을 뒤덮었던 게. 그런데 왜 갑자기 문이 닫혔는가? 무엇이 나를 여기에다 패대기쳐 놓았는가?


이른 새벽, 하늘 가운데 촘촘히 틀어박힌 별들이 아직 제 빛깔을 잃기 전이었다. 광화문 앞 육조거리 맨 안쪽, 잔뜩 긴장한 백여 명의 병사가 의정부 청사 안마당으로 속속 집결했다. 건너편의 예조와 삼군부는 물론 바로 곁의 이조나 한성부 청사 모두 짙푸른 어둠을 뒤집어 쓴 채 괴괴하기 그지없었다.

"오늘 우리는 새로운 역사를 쓴다. 각오는 되었는가?"

난 청사 바깥으로 소리가 새나가지 않도록 주의하면서, 그러나 자부심을 드높여줄 단호한 목소리로, 짧은 한 마디에 힘을 실었다. 병사들이 횃불을 치켜들어 캄캄한 창공을 향해 흔들었다. 왕의 밀명을 받아 은밀히 합류한 내금위 나졸들과 혁명의 든든한 동지 우경방과 현응민의 군사들이 의기에 찬 눈빛으로 날 쳐다보았다.

임진왜란 때 승군 의병대를 이끌고서 가는 곳마다 승전보를 울렸던 사내 우경방, 그가 벤 왜적의 머리가 수천에 이르자 불문佛門의 제자가 될 수 없 다며 환속하여 무사가 된 사내, 그를 혁명의 동지로 만난 건 엄청난 행운이 었다. 단 한 번의 패배도 용인하지 않았다는 그의 뛰어난 전적은 젊은이들 을 열광케 하는 힘이 있었다.

"가자!"

수식어도 선동도 없는 우경방의 한 마디가 묵직하게 울려 퍼졌다. 그가 이끄는 2군 정예병들이 발소릴 죽이며 청사를 빠져나갔다. 2군의 임무는 폐비반대론자들을 한꺼번에 체포하여 왕의 반대세력을 신속하게 제압하 고 반혁명의 싹을 순식간에 도려내는 거였다. 그들은 두세 명씩 패를 지어 고요하고도 은밀하게 누군가의 집 담을 넘고, 비몽사몽을 헤매는 주인의 입에 재갈을 물리고, 오랏줄로 묶어 경운궁으로 끌어올 것이다.

내 오랜 동지 현웅민이 이끄는 1군 역시 경운궁을 향해 발 빠르게 나아 갔다. 내로라하는 양반집 서자로 태어난 웅민의 지난 삶은 자신의 존재증 명을 위한 사투였다. 그가 대비전 침탈에 양심의 가책을 느끼지 않기로 결 심한 건, 그것이 정실부인의 자식으로 태어나지 못한 조선 서얼들의 한을 풀어주는 일종의 희생제의라 여긴 때문이다.

이미 경운궁에 유폐되어 폐출 수순을 밟고 있는 대비를 굳이 죽일 필요 까지 있을까에 대해선 사실 모두가 회의적이었다. 왕을 혁명의 편으로 끌 어들이기 위한 고육지책이긴 했으나, 나 역시 썩 내키는 일은 아니었다. 동지들을 설득할 수 있었던 건 지도부 상당수가 왕과 같은 서자庶子 처지라는 점이었다.

광해군은 조선의 왕이 되었음에도 후궁에게서 태어난 까닭에 늘 정통성 시비에 휘말려야 했다. 명나라의 인준을 받지 못해 전전긍긍해야 하고, 신하들의 무시와 도전에 부딪혀 자신의 정치를 맘껏 펼치지 못하는, 그야말로 왕 대접을 제대로 받지 못하는 왕이었다. 한 아버지의 똑같은 아들이면서도 어머니의 신분에 따라 대접이 달라지는 세상에서 분노와 통한을 삭이며 살아왔던 동지들은 자기다운 대접을 받지 못한다는 게 무슨 의미인지 넘치게 공감했다. 한 나라의 왕조차도 피해 갈 수 없는 차별이라니…!

다행인 건 어젯밤 은밀히 날 찾아온 이이첨이 대비 시해 문제는 왕이 그 자리에서 직접 풀 테니 기다리라는 언질을 준 것이다. 여튼 무거운 짐을 내려놓은 만큼 우리의 발걸음은 상당히 가벼웠다. 별똥별 하나가 길게 꼬리를 끌며 떨어졌다.

"드디어 그 날이 오고야 말았습니다."

있는 듯 없는 듯 그림자처럼 내 뒤를 따르던 돌한이 한 마딜 슬쩍 던져왔다. 평소 과묵하기 짝 없는 녀석조차 들뜬 기분을 숨길 수 없는 모양이었다.

"아직 감개무량하긴 이르다. 우리의 개혁안이 왕의 입을 통해 낭독되기 전까진!"

"여기, 안쪽 깊이 잘 모셔두었습니다."

손을 뻗어 돌한의 가슴팍을 쓸어보았다. 빳빳한 듯 서걱거리는 종이의 촉감이 전류처럼 짜르르 온몸을 관통해 나갔다.

내 아들, 이제부터 열릴 세상은 바로 너를 위한 것이니!


돌한과의 첫 만남을 돌이켜보면 오직 부끄러움뿐이다.

"저런 막무가내 촌놈한텐 매타작이 젤이여! 여기가 어딘 줄 알고 쥐새끼만한 놈이 감히 얼씬거려? 작신작신 밟아버려!"

그날 아침, 어슴푸레 들려오는 김서방의 거친 욕설에 깨어났다. 창호지 문이 훤하게 튼 걸 보니 해가 하늘 가운데로까지 올라온 모양이었다. 몸에 좋다는 산삼주를 들이붓고 와선 밤새 구역질을 하느라 속이 뒤집히고 말았는데, 새벽녘에야 겨우 눈을 붙인 듯도 한데….

형조판서로 임명되었다고 여기저기서 벌여준 지난 며칠간의 떠들썩한 축하연이 몸과 마음을 망가뜨려 놓은 게 틀림없었다. 집안 식구들은 물론 하인들 보기에도 부끄러워 밖이 꽤나 소란스러운 데도 없는 듯 숨을 죽이고선 누워있었다.

이 썩을 놈아, 너 죽고 나 죽자! 성미 급한 막동의 악따구니와 에고고 누군가의 신음소리 사이로 차분하고 무게감 있는 목소리가 도드라졌다.

"이번엔 반드시 전해얄 것이오. 전라도 부안에서 촌놈 하나가 찾아와 뵙기를 청하드라고."

전라도 부안이라는 특별한 지명이 내 귀를 번쩍 뜨이게 했다. 난 더 이상 참지 못하고 방문을 열었다.

"밖이 왜 이리 소란스러우냐?"

대문간이 난장판이었다. 코피가 줄줄 흐르는 놈, 땅바닥에 벌러덩 나자빠진 놈, 나무 몽둥이를 든 채로 고꾸라진 놈, 그리고 한창 얻어터지면서도 욕설을 멈추지 않는 막동이까지, 참으로 민망한 풍경이었다. 막동일 쥐어패고 있던 침입자가 풀썩 마당 안으로 뛰어들더니 무릎을 꿇었다.

"죄송하구먼요. 나리마님을 뵙고자 먼 길을 찾아왔는데, 며칠째 문전박대를 당하다 보니 부아가 치밀어서는…."

"화가 치밀면 힘자랑부터 하고 보는 게 네 놈 방식이냐?"

"진즉에 힘자랑부터 할 걸 그랬습니다. 이리 쉽게 나리마님을 뵙게 될 줄 알았드라면 말입니다."

탄탄한 체격의 청년이었다. 눈 하나 깜짝 않는 젊은이의 배포가 맘에 들었다.

"네 놈이 지금 어디에 있는 줄은 아느냐?"

"형조판서 허균 나리! 저를 나리마님의 호위무사로 써주십시오."

아닌 밤중에 홍두깨였다. 하지만 청년의 당돌한 태도에 마음이 끌렸다. 어이없는 청탁인 줄을 아는지 모르는지 스스럼없는 해맑은 눈빛이 내 호기심을 더욱 자극했다.

"보여줄 게 무엇이냐?"

"네?"

"감히 형조판서의 집에 찾아와 난동을 부리고서, 뜬금없이 호위무사로 써 달라 억지를 부릴 때는 보여줄 만한 뭔가가 있을 게 아니더냐?"

청년은 벌떡 일어서더니 저고리 속에서 뭔가를 꺼냈다. 그리고는 그걸 서쪽 담 너머 백양나무 숲을 향해 휙 던졌다. 그것이 쉭쉭 맹렬한 소릴 내며 날아가더니 담장 위로 솟아있던 나뭇가지들을 순식간에 동강냈다.

와스스! 이파리들이 쏟아져 날리고, 동강 난 나뭇가지들은 제 몸통에서 굴러 떨어져 담장 아래로 처박혔다. 그 사이 청년의 손을 떠나갔던 그것은 빙글빙글 돌아 다시 그의 손으로 돌아갔다. 우와, 청년과 한 바탕 몸싸움을 벌렸던 사내종들이 넋을 놓고 감탄사를 연발했다.

"호오, 제법이구나! 그게 무엇이냐?"

"반달칼이라 하는구만요."

"반월도라…, 고대인들이 썼다는 돌칼과 비슷하구나. 자루가 없는 작은 낫 같기도 하고. 네가 만든 것이냐?"

"제 누나가 생각해낸 물건입니다만, 만들기야 대장장이가…."

내 흥분이 그의 대답을 앞질렀다.

"누나라고? 이걸 고안해낸 이가 여인이란 말이냐? 혹시 너랑 같이 왔느냐?"

"아닙니다. 누나는 고향에…."

이번에도 청년은 대답을 완성하지 못했다. 내 질문이 그의 말을 끊은 탓이었다.

"부안에서 왔다던데 거기가 네 고향이냐? 네 부모님은 누구고?"

"전라도 부안입니다. 절 길러주신 양어머니가 한 분 계시는데 고향에선 홍희어매라고들 부릅니다만."

내 모든 호기심이 순간 정지했다. 그에게 물어봐야 할 것이 산더미인데,

그가 내놓을 그 모든 답을 어쩌면 나 자신이 이미 알고 있는 것만 같았다.

"하나 더 보여드려도 되겠습니까?"

청년은 내 복잡한 심사를 아는지 모르는지 천연스럽게 자신의 다른 기예를 보여주겠다며 나섰다. 어느 사이 열렬한 구경꾼이 된 종들이 침을 꼴딱이며 내 대답을 기다렸다. 고개를 끄덕이지 않을 수 없었다.

청년이 소맷부리에서 가늘고 조그만 막대 몇 개를 꺼냈다. 한 손에 쏙 들어가는 크기의 막대 한 끝에는 날카로운 화살촉이, 다른 쪽 끝에는 잠자리 날개를 세워 붙인 듯한 날개 한 쌍이 양 옆에 붙어 있었다. 작은 화살처럼 보였다. 하지만 그걸 멜 활은 보이지 않았다. 화살 같으나 화살은 아닌 그것을 어떻게 하려는지 강한 궁금증이 일었다.

청년이 그것을 손가락으로 쥐고 대청마루의 가운데 기둥을 향해 조준했다. 기둥 가까이 서 있던 나는 순간 움찔했다.

"이 새꺄! 지금 뭐하는 짓이야?"

막동이 소릴 지르며 내 앞을 가로막아 섰다. 바로 그 순간, 그것은 청년의 손을 벗어나 휙 날더니 막동의 어깻죽지를 스칠 듯 지나며 대청마루 기둥에 꽂혔다. 그게 꽂히는가 싶은 찰나, 두 번째 세 번째…, 예닐곱 개가 연이어 꽂혔다. 여러 개의 살촉이 가운데 한 점에 머리를 박은 채로 날개달린 꽁지를 쫙 펼친 모양새는 활짝 핀 한 송이 꽃 같았다.

우와아!

사내종들의 입에서 절로 탄식이 새나왔다. 나 역시 한동안 입을 다물지 못한 채로 멍하니 서 있었다. 평소의 분석적 태도로 돌아오기까진 적잖은 시간이 필요했다.

"지난 전란 때 왜적들을 때려잡은 편전과 그 생김새가 닮아 있구나."

"제대로 보셨구만요. 하지만 편전을 닮긴 했으나 활도 통아도 필요치 않으니 화살은 아니고, 실제로는 표창에 더 가깝지요."

"그걸 뭐라 부르느냐?"

"편창이라 부르는구만요. 편전하군 형제지간에 다름 없으니요. 손바닥에 쏙 들어오는 조그만 창이라 휴대하기 좋고, 적에게 들킬 염려가 없으며, 근거리에서의 명중률은 백발백중입니다. 이 반달칼처럼 다시 회수할 수만 있다면 끝내줄 텐데. 그건 더 연구를 해봐야…."

나의 감탄에 고무된 듯 청년의 목소리가 사뭇 들떴다. 가만 놔두면 무기 창안과 제작에 관한 뒷이야기까지 시시콜콜 털어놓을 기세였다. 하지만 남의 말 듣기에 익숙지 못한 나는 그의 말을 분지르고 들어갔다.

"이것도 네 누나가 고안해낸 것이냐?"

"아닙니다. 이건 제가!"

청년의 얼굴에 자랑스러움이 서렸다. 난 마침내 결정적인 질문 하나를 던졌다.

"이름이 무엇이냐?"

"호위무사로 발탁해 주신다면 말씀드리겠습니다."

의외의 대답이었다.

"이 싸가지 없는 놈, 여기가 어느 안전이라고!"

청년의 솜씨에 반해 얻어맞고 걷어차인 원한을 잊고 있던 김서방이 발끈했다. 다른 종들 역시 유예해 두었던 분노를 다시금 터뜨리며 청년을 노려보았다. 분위기가 갑작스레 차갑게 얼어붙었다. 그를 따로 불러 만나는 게 상책일 듯싶었다.

"당돌하고 무례하구나. 하지만 네 재주는 인상적이었다. 내 호위무사가 되고 싶다면 검법과 궁술, 그리고 승마에서도 일류임을 증명해야 한다. 자신 있거든 낼 형조 청사로 오너라."

청년이 깊게 허릴 숙여 인사했다. 고맙다거나 낼 다시 뵙자거나 따위의 치렛말은 한 마디도 하지 않았다. 그리고선 성큼 대문간을 빠져나갔다. 홀쩍 멀어져가는 그의 뒷모습에서 난 도저히 눈을 뗄 수가 없었다.

*내 아들, 내 호위무사, 내 혁명의 동지, 그리고 어쩌면 조선의 미래….*

그러나 네가 기다리던 그날은, 마침내 오고야 말았다던 그날은, 그저 슬쩍 우리의 어깨를 스치기만 하고 아무런 약속도 없이 뒷걸음질 쳐 가버렸다. 너는 지금 어디에 있는가?


2


의효는 차마 볼 수 없어 고개를 돌렸다.

툭!

그것으로 끝이었다. 그토록 뛰어난 문장과 그토록 높은 학문적 성취와 그토록 찬연한 미래의 설계도면은 둔중하고 탁한 한 음절 소리와 함께 낙

엽이 되어 떨어졌다. 온갖 비방과 적대, 수많은 찬사와 부러움, 드높은 욕망과 하늘을 찌르는 자부심까지 허균이라는 이름자에 달라붙었던 모든 것들이 쏴르르 모래알로 흩어졌다.

하아아! 누군가의 긴 한숨소리….

으흐흐윽~ 누군가의 숨죽인 울음소리….

"사지는 거열형에 처하라!"

눈 하나 깜빡하지 않고 지켜보던 이이첨이 명령을 내렸다. 머리통을 잃은 허균의 몸뚱이에서 쿨럭쿨럭 핏물이 쏟아져 마른 땅을 흥건하게 적셨다. 균형을 잃은 몸뚱어리가 부르르 떨더니 모로 꺾이며 땅바닥으로 고꾸라졌다. 다가올 끔찍한 형벌을 거부하려는 것처럼.

조그만 수레를 끄는 네 마리 말이 나타났다. 일순 고요! 숨 쉬는 소리도 침 삼키는 소리 하나도 나지 않았다.

"비켜라, 이놈들!"

고개 한 번 돌리지 않고 손 하나 까딱 못하던 군중들 사이를 뚫고 누군가가 돌진해왔다. 어깨가 떡 벌어진 덩치 큰 사내였다. 잽싸게 막아선 포졸들과 몸싸움을 벌이며 그가 금줄을 타넘으려 했다.

"그럴 순 없다. 목을 쳤으면 됐지, 우리 대감마님이 뭔 잘못을 그리 했다고…!!"

어딘가 낯설지 않은 얼굴이었다. 하지만 골똘히 생각할 여유는 없었다. 의효는 부하들에게 눈짓을 보냈다. 얄팍한 군중심리가 사내에 대한 공감으로 바뀌기 전에, 방금 전까지만 해도 '죽여라!'를 연호하던 자들의 죄의식이 건드려지기 전에, 빨리 격리시켜야 한다. 육모방망이가 순식간에 사내를 쓰러뜨리고 오랏줄이 그의 커다란 몸집을 친친 감아 묶었다. 사내는 포졸들에게 끌려 나가면서도 큰 소리로 외쳐댔다.

"대감마님, 기다리십쇼! 이놈 박충남이가 반드시 장사는 치러드릴 거구만요."

의효는 어쩐지 사내가 낯익었던 이유를 알아차렸다. 두세 해 전, 호조참의였던 허균이 석연찮은 이유로 하옥되자 8개월 분의 녹봉을 앞당겨 지급해 배임혐의로 체포된 호조의 아전이었던 자다. 좌포청으로 발령 난 이후 의효가 맡은 첫 사건의 피의자였다. 그의 배짱과 의리가 맘에 들어 의효는 아버지 이첨에게 선처를 구해 아전자리에서 쫓아내는 것으로 마무리를 지었다.

말을 끌고 온 포졸들이 허균의 양 팔과 양 발목을 네 마리 말이 끌고 있는 작은 수레에다 각각 묶었다. 동서남북으로 방향을 잡아 선 말들이 회초리를 맞고 내달리기 시작했다. 두두두두!!

의효는 눈을 감았다. 도대체 무엇이 몸뚱이를 찢고 뼈를 쪼개는 잔인을 요구하는가? 증오인가 과시인가, 아니면 둘 다인가? 아버지 이첨은 그렇게나 허균을 증오했던가, 허균에게 그렇게나 자신의 권력을 과시하고 싶었던가?

으흐흐, *나리!* 누군가가 서럽게 울고, 그 눈물을 윽박지르며 끌어내는 부산한 움직임이 이어지고…. *악!* 또 누군가가 외마디 비명을 지르고, 그 소릴 걷어차서 장터 바깥으로 쫓아내는 발길질이 이어지고…, 이어지고 이어지고 이어졌다.

허균의 몸은 갈기갈기 찢어져 형용불가의 처참으로 버려졌다. 형장의 뒷수습을 맡은 자들은 마치 쓰레기를 주워 담듯 이젠 더 이상 허균이랄 수 없는 살점들과 뼛조각들을 쓸어 수레에다 던져 넣었다.

눈 하나 깜짝 않고 일련의 소란을 지켜보던 이이첨 대감이 명령을 내렸다.

"죄인의 목은 효수하여 저잣거리의 모든 백성들이 국법의 지엄함을 알게 하라!"

의효는 소덕문 안쪽으로 사라지는 아버지의 뒷모습을 바라보았다. 허균과 쌓은 지난 시절의 정분 따위엔 아무 미련도 없다는 듯 몹시 무심하고 평화로운 발걸음이었다. 의효는 욕지기가 치미는 이런 살풍경에서 빨리 벗어나고 싶었다. 인영이 이 끔찍한 소식을 접하지 않았기를, 앞으로도 오래오래 알게 되지 말기를….

인영은 지금 어디쯤에 이르렀을까? 경기도 관내를 벗어나긴 했을까? 새벽녘의 긴장과 가슴 졸이던 시간이 머나먼 저 세상의 일인 양 까마득하였다.


부관을 내려 보내고 홀로 인영의 흔적을 추적하던 새벽녘,

숲이 깊어지면서 산길 또한 가팔라졌다. 혹혹 내쉬는 의효의 거친 숨소리에 놀란 새벽어둠이 서둘러 길을 열었다. 그는 갈림길에서 멈춰 섰다. 막 피어나기 시작한 수수꽃다리 연보랏빛 꽃내음 같은, 아련하고 달착지

근한 향기가 은은히 풍겨왔다.

그는 발걸음을 멈추고 가만히 눈을 감았다. 치맛자락 쓸리는 소리보다 앞서 와 온몸의 솜털을 곤두서게 하고, 그림자보다 더 길게 남아 온밤을 지새우게 하던 그 향기, 인영의 것이었다.

의효의 뛰어난 후각은 목표물을 놓친 적이 없다. 어쩌면 이삼백 보쯤 앞서 있으리라. 내쳐 달리면 한달음에 그녀를 따라잡을 수 있다. 의효는 사뿐 뛰어내려 아랫길로 접어들었다. 뭔지 모를 충만감이 의효의 가슴을 채웠다.

인영과의 이별을 예감하면서도 아무러한 대책을 세울 수 없었던 늦은 봄 어느 날, 무기력하기 짝 없던 그날의 풍경과는 사뭇 다를 것이란 예감이 의효를 사로잡았다.

"아가씨가 간택되지 않기를…,"

소훈 간택 절차에 따른 최종 심사 날에 궁궐까지 인영의 수행을 자처한 의효는 혼잣말처럼 중얼거렸다. 절대로 해서는 안 되는 말인 줄 알면서, 행여 알려진다면 극형에 처해질 것임을 빤히 알면서도.

"…저는 진심으로…"

경쟁자가 별로 없는 데다, 집안이고 용모고 재능이고 간에 무엇 하나 빠질 게 없는 인영이고 보면 왕실에서 거부될 가능성은 거의 없었다. 왕을 자신의 완전한 허수아비로 만들고자 허균 대감을 이용하기로 결심한 이첨의 권력욕은 외손녀인 세자빈에 대한 애정보다 더 깊었다.

"저의 바람 또한 그렇습니다."

꾸밈없는 담담한 어조가 가마 안쪽에서 흘러나왔다. 살그머니 열린 창틈으로 인영이 의효를 향해 고개를 돌렸다. 함초롬한 아침 이슬을 머금은 눈동자가 그를 바라보았다. 타각타각, 느리디 느린 말발굽 소리가 돌팔매처럼 그의 심장에 날아와 박혔다.

"세자빈이 제 조카라서 그러는 건 아닙니다. 전 그저 아가씨가 더러운 암투에 휘말리지 않았으면 싶어서…."

"좀 더 솔직하게 말씀해 주시지요. 전 들을 준비가 되어 있습니다."

괜한 변명을 늘어놓던 의효는 문득 할 말을 잃었다. 넝쿨장미 빛바랜 꽃잎들이 가마 지붕 위로 어지러이 떨어져 내렸다. 상곡 허균 대감 집에서 종로 안통으로 나아가는 길엔 넝쿨장미로 둘러쳐진 담벼락이 유난히도 많았다. 한 철 붉게 흐드러지던 탐스런 장미송이들은 가뭇없이 떠나가는 계절을 원망이라도 하듯, 향기도 빛깔도 잃은 시든 꽃잎을 아무렇게나 흩뿌려댔다.

"참으로 가혹한 운명입니다. 다만 뒤돌아보지 마시길…,"

어눌한 독백은 한숨과 뒤섞여 시작도 끝맺음도 없이 허공을 맴돌았다. 아가씨와 함께 어디로든 도망치고 싶다고, 세상 끝 어딘가로 내빼버리자고, 의효의 마음바닥 저 밑에서 샘물처럼 솟구치던 말들은 심연 한 가운데로 고여 들기만 했다.

인영이 고개를 돌렸다. 머리장식에 꽂힌 금빛 나비잠이 파르르 떨었다. 이내 가마의 창이 닫혔다. 갓 피어난 수수꽃다리 여리고 보드라운 향기가 의효의 목덜미를 휘감고 돌았다.

인영은 마침내 소훈으로 간택되었고 며칠 후면 세자궁으로 들어갈 예정

이었다. 의효와 인영과의 영원한 결별은 피할 수 없는 절대적인 운명인 듯
했다. 그런데 또 다른 기회, 또 다른 운명이 도전장을 내밀고 있다.

깜깜한 하늘로 우르르 새 떼들이 날아올랐다. 희끗, 뭔가가 잔상을 남기
며 등성이 너머로 사라졌다. 멀리서 희부윰하게 동터오는 새벽빛의 무늬
는 결코 아니었다. 의효는 칼자루를 더욱 힘주어 쥐었다. 승부욕 같은 게,
빼앗긴 무엇을 되찾고야 말리라는 투쟁 의지 같은 게 그의 발자국에 실렸
다. 그는 장검을 빼들고 발소리를 죽이며 조심스럽게 나아갔다.

"날 쫓아왔소?"

네댓 발자국 앞에서 불쑥 한 사내가 나타났다. 흰 철릭을 걸치고 초립을
눌러 쓴 모양새가 의금부의 나졸처럼 보였다. 부관이 말하던 그놈임에 틀
림없었다.

"누구냐?"

"알 거 없소."

"건방진 놈, 내가 누군 줄 알고?"

"알고 있소. 좌포청 포도군관 이의효 나리!"

사내는 여차하면 곧 찌르고 들어올 태세를 갖춘 채 눈에서는 불을 뿜어
냈다. 어디 한 군데 빈틈이 없었다. 촌스러운 말투와 초라한 외양과는 어
울리지 않는 노련함과 기개였다.

의효는 자신의 부관이 결코 그의 적수가 될 수 없었음을 한눈에 알아차
렸다. 조선 팔도 어디에도 자신을 대적할 만한 칼잡이가 없다고 자부하는
의효로선 그의 당돌함이 맘에 들었다. 제대로 겨뤄볼 만한 상대를 만났다

는 가벼운 흥분조차 일었다.

"내가 누군지 안다면 함부로 날 막아서는 따위 경거망동은 하지 않았을 텐데?"

"내가 누군지 안다믄 함부로 뒤를 밟는 따위 경거망동은 못했을 거요."

"칼잡이답지 않게 앵무새가 따로 없구나."

"조선 최고의 무사라더니 말이 많소."

그가 누구든, 인영을 납치한 놈이든 아니든 한바탕 제대로 붙어보고 싶다는 의욕이 의효를 내몰았다. 의효가 한 발 앞서 찔러 들어갔다.

이야앗!

사내가 슬쩍 몸을 돌려 뺐다. 재빠르고 가뿐했다. 의효는 멈칫거리지 않고 더욱 몰아붙였다. 그가 뒷걸음질로 슬슬 물러섰다. 그러더니 문득 공중으로 튀어 올랐다. 사내의 칼끝이 의효의 가슴팍을 향해 날카롭게 내리 꽂혔다.

헛! 의효는 척추를 활처럼 휘어 그의 일격에서 벗어났다. 그 바람에 아직 익지 않은 도토리들이 푸른 깍지를 그대로 껴입은 채 후두두 발밑으로 떨어졌다. 의효가 칼을 고쳐 잡았다.

챙강, 챙그렁!

두 개의 칼이 쉼 없이 뱉어내는 날카로운 금속성이 숲속으로 울려 퍼졌다. 거뭇거뭇한 새벽빛이 차츰 엷어지면서 동녘 하늘이 벌겋게 터져 오기까지, 한 발 쫓고 한 발 물러서는 어슷비슷한 겨루기가 쉼 없이 이어졌다. 어디선가 촬촬 계곡물 흐르는 소리가 들려왔다.

문득 한 생각이 의효를 사로잡았다. 놈이 혹 자신을 잡아두려는 미끼라면? 어리석은 승부욕에 취해 헛힘을 쓰는 동안, 다른 작자를 통해 인영을 빼돌리려는 수작이라면? 사내를 따돌리고 한시라도 빨리 인영을 찾아내는 게 자신의 목표임을 잠시 잊었다.

의효는 전후좌우로 사정없이 찌르고 들어갔다. 휙, 휙! 장검 서너 자루가 한꺼번에 공격해 들어가는 것처럼 현란한 검법으로 사내의 시야를 마구 흔들었다. 그의 의도대로 실낱같은 틈이 만들어졌다. 잘만 비집고 들어가면 사내를 제치고 아래 계곡 쪽으로 내달을 수 있을 것 같았다.

"비겁하게 어딜!!"

그러나 사내는 한 치 빈틈없이 막아섰다. 의효로선 어떻게든 앞으로 나아가야 했다. 놈을 죽이고서든, 새처럼 날아올라서든 무슨 방법을 동원해서라도. 더 멀어지면 인영의 향기를 영영 놓쳐 버릴지도 모른다. 의효는 숨결을 가다듬으며 칼을 고쳐 쥐었다. 상투를 틀어 올리고 성인이 되었음을 조상님께 고하던 관례 날에 선조 임금으로부터 하사받은 검이었다.

*그만! 그마안!!*

찢어질 듯한 고함소리가 온 숲을 뒤흔들었다. 어쩌면 의효의 검이 사내의 심장을 향해 막 찔러 들어가는 참이었다. 어쩌면 사내의 칼날이 의효의 하단전으로 곧장 파고들려던 참이었다. 두 남자의 거친 숨소리가 일순 멈추었다. 서로에게로 향해 있던 칼끝이 가느다랗게 떨렸다.

"제발! 제발 멈춰요."

두 개의 칼날 사이로 한 여인이 겁도 없이 쑥 들어섰다. 푸른 힘줄이 돋은 이마 위로 송골송골 땀방울이 맺혀있다. 적잖은 거리를 휘달려온 듯 몰아쉬는 숨소리가 몹시 거칠었다. 인영이었다.

"아가씨? 꼼짝 말고 거기 숨어 있으랬더니?"

사내가 몹시 놀란 듯, 그러나 상당히 신경질적으로 내뱉었다.

"아, 아가씨!"

비 갠 하늘에 문득 내걸린 무지개를 맞닥뜨리기라도 한 양 의효의 눈까풀이 사르르 떨렸다.

"왜들 이러고 계십니까?"

인영이 두 남자를 번갈아 쏘아보며 물었다.

"저 자가 우리 뒤를 밟았으니…."

"저 자가 아가씰 납치하였기에…."

야단치는 엄마의 눈치를 보며 서로 잘못을 떠넘기는 아이들처럼 두 남자는 다소 머쓱한 표정으로 말끝을 흐렸다.

"당장 거두십시오."

인영은 상대의 급소를 겨눈 채로 정지해 있는 두 개의 칼끝을 양 손의 검지로 퉁겨냈다. 번쩍이던 칼날 두 개가 마치 종이로 만든 것인 양 동시에 땅바닥을 향해 고갤 숙였다.

"오라버니, 잠시만 제게 시간을…."

인영이 사내를 향해 자릴 비켜달라는 듯 손짓을 했다. 사내가 눈을 부릅뜨며 으르렁거렸다.

"저 자가 누군 줄이나 알고 그러는 거요?"

"너무도 잘 압니다! 그러니 오라버니, 잠시만 자리를 비켜주세요."

홍분으로 달아오른 사내에 비해 인영의 목소리는 착 가라앉아 있었다. 의효는 자신의 귀를 의심했다. 오라버니라니? 의효가 알고 있는 한 인영에게 오라비는 없다.

남동생 굉은 이제 겨우 열 두엇의 소년으로 글 읽는 일 이외엔 별다른 야망이 없어 뵈는 얌전한 아이였다. 제 아비의 죄 때문에 결딴 날 운명에 처한 가여운 아이, 요령껏 어디 멀리로 도망이라도 쳤으면 좋으련만. 의효는 순하기 짝 없는 소년의 얼굴을 떠올리며 잠깐 감상에 젖었다.

그러고 보니 미출이 놈을 따돌리고 한달음에 가닿았던 허균의 상곡 집은 지나치게 고요하고 괴괴하였다. 쥐새끼 한 마리 얼씬거리지 않았다. 그렇다면 오라비라 불린 저 자가 허균의 아들 굉을 도망시키고 스스로는 인영을 직접 수행하여 어딘가 저들의 약속장소로 향하고 있다는 말인가? 먼 친척 오라비쯤이라도 되는 자인가?

못내 미덥잖다는 표정으로 의효를 노려보던 사내가 몇 발짝 뒤로 물러섰다. 그리고는 언덕 너머 참나무 숲을 향해 성큼 멀어져 갔다.

"도련님, 우릴 그냥 보내주십시오."

"저 자가 누구요?"

의효는 자신의 말에 스스로 놀라 흠칫하였다. 행여 인영을 놓칠세라 맘 졸인 게 얼만데, 비난하듯 퉁명스럽기 짝 없는 말투라니? 홀쩍 눈앞에 나타난 그녀가 환영幻影은 아닌지 수도 없이 눈을 껌뻑였으면서 바람 난 연인을

대하듯 대뜸 추궁이라니? 그런데도 의효는 자신을 제어할 수가 없었다.

"반드시 지켜드리마 약속했건만, 어찌 이러실 수가…?"

"더는 도련님을 믿지 못합니다."

"대체 왜 이러십니까? 근본을 알 수 없는 저 따위 나졸 녀석은 믿고 따라 나섰으면서 내겐 믿음을 줄 수 없다니요?"

의효는 그녀를 만나 참으로 반갑고 기쁘다고, 안전한 걸 보니 고마울 뿐이라고, 그렇게 말하고 싶은 속내와 달리 자꾸만 어깃장을 놓는 자신이 한심했다. 이 얼마나 어리석은 언쟁이란 말인가? 하지만 어깃장을 놓기로는 인영 또한 의효에 못지않았다. 눈길을 비키지도 않으면서 또박또박 눌러박듯 내던지는 것이었다.

"함부로 말씀하지 마십시오. 저분은 한 번도 밝은 햇빛 속으로 나서볼 수 없었던 안타까운 제 오라비입니다. 도련님은 내 아버지를 사지로 몰아넣은 원수의 아들이지요."

두 쌍의 눈동자가 격렬하게 맞부딪쳤다. 그 순간 주변을 휩싸고 돌던 모든 소리가 뚝 끊겼다. 벌레소리, 새소리, 물소리, 바람소리, 그리고 숨소리마저도.

얼마나 지났을까? 인영의 꽉 잠긴 목소리가 침묵을 깼다.

"차라리 날 베고 가십시오."

각오가 되었다는 듯 인영이 눈을 감으며 턱을 치켜 올렸다. 양쪽 쇄골 사이로 난 앙증맞은 협곡 사이로 하얗고 긴 목 줄기가 흘러내렸다.

"어찌 그리도 독한 말을…? 내가 왜 이리 미친 듯이 달려왔는지 뻔히 알면서…, 어떻게 그런 말을…?"

의효는 제대로 말을 잇지 못하였다. 인영이 지그시 입술을 깨물었다. 걷잡을 수 없는 설움이 의효를 덮쳤다. 그는 인영을 쳐다보지 않으려고 고개를 돌렸다. 절대 그럴 생각이 아니었음에도 한 줄기 눈물이 볼을 타고 흘러내렸다. 소쩍새가 새벽부터 청승스럽게 울어댔다. 소쩍소쩍!

"그렇다면 저를 보내주십시오."

인영이 사내가 기다리고 서 있는 참나무 숲을 향해 돌아섰다. 연둣빛 치맛자락이 의효의 발등을 쓸고 지나갔다.

"이대로는 결코 보내드릴 수 없습니다."

의효가 인영의 동그마한 어깨를 획 돌려세웠다. 그리고는 와락 감싸 안았다. 머뭇거리던 인영의 가느다란 두 팔이 그의 목덜미를 그러안았다. 선선한 새벽바람이 수풀 속을 휘돌아 나갔다.

사내의 흰 도포자락이 여인의 연둣빛 치맛자락을 휘감으며 나풀거렸다. 산마루 위로 둥실 떠오른 아침 해가 말갛게 반짝거렸다. 동녘하늘 가득 붉은 노을을 펼쳐 막 떠오르는 순간의 광휘를 뽐내던 그 모든 겉치레를 벗어던지고….


"군관나리!"

의효는 꿈에서 깨난 사람처럼 멍한 눈빛으로 정렬해 있는 부하들을 바라보았다. 광장은 어느새 텅 비어있고, 건너 장터거리 초입엔 죄인들의 효수된 목이 공중에 떠 있다.

반란군 총대장 허균, 1군 대장 현응민, 2군 대장 우경방, 그리고 그들과 생사를 맹세했을 부대장 급 죄수들 몇…. 하지만 거기에 내걸린 머리가 누구의 것인지는 얼른 구별되지 않았다. 한 가운데 제일 높이 매달린 것이 허균의 것이리란 짐작이 들 뿐.

"가자!"

의효는 경비병 몇을 남겨두고서 부하들을 이끌고 좌포청으로 향했다.


3

*아버지!*

소리 지르며 달려 나가려는 아지를 홍희가 잡아당겼다. 무작정 달려 나가려는 녀석의 입을 틀어막고 눈과 귀조차도 그녀의 겉옷 자락으로 감싸버렸다. 홍희로선 끔찍한 거열형의 참상을 못 보게 하려는 이유도 있었지만, 그보다는 포졸들의 눈에 띄어 제 아비와 함께 봉변을 당할까 염려되어서였다. 비열은 제 비열이 풍기는 악취를 맡아내는 자에게 그 책임을 전가함으로써 궁지를 기회로 삼는데 탁월한 재주가 있으므로.

"이거 놔요! 놓으라고요!"

녀석의 앙탈은 육모방망이에 무릎이 깨지고 등짝이 터진 제 아비가 포졸들에게 끌려 광장 밖으로 사라질 때까지 계속되었다. 팔딱거리는 심장소리가 홍희의 옷자락 사이로 스며들었다. 녀석의 끈적거리는 눈물, 콧물까지도….

안겨있으나 곧 뛰쳐나갈, 이내 훌훌 털어내고 제 날갯짓에 흥겨워질 어린 새 한 마리. 아지의 들썩이는 어깨 위로 한 소년의 울음소리가 겹쳐왔다. 아버지가 누군지, 그 아버질 만날 순 있는지 늘 궁금해 했던 아이, 그리고 방금 전 그 아버질 영원히 잃어버린 아이.

다른 듯 닮은 홍희와 돌한의 날들이, 성별과 나이 차를 뛰어넘어 끈끈한 형제애로 뭉쳤던 그 어느 한 날이 연기처럼 피어올랐다.


"다신 안 가. 절대로 안 갈 거여!"

막무가내로 안 가겠다며 생떼를 쓰는 돌한에게 홍희어매가 마침내 회초리를 들었다. 여덟 살배기 돌한이 서당에 다닌 지 채 열흘도 되지 않은 어느 아침이었다.

"어매가 아무하고나 붙어 묵는 기생이랴."

"이눔의 자석이 어디서 그런 못된 소릴?"

회초리가 돌한의 가느다란 종아리를 세차게 후려쳤다.

"지금껏 누구한테 해 입히고 산 적 없다. 니 어매도 나도."

돌한이 눈물을 훔치다 말고 뜨악한 눈빛으로 홍희어매를 쏘아 보았다. 흠칫 놀란 어머니가 자기 입을 가렸지만 말은 이미 쏟아진 후였다. 화들짝 놀라긴 홍희 역시 마찬가지였다.

"뭘 하구 자빠졌드래? 언능 애 델꼬 나가서 씻어주고 달래도 주고 그래 얄 거 아니래? 어찌 된 지지배가 시집 갈 생각은 않고 머스마 마냥 사방팔 방 쏘다니기만 한디야? 차분히 애 델꾸선 글공부나 시키고 그랬음 요런 사 단이 안 벌어졌을 거 아니래?"

느닷없는 벼락이 홍희에게로 떨어졌다. 바람이 날리는 티끌더러 나무라 는 격이었다. 홍희는 자기도 모르게 피식 웃고 말았다. 이젠 그만 겁주기 에 가슴 졸일 열 살 홍희가 아니었다.

*가스나, 어디 가서 입만 열었단 보래이. 이 어매가 콱 죽는 꼬라지를 보 고야 말기니.*

하늘에서 뚝 떨어진 시뻘겋고 못생긴 아기가 조그만 초가집을 온통 제 울음소리로 채워대던 어느 새벽이었다. 바락바락 울어대는 아기 울음소리 에 잠이 깬 홍희는 밑도 끝도 없이 을러메는 어머니를 피해 옆방으로 건너 갔다. 이모가 젖을 물리기만 하면 조용해질 텐데…, 그런데 이모가 보이지 않았다. 방안이 휑했다. 배냇저고리며 기저귀 같은 아기용품들이 여기저 기 쌓여 있는데도 텅 빈 것처럼 스산했다.

*이모! 향아 이모!*

홍희는 눈을 비비며 부엌으로 마당으로 변소로, 심지어 마루 밑까지 샅 샅이 살펴보았다. 하지만 이모는 어디에도 없었다. 하얀 보자기 사이로 빼 꼼 내놓은 살가운 두 눈을 찾을 수 없었다.

행여 입을 잘못 놀렸다간 이모에 이어 어머니마저 사라져버릴지 모른다 는 공포가 열 살 홍희를 휘어잡았다. 향아 이모가 어디선가 못생긴 갓난아

길 데려왔다고, 그런데 그 못생긴 게 들여다보면 볼수록 이쁘다고 친구들한테 사방팔방 자랑질을 하고 다닌 통에 이모가 사라져버린 거였다. 그날 이후 홍희는 향아 이모에 관해서, 돌한에게 물리던 이모의 희고 둥근 젖가슴에 대해서 단 한 마디도 말할 수 없었다. 영영 사라져버린 이모에 대한 죄책감이 홍희의 유년 내내 끈질기게 따라다녔다.

괜한 불똥이 홍희에게로 떨어지자 겁먹은 돌한이 더욱 소리 높여 울어댔다. 홍희는 돌한일 보듬어 안고 냇가로 향했다. 녀석의 파르락거리는 가슴이, 들썩거리는 어깨가 온통 홍희의 앞가슴에 실렸다. 땟국 질질 흐르는 눈물, 콧물까지도….

"누나, 근디 얼자가 누구여? 울 아부지 이름이여?"

"그런 소릴 어디서 들었디야?"

"애들이 나한테 아무하고나 붙어 묵는 기생 새끼, 더러운 얼자 새끼, 막 그러고 놀려."

여덟 살짜리 꼬맹이에게 답해주기는 참으로 어려운 질문이었다. 양반 아비와 천민 어미 사이에서 태어난 사람을 얼자라 한다고, 신분은 어미를 따라가므로 얼자는 천민 신분을 벗어날 수 없다고, 해서 높은 신분의 아비에게 감히 아비라 부를 수 없고 그 아비의 적법한 자녀들에게 감히 형이나 누나라 불러서도 안 된다고, 어찌 설명해 줄 수 있을까?

그걸 제대로 말해 주려면 돌한의 아버지와 어머니가 누군지도 정확히 알려줘야 할 거였다. 행여 그런 소릴 듣고 자랄까봐 스스로 몸을 감춰 없는 존재가 되어버린 제 어미 향아와, 제 자식이 있는지 없는지도 모르고 어찌

자라는지는 더욱 모르는 채 어쩌다 부안엘 들러도 질펀한 술자리에서 시시껄렁한 시나 읊어대다 사라지는 제 아비 허균에 대해서 말이다.

"갸들이 괜히 약 올라서 그려. 니가 워낙 똑똑하자녀. 천자문도 못 외는 것들이, 한글로 지 이름자도 못쓰는 것들이 어디서 감히 우리 돌한이를 놀리고 지랄이여?"

돌한의 낯빛이 환해졌다.

"진짜로? 그라믄 서당 안 댕겨도 되자녀. 훈장님은 나가 다 아는 것만 갈쳐준당게."

홍희로선 사실 할 말이 없었다. 어지간히 읽고 쓸 줄 알면 그만이지, 과거 시험을 볼 것도 아니고 설령 그런들 벼슬자리에 오를 것도 아니고, 기껏해야 시 나부랭이로 푸념이나 늘어놓을 글 따위에 더 이상 시간낭비 하지 않기로 마음먹은 지 오래였다. 어머니의 성화를 보란 듯이 무시하며 들로 산으로 바다로 쏘다닌 지도 서너 해를 넘겼다. 그 사이 웬만한 사내놈 두엇은 해치울 수 있는 무술 실력을 닦았고, 날아가는 참새를 맞힐 정도의 활쏘기 솜씨와 뒤에서 은밀히 찔러오는 칼끝을 피할 만큼의 검법도 익혔다.

"누나! 서당 대신에 누날 따라다니믄 안될랑가? 그 새끼들 싹 다 혼내 주고 싶은디…!"

대단한 발견이라도 한 냥 돌한이 눈을 빛냈다. 홍희는 마땅한 대답을 찾지 못해 우물쭈물했다. 그러라고 하자니 성가시고 안 된다고 하자니 녀석의 집요한 눈빛이 짠했다.

"서당 다니는 거 보담 백 배 천 배는 더 힘들기여. 새벽 일찍 일어나 격포리 바닷가든 능가산이든 우반골이든 간에 날마다 삼사십 리 정도는 뛰어 댕겨야 하고, 나무를 베서 화살도 수십 개씩 깎아야 하고, 하루에도 몇 자루씩 대나무칼도 니가 직접 만들어 써야니께. 거그다 어매 성화에 등쌀이 남아나지 못할 것도 각오해야 혀. 자신 있어?"

제 풀에 그만 둘 걸 기대하며 홍희는 잔뜩 겁을 주었다.

"자신 있어!"

군더더기도 망설임도 없는 돌한의 대답이었다. 돌한과 홍희가 부안의 산야를, 내변산의 아름다운 골짜기와 해안선을 그들만의 방식으로 공동소유하기 시작한 첫 날은 그렇게 시작되었다.


"이러다 숨 막혀 죽겠어요. 아, 쫌…!"

아지가 홍희의 품속에서 몸부림을 쳤다. 제 아빌 끌어낸 포졸들이 멀찍이 사라져가고 허균의 찢긴 몸뚱이 조각들이 수레 위로 실리는 걸 확인한 후에야 홍희가 팔을 풀었다.

"뭔 힘이 이리 세요? 요 정도면 그깟 포졸들 엎어치기 매치기로 몰아내고 울 아버질 구하고도 남았겠구만."

"무작정 덤벼드는 게 힘은 아니란다. 꼬맹아!"

"왜 자꾸 꼬맹이래? 아지라고요, 아지. 그나저나 울 아버지 어떡해요?"

"걱정 마. 곧 풀려나실 거여."

"뭘 믿고 그리 무사태평이래요? 누나 아버지 아니라고 그리 한가하게 말하는 거예요, 지금?"

골을 내던 아지가 갑자기 뭔가를 깨달은 사람처럼 얌전스러워지면서 미안한 표정이 되었다.

"그러고보니 돌한이 형 누나랬지요? 그럼 허균 대감님이랑은…? 함부로 말해서 참말로 미안해요."

조금쯤 우스꽝스런 아지의 사과가 서글프게 느껴진 건 발기발기 찢긴 사람 몸뚱어릴 쓰레기 처리하듯 아무렇게나 내던지는 일꾼들의 무표정 때문이었을지 모른다. 낭자하게 흘러내려 땅바닥을 순식간에 시뻘건 진창으로 만든 핏물 때문이었을 수도 있다. 홍희는 아지의 머리를 쓰다듬었다.

"내가 돌한이 누나인 건 사실이고 허균 나리가 돌한이 아부지인 것도 사실이여. 그렇다고 허균 나리가 내 아부지는 아니고…, 지금 너한테 설명하긴 좀 복잡한 문제니깐 나중에, 알았제?"

홍희는 그러면서도 조금 전까지 금줄이 쳐졌던 곳에서 남서쪽으로 스무 걸음 쯤 아래, 소덕문 앞 광장 끄트머리에다 온 신경을 집중시켰다. 허균의 목이 몇 번째 장대에 꿰어 세워지는지 확인해 두어야 했다. 홍희가 지금 이 자리에 서 있는 이유를, 허균이 처형되는 광경을 바로 눈앞에서 목도한 까닭을 불현 듯 알아차린 때문이다.


어머니의 삼우제를 지내고 난 날 저녁, 홍희는 전혀 뜻밖의 사람으로부터 뒤늦은 조문을 받았다. 아무리 세월이 흘러도 절대로 잊을 수 없는 기이한 향내가 먼저 방문을 두드렸다.

눈 쌓인 텅 빈 마당에 뽀도독 첫 발자국을 찍어 새기던 꽃무늬 냄새 같은, 혀끝에 달라붙는 차갑고 알싸한 고드름 냄새 같은, 그런 독특한 향내는 평생을 두고도 잊을 수 없는 거였다.

하지만 방문을 열자마자 맞닥뜨린 건 잿빛 승복을 차려입은 몸피가 얇은 비구니 스님이었다. 향기가 불러낸 기억과는 전혀 부합되지 않는 딴사람이었다. 괜스레 가슴이 벌렁거렸나싶어 실망스럽던 바로 그 순간, 머리를 휘감은 하얀 보자기 속에서 두 개의 말간 눈동자가 홍희를 어루만졌다. 크고 맑고 그리고 슬픈 눈이었다.

"이모!"

목울대까지 차오른 수많은 말들을 비집고 그 한 낱말이 튀어나왔다. 스스로 집을 떠난 이후 단 한 번도 발걸음을 한 적 없는, 한 생 저 너머의 까마득한 인연으로 남은 향아였다.

어린 홍희가 처음 보았을 땐 꽤나 차갑고 얼마간 신비롭고 조금쯤 나이 든 어른으로 보였던 그녀, 사방팔방을 떠돌던 홍희 모녀에게 갓난아기 돌 한과 작은 초가집을 내주고 떠난 이모였다. 홍희의 눈엔 어느새 그렁그렁 눈물이 고였다.

"우리 종다리, 고생 많았지?"

홍희는 더 이상 참지 못하고 버선발로 뛰쳐나가 그녀를 와락 끌어안았다. 얼마 만에 들어보는 '우리 종다리'인지! 어디다 맘 붙일 곳 없던 기생들 앞에 어느 날 문득 나타난 어린 홍희를, 호기심으로 똘똘 뭉쳐 쉼 없이 종 알거려 쌓는 꼬맹이 홍희를 그들은 너나없이 그렇게 불렀다.

부안 관아에 매여 자기 날로는 한 발짝도 맘대로 오고갈 수 없는 기생들에게 천지사방 맘껏 휘젓고 돌아다니는 홍희는, 맘에 있는 말을 함부로 내뱉어도 맘에 없는 말을 아껴서도 안 되는 그야말로 말의 감옥 속에서 살아가는 기생들에게 홍희는, 한 마리 종달새였다. 부러움의 대상이자 자유의 상징, 그리고 어쩌면 대리만족의 표상이었을지도….

"매창 언니가 떠났을 때도 와보지 못했는데, 이번에도 오지 않으면 평생 지울 수 없는 한이 될 거 같아서! 너희 엄만 정말 오래 사실 줄 알았어. 사방팔방에서 던지는 돌팔매를 온몸으로 막아주던 강하고 듬직한 언니였는데…."

향아가 그렇게나 길게 말하는 걸 홍희는 처음 보았다. 어딘지 모르게 약간 들떠 있는 눈길로 여기저기 탐색하는 듯한 모습도 처음이었다.

"갑작스레 당한 일이라 돌한이 한테도 미처 연락을 못했는디, 어찌 아시고…?"

홍희는 에두르지 않기로 했다. 말을 하지 않는다고 진실이 가려지는 건 아니었다. 향아로선 아들을 볼 수 있다는 자신감이 생겨났기에 발걸음을 했을 테고, 그런 이상은 만나는 게 순리일 거였다. 하지만 서로의 의도가 어긋나는 것도 어쩌면 순리일지 모른다. 결국 최종적인 결정권자는 때時일 것이므로.

상주 노릇을 해야 마땅했을 돌한에게 홍희가 부고를 보내지 못한 건 사실 어머니의 유언에 가까운 부탁 때문이었다.

*불러 내리지 말래이. 내 아들로 살아준 십오 년 세월만으로도 차고 넘치니께네.*

"넌 아주 어른이 다 되어버렸구나. 어째 시집은 안 가고?"

향아는 딴소리를 했다. 그런다고 홍희에게 이미 들켜버린 속마음이 감춰질 것도 아닌데 말이다.

"이모 기다리다 해가 다 가부렀지요. 인제는 늙은 처녀라 어디서 선도 안 들온다니께요."

흐응, 향아가 설핏 웃는 듯 했다. 홍희는 늦은 저녁을 차리고, 그녀와 함께 밥을 먹고 차를 한 잔 나눠 마셨다. 그러는 동안 둘은 더 이상 할 말이 없는 사람들처럼 그저 숨소리만 나누었다.

향아는 밥숟갈을 떠 넣고서 오물거리는 동안도, 찻잔을 입에 가져다 대는 동안도, 보자기가 행여 펄럭거리지 않도록 몹시 신경을 썼다. 모든 번뇌와 집착을 끊으리란 각오로 불문에 들었으련만.

홍희는 차마 말하지 못했다. 어린 시절, 향아의 가려진 얼굴을 훔쳐보기 위해 얼마나 많은 날 동안 잠을 설쳤던가를. 밤새 젖먹이 돌한에게 시달린 그녀가 마침내 곯아떨어진 새벽녘, 아무렇게나 짓이겨놓은 진흙덩어리처럼 골지고 문드러진 한 쪽 볼을 훔쳐보고서 까무러치게 놀랐던 일을.

"인제 가 볼란다. 널 봤으니 됐다."

어둔 밤길을 굳이 나서려는 향아를 홍희가 붙들었다.

"자고 가요. 뭔 급한 일이 있다고 한밤중에 길을 나선대요? 돌한이를 못 봐서 허전해 그런대요?"

홍희는 한 번 더 향아의 옆구리를 찔렀다. 이렇게 찾아올 맘을 낼 정도라면 속내를 풀어놓아도 좋지 않을까 싶었다.

"아니, 아니야! 그저 염치가 없어서….."

"그니깐 염치없다는 그 말 한 마디를 할라고 애써 찾아왔단 말여요?"

손사래를 치며 향아가 피식 웃었다. 우우~~ 뒷산 골짜기에서 목 쉰 여우가 울어댔다. 머뭇거리는 향아를 홍희가 눌러 앉혔다. 그리고는 이부자리를 폈다.

"생전 꾸지 않던 꿈을 요즈음 들어 자꾸만 꿨지 뭐야?"

홍희는 향아 이모가 어느새 그리 늙어버렸나 싶어 새삼 들여다보았다. 꿈 이야기를 해대는 건 나이 든 사람들의 버릇이다. 잠결에 잠깐 스쳤을 뿐인, 앞뒤 연결 되지 않는 묘한 장면들을 얼기설기 이어 붙여, 자기 방식으로 앞날을 예견하고 길흉을 점치는 촌스러움이라니….

"우습지? 머리를 깎은 뒤론, 갈 일도 볼 일도 없어진 지체 높은 양반 나리들과의 연회 자리가 왜 자꾸 꿈속에서 어른거리는지 몰라. 어느 날인가는 거문고를 타며 노래하는 매창 언니랑 그 노랫소리에 맞춰 한 마리 학처럼 춤을 추는 나리마님도 보았어. 여전히 부럽고 여전히 서글프더라. 아직도 다 벗지 못한 습렬<sup>이</sup> 남은 게지."

향아의 눈길이 머나먼 어딘가로 날아갔다. 홍희는 어쩔 수 없이 보고야 말았다. 딱 한 번의 잠자리가 끝이었음에도 평생 허균의 여자로 남은 향아를. 수많은 시와 편지를 주고받으며 끊임없이 교류하면서도 허균의 여자인 적이 단 한 번도 없었던 매창을 향한 그녀의 질투를. 잿빛 승복 한 벌로는 절대로 가려지지 않을, 한 사내를 향한 설움과 아픔과 갈망을.

"어매가 신주 마냥 장롱 깊숙이 뫼셔 놓은 게 있길래 풀어 봤드니만 매창 이모가 남긴 시첩이며 양반나리들과 주고받은 편지들이드만요. 이모가 간직하실래요?"

불쑥 말을 꺼내놓고 홍희는 스스로 놀랐다. 한 번도 해보지 않은 생각이었다. 하지만 막상 말을 하고 보니 가장 적절한 순간에 가장 적절한 제안을 한 것 같았다. 허균을 향한 매창의 넓이를 향아의 깊이가 아니고선 지켜낼 수 없으리라.

"아시다시피 지가 워낙에 선머슴이자녀요. 어매도 가신 마당에 얌전히 집지키고 앉아 있을 깜냥도 아니고, 이모가 맡아 주시믄 좋겠는디…!"

하지만 향아는 홍희의 말에 별다른 대꾸를 하지 않았다. 아직도 꿈속을 헤매는 듯 몽롱한 눈빛으로 머나먼 어딘가를 더듬고 있었다. 그러거나 말거나 홍희는 어머니의 장롱을 뒤져 제법 묵직한 보따리 하나를 꺼냈다. 그리고는 반가부좌인 채로 꿈쩍 않는 향아의 무릎 위에다 올려놓았다.

"이모! 스님!"

"어? 어어!"

문득 잠에서 깨난 사람처럼 어리벙벙한 표정으로 향아가 보따리를 어루만졌다. 눈을 깜빡이거나 침을 삼키는 것 같은 무의식적이고 무심한 손길이었다. 홍희는 한 발 더 나아가기로 했다.

"낼이라도 당장 서울 올라가서 돌한일 델꼬 올게요. 많이 늦긴 했제만 어매 무덤 앞에서 절이라도 올리게끔 해야겠어요. 여그서 며칠만 지달려요."

"이제 와서 무슨 낯짝으로 내가 그 앨…!"

문득 찾아왔으면서 한 발 빼는 심사는 또 뭐람? 홍희는 여전히 머뭇거리고 덜컹거리는 그녀의 심사를 보듬어주기로 마음먹었다.

"이모가 그 녀석 앞길 열어줄라고 없는 사람처럼 숨어 살았자녀요. 앞으론 그럴 필요 없어요. 잘 나가는 양반 나리 아부질 뒷배 삼아 그럭저럭 자릴 찾아가고 있다니깐. 인제는 절 낳아준 친 어매가 누군지 알 때도 됐고요."

다음날 아침 홍희가 일어났을 땐 옆 자리가 텅 비어 있었다. 머리맡에 두었던 매창의 유품 보따리 역시 사라지고 없었다. 얌전히 개켜진 이불이 아니었다면, 슬그머니 남겨진 종이쪽지 하나가 아니었다면, 향아가 다녀간 게 마치 꿈처럼 여겨졌을 것이다.

'무향암'

우반골의 굴바위 뒤편에 조그맣게 자리 잡은 암자 무향함, 그러니까 향아는 거기서 돌한일 기다리고 있겠다고 홍희에게 넌지시 말해주고 떠난 셈이었다. 하지만 그 기다림이 오로지 돌한 만을 위한 거였을까?

홍희는 간단히 꾸린 봇짐을 등에 지고 여느 집 총각 같은 차림새로 집을 나섰다. 계획에 없이 튀어나온 말 한 마디가 홍희의 발걸음을 서울로 이끌었다. 기껏해야 사나흘 전의 일이었다.

조금 전까지 숨을 쉬며 살아있던 이들의 모가지가 기다란 장대에 꿰어지는 걸 홍희는 눈이 뚫어져라 쳐다보았다. 한 발짝도 움직이지 않고 돌덩이처럼 서서.

처참한 모가지들이 광장 한 가운데 세워지는 동안, 못다 흘린 피를 아직도 줄줄 쏟아내는 광경은 돌아서던 사람들의 발길을 다시 끌어당겼다. 경비병들은 한 발 한 발 다가드는 사람 그림자를 가을 논의 참새라도 쫓아내듯 훠이훠이 몰아냈다.

향아 이모는, 아니 무향 스님은 이미 알고 있었던 게 아닐까? 초가을 해질 무렵의 한기가 오스스 홍희의 얇은 옷자락 속으로 파고들었다.

홍희는 아지의 어깨를 쓸어안고 소덕문 광장을 가로질러 갔다. 핏방울 뚝뚝 떨구는 모가지들이 하늘 가운데 솟대처럼 드높이 서있는, 배고픈 까마귀들이 피 냄새를 맡고 몰려드는 해거름 녘의 음산한 거리를 지나 터벅터벅….

# 한숨소리

***

하아아!

수백 수천의 목구멍에서 동시에 흘러나오는, 탄식인지 감탄인지 모를 한숨소리.

내 목이 떨어졌는가? 내 온 몸이 갈기갈기 찢어지고 말았는가? 내가 죽었는가?

그런데

그런데

아무 일도 일어나지 않았다.

짙은 먹구름이 한낮의 해를 가리는, 온천지에 검붉은 흙바람이 휘몰아치는, 시커먼 하늘 가운데서 뇌성벽력이 우르릉거리는, 그런 일은 결코 일어나지 않았다.

잘린 목에서 하얀 피가 분수처럼 솟구치지도 않았고, 내 몸뚱어릴 찢는 말발굽에 벼락이 떨어지지도 않았고, 천상 선녀들이 휘황한 날개옷을 펼

럭이며 내 혼을 떠받들어 올려주지도 않았다.

어떻게 아무 일도 일어나지 않을 수 있는가?

천하에 두려워할 자는 오직 백성뿐이라 통찰했던 조선 최고의 지성이 단칼에 베어져 땅바닥으로 동댕이쳐지는데도.

하늘이 낸 재능을 신분이나 가문, 일률적인 과거시험 따위로 한정해선 안 된다고 외친 조선 최고의 사상이 시퍼런 죽창에 꿰어 허공에서 대롱거리는데도.

당시唐詩도 송시宋詩도 아닌 오로지 조선의 시, 이백도 두보도 한유도 아닌 오로지 허균 자신의 시를 추구한, 조선 최고의 문장이 갈가리 찢겨 흙바람에 휩쓸리는데도.

어떻게 아무런 일도 일어나지 않는단 말인가?

나의 죽음이 내 죽음의 부당함을 만천하에 선포하지 못한다면, 이제 난 무엇으로 그것을 증명해야 하는가?

장대에 허술하게 걸쳐진 패찰이 달그랑거린다. 괴기스런 전시물의 제목…,

역적 허균!


## 1

삐뚜름히 고갤 숙인 이이첨의 눈빛과 마주친다. 잔뜩 인상을 찌푸리고 있다. 아니다, 비어져 나오는 웃음을 애써 참고 있다. 아니, 그것도 아니다.

그와 나 사이에 갑작스레 그어진 경계를 환기시키는 작별인사를 던져오는 중이다.

*행여 내 꿈자리에 얼씬거리진 말게.*

놈의 목을 졸라버릴까, 능구렁이 같은 저 눈알을 뽑아 버릴까, 그런데 내 손가락은 어느 진흙탕으로 쑤셔 박혀 꿈쩍이질 못하나? 놈의 턱주가리를 걷어 차줄까, 털고 일어서는 정강이를 으깨줄까, 그런데 내 발은 어떤 시궁창에 처박혀서 이리도 둔한가?

어떻게 한 순간에 이런 일이 일어날 수 있을까? 분명 나인데 내 맘대로 움직일 수 없다니!

흙먼지를 뒤집어 쓴 채 벌건 핏물을 게워내고 있는 머리통과 형체를 알아볼 수 없게 찢긴 살점과 부러진 뼈들이, 그 사이로 시내가 되어 흐르는 뜨거운 핏물이 문득 저 아래로 내려다보인다. 내게 지금 무슨 일이 벌어진 것인가?

저기 엉망으로 해체된 더럽고 비루한 나와 의문 가득한 눈으로 그걸 내려다보는 나. 누가 진짜 나인가?

나는 왜 여기서 갈 곳 몰라 헤매고 있는가?

내 아들에게, 내 친구들에게, 그리고 조선의 백성들에게 안겨주려던 미래는 이제 영원 속에 갇히고 말았는가? 눈앞에 펼쳐졌던 새로운 조선은 그저 한 순간의 신기루일 뿐이었는가?


경운궁 수비병들은 '어명'이라는 한 마디 말에 별다른 저항 없이 궐문을 열어주었다. 석어당에 이르기까지 우릴 가로막는 자는 아무도 없었다. 결연한 의기로 몰아붙인 군사행동치고는 싱겁기조차 했다.

"서궁은 나와 어명을 받들라!"

어린 아들 영창대군과 아버지 김제남이 역모 죄인으로 처형된 이후 인목대비는 대비마마라는 호칭 대신 하대와 무시의 의미를 담은 서궁으로 불리고 있었다. 그녀가 유폐된 경운궁이 왕실의 주궁인 창덕궁 서쪽에 위치하고 있다는 단순한 이유만으로.

대비는 경운궁 뜨락의 눅눅한 어둠을 거침없이 짓밟으며 들이닥친 한 무리의 군사를 보고도 별달리 동요하지 않았다. 나인들을 시켜 선조 임금과의 혼례 때 받은 옥책玉冊과 어보御寶, 국혼 문서 등 자신이 소유한 모든 문서와 패물을 보자기에 싸도록 명하면서도 담담하기 그지없었다.

"가져가라. 이곳에 유폐시킨 것만으로는 양에 차지 않는다더냐?"

대비를 정면으로 맞닥뜨린 건 처음이었다. 멀리서 보던 것보다 훨씬 더 어려보이는 데 놀랐다. 작달막한 키에 가느다란 몸피, 만지면 부서져 버릴 것처럼 얇은 어깨…. 새 세상을 만들기 위한 제물로 삼기에는, 장정 수십 명이 완전 무장을 하고 달려들기에는, 너무도 가냘프고 조그만 여인이었다.

"내 아버지가 억울하게 처형되고 내 어린 아들이 비명에 갔다. 더 이상 무서울 게 무엇이겠느냐? 오라 하라. 왕의 법적 어미인 나를 폐서인하여 궁 밖으로 내치고, 행여 날 동정하거나 도우려는 자는 사형에 처한다는 교지를 내리라 하라."

얼음장보다 차갑고 바위보다 무거운 말 한 마디 한 마디가 조그만 여인을 범접 불가의 권위로 감쌌다.

"좌참찬 허균! 한 가지만 묻겠다. 네 형 허성은 선왕의 유지를 받들어 내 아들 영창을 보호하려던 충신이었다. 너의 칼끝이 나에게로 향해진 까닭이 무엇이냐?"

조선의 국법이 서얼의 사회진출을 금하고 있는 마당에 서자인 광해가 왕이 되었으니, 대비의 존재가 후궁에게서 태어난 왕의 출생 약점을 도드라지게 한다는 걸 모르는가? 대비 자신이 왕의 약점을 쥐고 흔들려는 세력들에게 비빌 언덕이 되어주고 있음을 정녕 모른다는 말인가?

"왕의 불안이 곧 백성의 불안이요, 왕의 근심이 곧 조선의 근심이기 때문입니다."

"그것이 너와 무슨 상관이냐?"

"마마나 저나 조선 백성 중 한 사람이 아닙니까? 마마를 등에 업고 왕을 위협하는 세력들이 들끓는 한 조선은 절대로 내부결속을 다질 수 없습니다. 백성들의 신뢰를 얻지 못하고 불안감만 키우는 조정이라면 언젠가 또다시 전란에 휩싸이고 말 것입니다. 마마 한 분의 희생으로 닥쳐올 환란에서 조선 백성을 구할 수 있습니다."

"그래서? 날더러 자진이라도 하라는 말이냐? 너의 서얼 친구들에게 누명을 씌워 죽인 간신 이이첨과 작당한 걸 보면 네 놈 역시 권력욕이나 채우려는 비열한 자임에 분명하거늘?"

조그만 여인은 언성 한 번 높이지 않으면서 질기게 이어지는 나와의 악연을 건드렸다. 그녀의 불행을 따지고 올라가보면 몇 년 전, 내 친구들이 일으킨 '일곱 서자들의 난칠서의 난'에까지 이르게 된다.

내 가엾은 친구들의 요구는 그리 대단하거나 위협적인 게 아니었다. 아버지의 방탕한 성생활의 책임을 자식에게 지우는, 혼외자의 사회 진출을 허락하지 않는 서얼금고법을 폐지해 달라는 것 하나 뿐이었다. 하지만 빼앗긴 권리를 찾으려는 자들에게 품을 열어주는 사회는 없다. 내 소설 홍길동전이 문제였는지도 모른다. 그들은 소양강 가에다 따로 집을 짓고 모여 살며 홍길동처럼 의적 행세를 하려다 돈 많은 장사꾼 하나를 죽이기까지 하고 말았으니.

이를 기화로 삼아 배후가 있는 역모사건으로 엮어낸 건 이이첨이었다.

'부원군 김제남과 공모하여 영창대군을 왕으로 세우려 했다 자백만 하라. 그러면 살 길을 열어주겠다. 너희가 원하는 서얼금고법 폐지도 반드시 관철해 주겠다.'

살인자로 처형될 위기에 처한 박응서가 이첨의 꼬임에 넘어가 없던 역적 모의를 자백했다. 그의 어리석음은 나머지 친구들은 물론 죄 없는 영창대군과 김제남 등을 죽음으로 내몰고 자신의 목숨도 구하지 못했다. 그 조작된 역모사건으로 왕의 눈엣가시를 제거해줌으로써 이이첨은 누구도 넘볼 수 없는 최고 실세의 입지를 굳혔다. 만약 그때 친구들이 행여라도 나와의 친분을 털어놓았다면 나와 대비가 만나는 일은 없었으리라. 그때 이미 형장의 이슬로 사라졌을 테니 말이다.

"어리석은 자! 이용당하는 자는 이용하는 자를 이기지 못한다. 이상을 꿈꾸는 자는 권력에 굶주린 자를 이기지 못한다. 넌 끝내 이이첨에게 모든 걸 빼앗기고 말 것이다. 네 억울한 서얼 친구들이 그랬듯!"

그때는 왕이 이이첨의 편이었지만 이번엔 나의 편이라고 말하지 않았다. 그리고 나의 혁명이 완성되면 이이첨을 맨 먼저 희생제단에 바칠 것이라고도 말해주지 않았다.

폐비반대론자들을 체포하러 나섰던 우경방의 군사들로부터 보고가 들어오기 시작했다. 이미 귀양길에 오른 영의정 기자헌의 아들 기준격과 문창부원군 유희분, 병조판서 박승종과 영중추부사 이항복, 그리고 대비와 함께 역모를 꾀한 것으로 알려진 김유 등을 체포하여 의금부 옥사에 가뒀다는 보고들. 시간을 지체할 이유가 없었다.

"여봐라, 서궁을 침전으로 들이고 철저히 감시토록 하라. 역적모의의 주범으로 의심되는 만큼 지금까지 누린 모든 특권은 지금 이 시간부로 폐지된다. 전하의 명 없이는 단 한 발짝도 움직일 수 없다."

대비는 자신의 양쪽 팔을 끼어 끌고 가려는 군관들의 뺨을 사정없이 후려쳤다. 그리고는 차분하고 당당한 걸음걸이로 자신의 침전을 향해 갔다. 대비의 하얀 치맛자락이 짙푸른 새벽안개를 헤집으며 펄럭거렸다.

혁명은 시작되었고 뒷걸음질 칠 수 없다. 뜨거운 무엇이 울컥 치밀어 올랐다. 돌한이 나에게 시선을 고정한 채 불끈 쥔 주먹으로 제 가슴을 쳐 보였다.

새로운 조선을 위한 개혁안 7개조가 실린, 왕이 직접 공표하게 되는 순간까지 아무에게도 누설되어서는 안 되는 극비문서가 숨겨진 곳, 돌한은 바로 그곳을 쳐 보임으로써 창덕궁으로 전령을 보내겠단 신호를 한 거였다. 전령은 순식간에 창덕궁에 도착할 것이다. 그리고 그는 왕에게 한 마디만

전하면 된다.

'모든 준비가 끝났습니다.'

모든 준비가 끝났음을, 이제 왕의 시간이 되었음을 알리러 힘차게 창덕궁을 향해 달려갔던 전령이 혼자서 돌아왔다.

"왕께선 모든 채비를 마친 채 기다리고 계셨습니다. 막 가마에 오르시려는데 이이첨 대감이 입궐했고 별안간 기다리라는 명령이 하달되었습니다."

뭔가 일이 어긋나고 있음을 직감했다. 혁명은 신의와 신속으로 완성된다. 어떤 치밀도 배신에겐 무력하고 어떤 완벽도 망설임을 당해내진 못한다. 석어당 용마루에 삐뚜름히 등을 기대고 앉아있던 그믐달이 슬그머니 일어섰다. 불길한 예감이 들 때는 감각이 시키는 대로 움직이는 게 최선이다. 난 돌한을 가까이로 불렀다.

"만일의 경우를 위한 지침대로 시행한다. 가라!"

"나리마님을 지키는 게 이 놈의 임무입니다만."

"인영일 지키는 것도 그리고 너 자신을 지키는 것도 너의 임무이다. 이이첨을 미리 제거하지 않은 게 치명적인 실수가 아니었길 바랄 뿐이다. 조심하라!"

돌한이 마지못해 말 등에 오르며 제 가슴팍을 다시 한 번 두드렸다.

"만약 임금님께서 납시면 이건 어떡합니까?"

"걱정 마라. 그런 종이쪽지야 내 머릿속에 수십 수백 장이 들어있다. 너는 그저 앞만 보고 달려가라!"

"나리마님! 다시 뵐 때까지 부디 강건하십시오."

돌한이 말의 옆구리를 막 차려는 순간이었다.

"아버지라 불러주지 않겠느냐?"

돌한의 각진 얼굴을, 우묵한 두 눈을, 튀어나온 광대뼈를 쓸어보며 난 오랫동안 참아왔던 말을 내뱉고 말았다. 자욱이 긴 새벽안개 속에서 돌한이 날 이윽히 바라보았다.

"새로운 나라가 선포되는 날, 그때 맘껏 부르겠습니다."

녀석은 무슨 선언이라도 하듯 또박또박 눌러 말했다. 그날의 첫 만남 이후 어느새 2년 가까운 세월이 지나갔으나, 우스갯소리도 인사치레도 없는 돌한의 건조하고 냉철하고 말간 낯빛은 별로 달라진 게 없었다.

"아비가 아들에게 아버지라고 한 번 불리고 싶다는데, 그게 그리 아껴둘 말이더냐?"

한시가 급한 와중에 참으로 어른스럽지 못한 유치한 투정이었다. 그럼에도 아들에게 아비라 불리지 못하는 나 자신이 왠지 실패자처럼 느껴지는 걸 어쩔 수 없었다. 돌한의 눈동자가, 깊은 우물 속에서 반짝이는 별빛 두 개가 해맑게 웃었다.

"반드시 성공하시라는 부탁입니다만."

"기다림은 이제 나의 몫이 되었구나. 가거라!"

이려이려!!

돌한은 뒤돌아보지 않고 말을 몰아 나아갔다. 명분 쌓기를 위해, 창덕궁의 상황 파악을 위해 보낸 두 번째 전령도 혼자 돌아왔다.

"왕은 오시지 않을 듯합니다. 왕께서 대비가 아직 살아 있느냐 물으시기에 전하의 처분을 기다리는 중이라 아뢰었습죠. 왕께선 실망감을 감추지 않으시는데 이이첨 대감은 왠지 의기양양해 보였습니다."

지난밤 왕의 은밀한 명령이라며 이첨이 전해준 말은 왕과 나 사이를 이간질하려는 이첨의 술수였단 말인가? 왕좌의 안정이 대비 시해를 통해 이루지리란 기대로 무리수를 두려는 왕이 부담스럽던 차에 이첨의 전언은 사실상 반가웠다. 불필요한 피를 손에 묻히지 않고 왕을 전위로 내세우는 것이야말로 혁명의 성공을 위한 최상의 대본이었으니. 그런데 영악한 이첨이 그 미묘한 지점을 파고들었다?

더 이상 시간을 끌 필요가 없다. 이이첨 활용 유효기간은 끝났다. 왕에 대한 기대 또한 버려야 한다. 고지에 꽂는 깃발은 하나면 충분하고 그것은 재빠른 기수에게만 주어지는 기회다. 최후의 순간에는 왕조차 내 혁명의 제물로 삼을 각오를 하지 않았던가?

"더는 기다릴 수 없다. 왕께서 오시지 않으니 우리가 간다."

*와아!!*

사기충천한 병사들의 함성이 경운궁 구석구석으로 울려 퍼졌다. 왕이 왜 오지 않는가에 대해서 묻는 자는 없었다. 그동안의 지루했던 훈련을 드디어 실전에 써먹게 되었다는, 뭔가 심장 벌떡대는 일이 벌어진다는 그런 기대로 마냥 부풀어 오른 듯 했다.

왕실에서 파견된 금군을 중앙군으로 삼아 선두에 세웠다. 머뭇대는 왕에게 함께 손잡았던 뜻을 환기시키고, 왕의 뜻이 어디에 있었는지를 만천하에 알리려는 의도에서다. 내 서얼 친구이자 영원한 동지 현응민 휘하의 1

군이 우측에, 그리고 평안도와 황해도에서 내려온 우경방의 2군이 좌측에 정렬하여 양 날개처럼 뒤따랐다.

승군들이 잠입해 있는 북한산과 도망노비들이 피난민으로 가장하여 숨어든 백련산, 그리고 서얼과 하급아전으로 구성된 나주 군사들이 대기하고 있는 남산자락에다도 전령을 띄웠다.

*창덕궁으로 오라!*

내 군사들의 사기는 하늘을 찔렀고 창덕궁으로 밀려올 후원군의 전력은 막강했다. 이이첨인들 왕인들 감히 나 허균을 막을 순 없을 터였다. 내 혁명의 불을 피워 올린 불쏘시개가 굶주린 백성들의 원성인 한, 핍박받은 서얼과 천민들의 통한인 한.

그런데 지금 여기, 혁명의 불이 타고 있어야할 자리에 어찌 내 처참한 모가지만 찢긴 깃발처럼 나부끼는가? 그 많던 군사들은 어디로 다 흩어지고 호시탐탐 내 살점을 노리는 배고픈 까마귀들만 꼬여드는가?


## 2

휘이, 휘이!

새떼를 쫓는 경비병의 쉰 목소리가 이따금 울려 퍼졌다. 보초를 서는 자들에겐 역적의 수급을 가져다 장사지내려는 범법자를 막는 일 이외에도, 미래의 역적들에게 교훈이 될 섬뜩한 전시물을 온전한 형태로 유지시켜야 할 의무가 있다. 피 냄새를 맡고 몰려든 들짐승이나 새들에게 죄인의 목을 한 입 식사거리로 내주었다간 자신의 밥줄이 끊길 수도 있다. 효수 당한 자의 죄가 무거울수록 수급의 전시 기간은 더 길어진다. 교대로 번을 선다 해도 졸음과 모기와 까마귀에 시달리며 버텨내야 할 기나긴 밤은 최소한 닷새 이상 이어질 것이다.

통행금지를 알리는 인정의 종소리가 나지막이 깔렸다. 피 냄새를 맡고 서성이던 까마귀들도 포기하고 돌아섰는지 소덕문 밖 장터 네거리엔 침묵이 흘렀다. 칠흑의 밤하늘엔 별빛 한 점 떠있지 않다. 잔뜩 습기를 머금은 바람이 저 멀리 넝쿨내로부터 불어왔다.

차례로 순시를 돌던 보초들의 발걸음이 차츰 뜸해지더니 어느 샌가부터 너나 할 것 없이 땅바닥에 주저앉아 꾸벅꾸벅 졸기 시작했다. 반 마장 쯤 건너 장터거리 초입의 국밥집 초가지붕에서 두 개의 눈알이 그들을 뚫어져라 쳐다보고 있음을 눈치 챈 자는 아무도 없었다.

홍희는 초가지붕에 엎드린 채 저고리 안쪽에서 작은 반달칼을 꺼냈다. 부안에서 제일 솜씨 좋다는 대장장이에게 특별히 맞춘, 조선 천지에 단 두 개밖에 없을 손바닥 칼이었다.

반원형으로 불룩하게 튀어나온 칼날이 어둠 속에서 날카롭게 빛났다. 둥그런 칼날을 따라 칼등 역시 안쪽으로 오목하게 휘어져 있어, 사실 반달보다는 초승달에 더 가까운 모양새였다. 홍희는 초승달의 뾰족한 모서리 부분 한쪽을 엄지와 검지 사이에 끼고서 반 무릎 자세로 일어섰다. 초가지붕은 어느새 이슬에 푹 젖어 바스락 소리 하나 나지 않았다.

홍희로선 한 나절 전만 해도 이런 곳에 엎드려 숨어있게 될 줄은 꿈에도 생각지 못했다. 돌한이 기식하고 있다는 호조의 아전 박충남이란 자의 집에서 아지 녀석을 만날 때까지만 해도. 기껏해야 한 나절 전이었을 뿐인데 삼생三生 저 너머의 일인 냥 아득했다. 홍희는 살짝 몸을 일으켜 지붕 아래로 날렵하게 뛰어내리려 했다. 바로 그때였다.

뚜벅뚜벅!

조심성 없는 둔중한 발소리가 장마당을 가로질러 왔다. 홍희는 지붕 위로 납작 엎드렸다. 도대체 누굴까? 인정 종소리가 울리기 직전 보초들의 임무 교대를 분명히 확인했는데…? 순찰 나온 상관인가? 아니면 정신 못 차린 취객인가?

졸고 있던 경비병 하나가 화들짝 놀라 소리쳤다.

"언 놈이냐?"

그 바람에 다른 보초들이 허둥지둥 무기를 챙기며 일어섰다.

"허균 대감의 장례를 치르러 왔다. 감히 날 막으려 들면 이 박달나무 몽둥이가 네 놈들 대갈통을 박살내고 말 것이야."

씩씩거리며 그들을 을러멘 건 덩치 큰 사내였다. 솥뚜껑만치나 큰 손으로 몽둥이를 쥐고서 위아래로 흔들어대는 품이 사뭇 위협적이었다. 도움이 될지 방해가 될지, 홍희는 일단 판단을 유보한 채 눈 아래서 펼쳐지는 광경을 주시했다.

"우리 의금부 나졸들을 뭘로 보고 감히 혓바닥을 나불거리는 게냐?"

누군가가 칼을 휘두르며 소리쳤다. 나졸들이 전열을 가다듬고서 죄인의 목이 꽂힌 장대들을 에워싸며 덩치 큰 사내를 향해 창칼을 겨누었다.

이얏!

기합소리와 함께 사내의 둔중한 몽둥이가 몇 개의 칼과 창 사이를 휘젓기 시작했다. 제 몽둥이가 휘둘리는 대로 아무렇게나 좌충우돌이다가 제 덩치가 쏠리는 대로 발차기며 머리 박치기로 위협해 들어가는 사내의 막무가내 식 공격에 보초들의 전열이 순식간에 무너졌다. 정통 검법이나 창술로 훈련 받았을 의금부 나졸들이 기를 쓰고 덤비는 데도 그들의 원은 갈수록 쪼그라들었다. 공격하는 자는 분명 덩치 큰 사내 하나뿐인데도 대여섯 명의 보초는 각자 한 명씩의 적을 맞아 싸우는 것처럼 헐떡거렸다.

눈치를 살피던 홍희가 지붕 위에서 사뿐 뛰어 내렸다. 덩치 큰 사내 덕에 일이 훨씬 수월하게 풀릴 것 같았다. 홍희는 그들이 서로 엉켜 치고 박는 한 가운데로 날아오르며 반달칼의 뾰족한 모서리 부분을 쥐고서 수평으로 날렸다.

나졸들은 무언가가 허균의 목을 꿴 죽창을 순식간에 두 동강 내고선 쉭쉭 거리며 공중에 떠있는 희끗한 그림자 속으로 빨려 들어가는 걸 보았다. 그리고 동시에 허균의 목이 허공을 가로질러 가뭇없이 사라지는 것도.

빈 장대가 풀썩 주저앉았다. 지주목들도 와지직 땅바닥으로 무너져 내리기 시작했다. 서로 뒤엉켜 무기를 휘두르던 사내들이 분수의 물줄기처럼 사방으로 튕겨져 나갔다. 하지만 어깨를 때리고 허벅지를 찌르고 발등을 덮치는 지주목들을 피하기엔 이미 늦었다. 습습한 바람 한 줄기가 널브러진 사내들 사이로 지나갔다.

"어떤 놈이 감히 우리 대감마님을 훔쳐 가느냐?"

몽둥이를 휘두르던 덩치 큰 사내가 벌떡 일어서서 고함을 쳤다. 그리고는 사력을 다해 희끗한 그림자를 뒤쫓기 시작했다. 경비병들도 서둘러 일어나서 사내의 뒤를 쫓았다.

뺏으려는 자와 지키려는 자 사이의 편 가르기가 문득 사라졌다. 그들은 한 패가 되어 허균의 수급을 낚아채 사라진 그림자를 쫓아 앞서거니 뒤서거니 내달렸다.


홍희는 갈대숲 무성한 강변을 따라 길이 없는 길을 내달렸다. 게잡이 배들이 쏟아내는 휘황한 불빛을 등지고서 쉬지 않고 뛰었다. 여울진 곳을 철벙거리며 지나는 동안 정강이까지 푹 젖었다.

뒤를 쫓는 어떤 함성소리, 혹은 한 무리의 말발굽 소리 같은 게 들려왔다. 하지만 그들은 그림자도 발자국도 찾아내지 못할 것이다. 그림자보다 키큰 갈대가 우우 바람에 쓸리고, 발자국을 삼키는 넝쿨내 물줄기가 쉼 없이 흐르고 있는 한.

얼마쯤이나 달렸을까? 물소리, 바람 소리 말고는 아무런 소리도 들리지 않게 되었을 즈음, 홍희는 작은 나룻배가 갈대숲 속에서 찰방거리는 걸 보았다.

"누나! 여기요!"

홍희는 화들짝 놀랐다. 환영인사라도 하듯 두 손으로 노를 받쳐 들고서 흔들어 대는 뱃사공이 너무도 낯익은 탓이었다.

"오매, 그 꼬맹이 녀석?"

"아지라고요, 아지! 어엿한 이름 두고 꼬맹이 녀석이 뭐예요?"

"니가 왜 여기 있는겨? 니 당숙인가 아재빈가 하는 이가 뱃사공이라고 했자녀?"

"그분이야 배 주인이지요. 뱃사공은 바로 나, 박아지랍니다. 뱃삯은 더도 말고 덜도 말고 딱 일 전, 그니깐 열 푼입니다만."

"뭔 소리여? 아까 참에 소개료에다 뱃삯에다 다 받아 챙겨놓구선?"

"그때야 이리 위험스런 일을 하게 될 줄 몰랐으니까요."

홍희는 녀석의 정체가 새삼 궁금해졌다. 아무리 서울 인심이 각박하기로서니 빌려주거나 선물을 해야 마땅할 소설 필사본을 버젓이 장에 내다 파는가 하면, 물길에 익숙한 어른도 쉽지 않을 어둔 밤에 뱃사공 노릇을 자처하고, 게다가 홍희가 강을 건너려는 이유까지 알고 있지 않은가 말이다.

"따지지 마요. 사실은 반가우면서…."

눈을 휘둥그렇게 뜬 채 할 말을 찾고 있던 홍희에게 녀석이 뭔가를 내밀었다. 밑바닥에 소금이 두툼하게 깔린 커다란 바가지였다.

"자루에 든 그것, 그러니까 대감마님 말입니다. 여기에다 모셔요. 마냥 그렇게 들고 다닐 순 없잖아요."

*자루에 든 그것!*

꼬마 녀석이 아무렇지도 않게 내뱉은 말이 덜커덕, 홍희의 가슴에 얹혔다. 그것일 수 없고 그것이어서는 안 되는, 어머니의 도련님이자 매창 이모의 그분이었고 향아 이모의 나리마님이자 돌한의 아버지였던 이. 홍희에겐 낙담과 실망만을 안겨준 그였지만….

아지의 말이 딴은 맞지 싶었다. 홍희는 녀석의 생글거리는 낯짝을 훑어
보았다. 시커먼 얼룩이 배긴 자루에선 피비린내가 코를 찔렀다. 녀석은 홍
희에게서 냉큼 자루를 채서는 소금 바가지에다 집어넣었다. 그리고는 어
디서 구해 왔는지 자루 위에다 마른 고수풀로 두툼히 덮었다.

고수풀의 독특한 향이 얼마나 냄새를 잡아줄지 모르지만 최대한 빨리 움
직인다면 며칠 정도는 버텨낼 수 있을 것이다. 소금 덕에 부패 역시 조금은
지연될 터이다. 날씨도 아침저녁으로 제법 쌀쌀해져서 한낮의 뜨거운 햇볕
에 노출시키지만 않는다면 그런대로 괜찮을 것이다. 녀석은 자루 주변의 빈
틈에다도 남은 고수풀을 쑤셔 박아 빈틈없이 채운 후 삼베 보자기로 싸서
묶었다. 마치 그런 일에 이골이 난 사람처럼 녀석의 손길은 재바르고 야무
졌다.

"이런 뱃사공 봤어요? 뱃삯이 아깝진 않을 걸요?"

홍희는 입을 떡 벌리고서 녀석을 빤히 쳐다보았다. 여남은 살 아이라곤
도저히 생각할 수 없었다. 겉보기만 애지 사실은 속에 능구렁이가 열두 마
리는 들어있는 백전노장일지도 몰랐다.

"그렇게까지 감동한 눈빛으로 쳐다볼 필욘 없어요. 오지랖 넓은 울 아버
지가 가르쳐준 대로 하는 겁니다요. 이미 도움을 받으셨을 텐데, 모르시려
나?"

번쩍, 홍희의 머릿속을 뭔가가 때리고 지나갔다.

"쫌 전에 거그서 소란 피우던 덩치 큰 아저씨, 어쩐지 낯이 좀 익다 싶더라만 설마 니 아부지일 거라곤….”

아지가 실눈을 지으며 웃어보였다.

"근디 니 아부진 아까 잡혀들어 갔자녀. 그리 쉽게 풀려난겨?”

"옥지기가 울 아버지 친구더래요. 역모에 가담한 중죄인이 차고 넘치는 판에 그 정도 경범죄로 잡혀 들어간 이를 누가 기억이나 하겠어요?”

"그건 그렇다쳐도 내가 오늘 밤에 뭘 할라는지는 어찌 알았디야?

"척하면 삼천리지요. 돌한 형한테 누나 얘길 한 두 번 들었겠어요? 그때 이미 누나 표정을 읽었지요. 망나니가 대감마님의 목을 치는 바로 그 순간 누나가 무얼 결심하고 있는지 파박, 촉이 왔다 이 말씀!”

홍희는 놀라움을 감출 수 없었다. 밥을 줄 사람인지 물이나 줄 사람인지 동냥 바가지를 깨뜨릴 사람인지 척 보면 바로 알 수 있었던, 어매와 떠돌던 어린 시절의 눈치꾼 홍희라도 녀석과의 내기에선 절대로 이길 수 없으리라.

"너, 애 녀석인 게 맞긴 혀?”

"맞아요. 심하게 약삭빠른 애 녀석이죠. 돈 벌 기회가 오면 절대로 놓치지 않아요.”

아지가 종알거리면서 노를 물에 담갔다. 삐이꺽! 노가 물살을 밀어내기 시작했다. 아지 녀석은 노련한 뱃사공처럼 갈대숲을 헤치며 강 가운데로 나아갔다. 우줄우줄 자란 갈대들이 자꾸만 뱃길을 가로막았다. 수심이 낮은 데다 물길 가운데에 더러 잡풀 빽빽한 우듬지가 있어 뱃사공이라면 누구나 배를 띄우지 않을 곳이었다. 검문이나 추격을 피하기엔 안성맞춤일 테지만.

저 멀리 알록달록한 불빛들이 반짝거리는 게 보였다. 넝쿨내 물길이 한강 본류로 합쳐 들어가기 직전, 강폭이 넓어지는 지점쯤임에 분명했다. 빨갛고 파랗고 노란 불꽃들이 물살을 따라 화사하게 넘실거렸다. 햇발 좋은 봄날의 꽃밭처럼 눈부셨다.

"이쁘죠? 게 잡이 배들이에요. 어둔 강 가운데서 반짝거리는 걸 가만 보고 있음 하늘 은하수가 내려앉은 거 같아요."

빤한 계산속에 애늙은이 같은 꿍꿍이속까지, 그런 녀석의 입에서 도무지 나올 것 같지 않은 시적인 표현이었다. 놀란 홍희가 새삼 아지를 쳐다보았다.

"어떤 유명한 어른이 저 불빛을 용산 팔경 중 하나라며 시도 짓고 그랬다던데, 이색인지 저색인지 여튼 희한한 이름을 가진 분이었는데…."

이색이라면 고려 말의 문장가이자 학자였던 목은 선생일 것이다. 홍길동전을 베낄 정도로 글에 관심이 많다면 독서력이 만만치 않은 속 깊은 아이일지도 모른다. 하지만 홍희는 아무 말도 하지 않았다. 아지의 눈길이 너무도 아련하여 경계 너머의 어떤 다른 세상을 보고 있는 것 같았기 때문이다.


3


어둠이 내리는 시각이 며칠 전보다 훨씬 빨라졌다. 밤과 낮의 길이가 같다는 추분이 지났으니 그럴 만도 했다. 저녁을 물린지가 얼마 되지 않았는데 사위는 어두컴컴했다. 긴 베개에 팔을 괴고서 지그시 눈을 감은 채 이첨이 의효에게 물었다.

"그 계집, 깔끔하게 처리하였느냐?"

"분부대로 시행하였습니다."

"서둘러 똥을 치우는 것은 그 냄새 때문이다. 하지만 명심하라. 모두가 인상을 찌푸리며 고개를 돌렸으면서도 막상 그걸 치운 자의 손을 잡기는 꺼려한다. 그 냄새가 제게로 들러붙을까 걱정하기 때문이다."

"깊이 새기겠습니다. 피곤하실 텐데 일찍 주무십시오."

일어서려는 의효를 이첨이 눌러 앉혔다.

"아비가 오늘 한 일이 지나쳤다고 생각하느냐?"

의효는 아버지가 바라는 답을 빨리 내놓는 게 이롭다는 걸 오래 전에 터득했다. 자기 의견이나 그것을 관철시키려는 의지를 갖는 건 용납되지 않았다. 해서 간절한 무엇에 대해 허락 따위 구해본 기억이 없다. 의효의 머릿속은 늘 딴 세상을 향해 내달렸다. 언제나처럼 그러면 되는 일이었다. 결코 지나치지 않았다고, 그렇게 할 수밖에 없었음을 안다고…, 하지만 의효는 답하지 않았다.

"내 탓이 아니다. 왕의 결정이었어. 내가 한 일이라곤 왕의 마음속에다 작은 불쏘시개 하날 넣어준 것뿐이다. 균을 믿으십니까? 라는 질문 하나만을."

의효는 고개를 끄덕이지도 감탄의 빛을 띤 표정도 짓지 않았다.

"너도 알 것이다. 왕이 세자 시절, 전쟁 통에 보여준 뛰어난 역량으로 선조임금의 질투를 입어 여러 번 양위 소동에 휘말렸음을. 세자는 의주로 도망친 왕을 대신하여 민심 수습과 군사들의 사기 진작에 뛰어난 자질을 발휘함으로써 전쟁을 승리로 이끈 일등공신이었다."

의효로선 이미 넘치게 알고 있는 지난 시절의 왕실 비사였다. 선조임금은 자신의 무능이 만천하에 까발려진 창피를 세자에 대한 교묘한 핍박으로 갚았다. 출중한 자질을 가진 세자에게 왕위를 넘기겠다며 자신의 인품을 스스로 추켜올리고, 세자에게는 며칠씩 무릎 꿇고 땅바닥에 엎드려 양위 결심을 거두어 주시라 석고대죄를 하게끔 유도하여 자신의 권력을 과시하는 방식으로. 그것도 무려 열다섯 번이나 이어졌다.

"그렇게 힘들게 지켜낸 세자 자리를 만년의 선조는 기껏 네댓 살의 영창대군에게 물려주려 했다. 광해군이 정비 소생이 아니라는 이유를 앞세워서. 그런 광해군을 지키고 옹위하여 오늘의 왕으로 만든 건 우리 대북파이다. 왕에겐 길게 얘기할 필요도 없었다. 칠서의 난을 기억하십니까? 균은 그 역적들의 친구이자 후원자였습니다, 라고만."

후궁 소생의 아들 세자와 아버지 선조 임금과의 갈등은 세자의 친위세력이던 대북파에겐 위기이자 기회였다. 광해군을 폐하고 영창대군을 후계자로 세우려던 선조가 사망함으로써 대북파의 좌장이던 이이첨은 조선의 실세로 떠오르기 시작했다.

선왕의 집요하고 끈질긴 방해공작을 딛고 왕이 된 광해는 자신의 지지세력인 대북파와 손을 잡고, 전쟁 통에 빛났던 위기극복능력을 골육상잔의 권력다툼에다 쏟아 부었다. 이첨은 때마침 일어난 칠서의 난을, 서자 왕의 등극을 기화로 자신들의 처지 개선을 요구하는 서얼들의 단순한 시위를,

영창대군과 그의 외조부 김제남이 사주한 역모사건으로 조작해냄으로써 반대세력 척결에 정점을 찍었다.

"서궁을 시해하는지 어떤지 확인한 연후에 경운궁 행차를 결정하셔도 늦지 않습니다. 내 권유에 따라 균의 전령이 가져올 전언을 기다리던 왕은 끝내 원하는 소식을 들을 수 없었다. 왕의 낯빛이 심하게 동요되더구나."

이첨은 평소의 그답지 않게 퍽이나 길게 변명을 늘어놓았다. 아들 의효에게 자신의 정당성을 확실히 심어두기로 작정한 사람처럼. 그렇게 함으로써 어제까지 자신의 동지이자 징검돌이었던 허균을 하루아침에 어육으로 만들어버린 사실이 은폐될 것도 아닌데.

의효는 딴 생각으로 달아났다. 인영은 유모를 만났을까? 안전하게 서울을 빠져나갔을까? 가짜 호패를 지닌 젊은 유생으로 변장한 인영의 모습은 어떨까? 그자가 칼 쓰는 솜씨만큼 말 타는 실력도 출중하다면 지금쯤 경기 관내를 벗어나 충청도 어름에 당도했을 텐데….

"오랜 세월 왕을 괴롭혀온 마지막 걸림돌을 제거해 줄 거라 믿었던 왕의 기대와 달리 균은 제 손에다 피를 묻히려 들지 않았다."

의효는 아버지 이첨의 의도적인 착오를 고쳐주고 싶었다. 허균이 대비 시해를 위해 칼을 들지 않은 건 왕명을 빙자한 이첨의 은밀한 방문 때문이었음을 의효는 알고 있다.

자신의 턱밑까지 치고 올라온 허균의 위세를 찍어내고자 노심초사하던 이첨은 마침내 절호의 기회를 잡았다. 결전을 앞둔 최후의 시간에 왕의 바람을 반대로 전달함으로써 말이다. 거기에서 이첨의 술수를 읽지 못한 건 허균의 결정적 실수였다.

"신의가 없는 자는 끝내 배척되는 게 인간사 진리다. 제 탯줄을 배반하고 천한 것들과 호형호제하며 양반사회를 비난하기 바빴던 자, 왕을 앞세워 천한 것들에게 권력을 쥐어주려던 자, 끝내는 왕에게 한 약속마저 저버린 자, 그자가 바로 허균이다."

의효는 이첨을 빤히 쳐다보았다. 의효가 할 수 있는 최대한의 반발이자 추궁이었다. 하지만 이첨은 아무 것도 눈치 채지 못한 사람처럼 자기 말만 계속 늘어놓았다. 아들을 위한 중요한 교육적 결단이라도 내린 사람처럼 진지하고 집요했다.

"조정의 그 많은 양반들 치고 균을 변명해주려는 이가 단 한 명도 없었다. 오히려 인간의 도리를 저버린 괴물이라며 당장 죽여야 한다고 목소리를 높였다. 다만 내가 두려웠기 때문일까?"

당연히 두려웠을 것이다. 하루아침에 두 마리 토끼를 잡은 이첨이었다. 정적들을 몽땅 때려잡는 동시에 자신을 타 넘으려던 동지 역시 완벽하게 제거하는 솜씨를 감히 누가 두려워하지 않을 것인가? 의효는 의미 없는 반항의 시선을 거두었다. 다만 빨리 자리를 뜨고 싶었다.

"유념하거라. 사람이고 짐승이고 간에 자기 류類를 떠나서는 살 수 없다. 왕도 끝내는 그걸 깨달은 거다. 천한 것들의 충성이 왕의 머리털 하나 지켜줄 수 없음을. 균이 거느린 오합지졸로는 조선의 개혁도 명과 후금 사이의 실리외교도 말짱 헛것임을."

"명심하겠습니다. 편히 주무십시오."

의효는 마침내 일어설 시점을 잡았다. 아버지의 자랑이 자신의 자랑이 아님을 확인하고자 더 오래 앉아있을 필요는 없었다. 송파나루 유모네 집엘 들러 인영의 행선지를 확인하는 게 그에겐 더 시급한 문제였다. 하지만 이첨은 의효를 그대로 놓아주지 않았다.

"그런데 말이다. 혹 내게 보여줄 건 없느냐?"

아버지 이첨은 증거를 원하고 있다. 의효는 순간 당황했다. 승리감 속에 감춰진 두려움을 잠재우고 싶어선가? 아니면 미출이 뭔가 낌새를 알아채고 고자질이라도 했음인가? 머뭇거릴수록 그의 의심은 증폭될 것이다. 확신을 안겨주는 지름길은 질문을 되돌려 주는 것이다.

"무엇을 가져왔길 바라십니까? 피 묻은 칼입니까? 찢어진 저고리입니까? 아니면 아가씨의 목입니까?"

아버지와 아들 사이로 팽팽한 긴장감이 흘렀다. 무릉도원을 그렸음직한 산수화 병풍 위로 두 사람의 그림자가 어룽거렸다. 야릇한 눈빛으로 의효를 쳐다보던 이첨이 입매를 허물며 웃었다.

"흐훗! 되었다. 가거라."

의효는 마당으로 내려섰다. 저도 모르게 긴 한숨이 터져 나왔다. 아버지 이첨은 의효의 눈동자에 서린 분노를 읽었다. 하고 싶지 않은 일을 마지못해 해야만 했던 자의 독기 같은 것을….

누군가가 대문간을 흔들어 댔다. 안서방이 구시렁거리며 나왔다.

"거 뉘시우? 예가 어딘 줄 알고 이 야심한 시각에?"

"안 서방, 날세! 급한 일이네."

미출의 목소리였다. 잠결에 불려나온 안 서방은 미출의 다급한 재촉에도 불구하고 늘어지게 하품을 해대며 느릿느릿 대문간으로 나갔다. 종놈 주제에 밤낮을 모르고 밖으로 싸돌아다니기만 할 뿐 집안일이라고는 손끝 하나 거들지 않아 다른 종들은 너나없이 미출일 미워하였다. 주인어른의 신임을 한 몸에 받고 있는 터라 누구도 대놓고 업신여기진 못했지만, 등 뒤에선 쑤군대기 일쑤였다. 문이 열리자 미출이 허겁지겁 뛰쳐 들어왔다.

"나, 나리! 크, 큰일 났습니다요."

"도대체 무슨 일이기에 야단법석이냐?"

"그게, 에, 그러니깐, 그 어리석은 나졸 놈들이…, 그놈들이 역적의 목을, 목을 뺏겼답니다요."

얼마나 바삐 달려왔는지, 미출은 헉헉거리며 말을 제대로 이어가지 못했다. 사랑방 문이 획 열렸다. 망건까지 벗은 채로 편안하게 두 다리를 뻗고 있던 이첨이 놀라 물었다.

"그게 무슨 말이냐? 누가 뭘 어쨌다구?"

"허 대감, 아니 허균의 목을 탈취 당했다고요. 호조에서 서리 노릇하던 박충남이란 자가 찍자를 놓으며 나졸들과 옥신각신 하는 사이, 정체불명의 무사 놈 하나가 나타나서는 눈 깜짝할 새 허균의 목을 낚아채 가버렸답니다요."

"아니 그놈이라면 형장에서도 소란을 피우던 자가 아니냐? 그 자리에서 연행되었던 놈이 무슨 수로 다시 나타났을꼬?"

이첨의 날카로운 눈초리가 의효에게로 향했다. 의효는 변명을 늘어놓기보다 한시라도 빨리 그 자리를 벗어나고 싶었다.

"당장 가서 확인해 보겠습니다. 오늘 연행된 자들이 워낙 많아 좌우 포도청이 나눠서 조사를 진행했으니 말입니다."

"서둘러 가라. 박충남이, 그놈을 족치면 뒤가 줄줄이 나올 것이다. 그리고 각 성문에단 드나드는 자들의 속곳 주머니까지 샅샅이 뒤지라고 일러라. 수상한 자가 있으면 무조건 잡아들이고 반항하는 자는 그 자리에서 죽여도 좋다."

표정 하나 흩트리지 않고 허균의 처형을 지켜보던 이첨답지 않게 조급증으로 이지러지는 얼굴엔 살기마저 어렸다. 무엇이 그를 채찍질 하는가?

하지만 차라리 잘된 일일지 모른다는 묘한 안도감 같은 게, 관외출장 허가서를 들고서 합법적으로 인영의 뒤를 봐줄 수도 있으리란 기대감 같은 게 슬그머니 의효의 머릿속을 파고들었다. 대문간을 나서려는 의효를 이첨이 다시 한 번 불러 세웠다.

"짚이는 인물이 혹 있느냐?"

"지금부터 생각해 보겠습니다."

"죽음을 무릅쓰고 그토록 겁 없이 덤빌 자가 누구겠느냐? 그 정도 과단성에 민첩성을 갖춘 인물이 누구겠느냐?"

의효의 머릿속으로 한 인물이 스치긴 했지만 설마 그자일 리는 없으리란 확신 또한 강렬했다. 인영과 그녀의 오라비란 자가 바로 유모를 만났다면 허균의 사형결정이 포고되기 전에 이미 한강을 건넜을 것이다. 포고 즉시 집행된 사형과 효수된 목에 관해 어찌어찌 듣게 되더라도 이미 경기 관내를 벗어난 이후였을 테고, 어떻게든 장례를 치르리라 맘먹고 다시 되돌아온대도 내일 새벽 참이나 되어야 할 것이다. 그렇다면 누구인가?

"지레 겁을 먹고 도망친 역적의 아들, 그 어린 것을 염두에 두신 건 아니겠지요?"

"사주야 못하겠느냐? 미꾸라지처럼 어느 진창에 숨어 들어가 있어도 조종하는 줄이야 당기지 못하겠느냐?"

다행스럽게도 이첨은 돌한의 존재를 모르는 모양이다. 이첨의 촉수에서 벗어나 있는 동안 그들은 안전하다. 의효는 자기도 모르게 한숨을 내쉬었다.

"박충남이란 자를 족쳐 반드시 배후를 캐내라. 범인을 잡는 포도군관에게는 종5품 종사관 자리를 제수하라고 임금께 주청할 것이다. 물론 그 군관의 이름은 이의효여야 한다."

의효는 쓴웃음을 지었다. 아버지 이첨은 아들에게조차 거래를 제안한다. 실제로 범인이 누군가는 그에게 중요하지 않을 것이다. 허균의 목을 찾건 말건 거기에도 별 관심이 없을 것이다. 허균의 어린 아들을 찾아 죽임으로써 허균을 따르던 이들의 중심을 와해시켜 훗날의 위협을 차단한다는 목적에 충실할 뿐.

어쨌거나 의효의 머릿속은 복잡해졌다. 허균의 목을 훔쳐간 범인이 누구일까? 형이 집행된 바로 그날 밤, 장안의 이목이 집중되는 만큼 철통방어가 예상되는 시점에, 그토록 대담하게 일을 벌인 자가 과연 누구란 말인가? 허균의 서자 아들 허돌한, 설마 그 자가 제 누이 인영의 안전과 죽은 아비의 목을 바꿔치기 할 만큼 어리석진 않겠지?


종종거리며 뒤따르는 발소리가 들려왔다. 미출임에 분명했다.

"왜 또 날 따라나선 게냐?"

"송구스럽게도 막 나리를 지나칠 참이었습지요. 서울을 벗어나는 모든 산길과 물길을 봉쇄하고, 각 성문에선 내일 아침 해뜨기 전까지는 개미 새끼 한 마리 통과시키지 말라는 대감마님의 명령을 전달하러 가는 길입니다요."

해당 관청으로 달려가 전하면 그만일 것을 미출은 굳이 멈춰 서서 또박또박 아뢰었다. 주인의 신뢰를 이만큼이나 받는 몸이라고 그 주인의 아들에게까지 으쓱대고픈 것인가? 의효는 솟구치는 욕지기를 눌러 참으며 미출에게 길을 내주었다.

"어찌 된 게 네 놈이 나보다 더 바쁘구나."

의효는 문득 멈춰 섰다. 아버지 이첨의 명령은 옳은 만큼 식상하다. 어떤 어리석은 범법자가 감히 성문을 통과하려 들 것이며, 임시 검문소가 세워지는 산길이나 물길을 이용하려 들겠는가? 그 정도 명령이라면 따로 내릴 필요도 없는 비상시국의 당연한 조처가 아닌가?

뭔가가 그의 뒷덜미를 잡아당기는 것 같았다. 미출의 음험한 미소 뒤에 무엇이 있을까? 앞뒤로 적을 마주하고 있다는 느낌이 의효를 사로잡았다.

2부. 길

# 우는 연못

\*\*\*

그늘진 웅덩이
들여다보니 까마득히 깊어라
그윽한 물안개 굽이굽이 휘돌아
저 아래 천년 묵은 이무기가 산다던데
깊디깊은 그 속에 또아리 치고 있다고들
때로 희디 흰 숨결 토해낸다던데
자욱한 안개 넘치고 또 흘러넘쳐
언제쯤 천둥과 비를 일으키려는지
언제쯤 신선의 요대로
날아오르려는지[1]

1

모든 죽음은 그저 흙으로 덮이는 것인 줄만 알았다. 용으로 비상하지 못

---

1  허균의 시 '명연(鳴淵, 우는 연못)' 전문

한 이무기는 그저 물속에 처박혀 망각의 늪 속으로 사라지는 것인 줄만 알았다.

그런데 지금 누가 내 초라한 모가지를 낚아채 달리는가? 답답하기 짝 없는 자루 속에다 내 머리통을 쑤셔 박은 자는 누구인가? 소금과 마른 고수풀로 채운 바가지 속에다 날 던져 넣은 자는 또 누구인가? 강물을 거슬러, 만초천의 게잡이 배들을 지나쳐, 이들은 날 어디로 데려가는 것인가?

삶만큼이나 궁금증으로 가득한 죽음이 있으리라곤 단 한 번도 생각해 본적이 없다. 누구인가? 죽은 자에게서 의기소침을 거둬내고 질문을 가지게 하는 자가.


나는 보았다. 돈화문을 휘감은 옅은 안개 사이로 시커멓게 정렬해 있는 군사들을. 금방이라도 활시위를 당길 태세인 궁수들이 전면 배치된 가운데, 좌우로 포진해 있는 기마부대와 창검을 빼든 수많은 병사들이 창덕궁 외벽을 둘러싸고 있는 것을.

한발 늦었다. 이이첨을 너무 얕잡아 보았다. 디딤돌로 쓰고 나면 즉시 폭파시켜 버리려던 이첨, 그 시점이 경운궁을 치기 전이어야 했음을 난 왜 계산하지 못했던가?

"임금께서 설마 이렇게까지 하실 리가?"

우경방은 배신당한 자의 비통으로 울부짖었다. 하지만 아주 늦은 건 아니었다. 명분을 쥐고 있는 한, 우리가 왕의 편임을 확증해 보이는 한은. 관

112

군을 총지휘하고 있는 내금위장을 향해 큰 소리로 외쳤다.

"좌참찬 허균이다. 길을 비켜 달라. 전하를 뵈러 왔다."

"반란군을 이끌고 전하의 궁을 치러 온 역적 놈이 조선의 내금위장에게 어디서 감히 길을 비키라 마라 명령이냐?"

어제까지의 우호, 어제까지의 친분은 그와 나 사이를 연결해주는 다리가 되지 못했다. 왕과의 사이에 도저히 건널 수 없는 강이 가로놓이고 말았다.

경운궁보다 먼저 창덕궁으로 왔어야 했다. 이이첨보다 먼저 왕을 차지했어야 했다. 대비에 앞서 이첨을 내 혁명의 제물로 삼아야 했다. 후회가 절대로 구원이 될 수 없음을 알면서도 그조차 없다면, 내 어리석음을 탓할 시간조차 없다면, 당장 고꾸라질 것만 같아 난 잠시 후회 속에 머물렀다.

"전하께 전하라. 허균이 왔다고. 전하와의 약조를 지키러 왔다고."

내 전언은 왕을 향해 있기보다 내 군사들을 향한 것이었다. 사실 누구보다 놀란 이들은 왕의 명령으로 파견된 금군이었다. 그들은 왕이 개혁하고자 하는 조선과 허균이 세우고 싶은 나라가 동일한 나라라고 믿었기에 의심 없이 따라온 왕의 친위대원들이었다. 그들은 소속 부대의 직속상관이 자신들을 향해 창칼을 겨누고 거절의 벽을 세워놓은 사실에 경악했다. 파견 전까지 한 솥밥을 먹었던 동료들에게 공격의 표적이 되어 있는 상황을 도저히 납득하지 못했다.

당장 그들을 다독이지 않으면 난 안팎의 적을 맞아 싸워야 할 것이다. 직진할 수도 우회할 수도 없는 막다른 골목에서 담벼락을 타넘는 이외에 다른 방법이 있을까? 난 몸을 돌려 내 군사들과 마주섰다. 윷은 던져졌고 말은 달려야 한다.

"그대들은 누구의 군대인가?"

갑작스런 내 질문에 병사들이 술렁거렸다.

"말하라! 그대들은 허균의 군대인가, 조선의 군대인가?"

"조선의 군대입니다."

"그럼 저 앞에서 우릴 노리고 있는 자들은 누구인가?"

병사들이 또다시 우왕좌왕했다.

"저들은 조선의 군대도, 임금의 군대도 아니다. 간신 이이첨이 전하의 성총을 가로막고 자신의 권력을 세세대대 이어가고자 동원한 사병들에 다름 아니다. 그들의 제복에 속지 말라. 그들의 계급장에 속지 말라."

내 군사들의 두려움을 잠재우려면 끝까지 왕을 앞세워야 한다. 명분만이 우릴 살릴 것이다. 난 패기 넘치는 목소리로 다시 한 번 쐐기를 박았다. 우리 혁명의 진정한 배후가 왕임을 명명백백하게 선언하는 첫 순간이었다.

"우리야말로 진정한 조선의 군대, 우리 임금의 군대다!"

전의를 회복한 병사들이 병장기를 하늘 높이 치켜들며 큰소리로 함성을 질렀다. 와아!! 그들의 단순함이 날 더욱 앞으로 나아가게 했다.

"떠나고 싶은 자들은 지금 떠나라. 결코 붙잡지 않을 것이다. 그러나 기억하라. 북한산에서 백련산에서 그리고 남산에서 수많은 지원군이 오고 있음을. 전하께서 저 왕궁 안에서 우릴 기다리고 계심을."

아무도 대열을 벗어나지 않았다. 잠시간의 설왕설래에서 벗어난 그들은 저마다의 가슴에 새긴 새로운 나라가 바로 눈앞에 다가왔음을 확신하는 눈빛들로 반짝거렸다.

"나아가자, 전하께로!"

"가자아!!"

군사들의 함성이 우렁차게 울려 퍼졌다. 그게 무슨 신호라도 되듯 안개 저 너머에서 수백 수천 개의 화살이 날아오기 시작했다.

"방패를 머리 위로 올리고 촘촘히 맞대라!"

우경방이 소리 질렀다. 후두두 굵은 소낙비처럼 쏟아지는 화살들이 방패 위에서 사정없이 튕겨져 나갔다. 우박덩어리가 장독대를 깨부수는 듯한 요란한 울림이 종로 일대를 뒤흔들었다.

"이야아!!"

"덤벼라!!"

돈화문 앞 광장이 순식간에 전쟁터로 화했다. 창과 창이 부딪치고 칼과 칼이 마주치고 누군가의 거친 기합소리와 누군가의 처절한 신음소리가 맹렬히 뒤섞였다.

아침밥도 제대로 챙겨먹지 못한 성안의 백성들이 피난 봇짐을 싸서 쏟아져 나왔다. 임진, 정유의 끔찍했던 난리를 기억하는 이들이 순식간에 종로통을 가득 메웠다.

전투는 더욱 치열해졌다. 내 군사들은 한 발 밀리면 두 발 나서는 기개로 중과부적의 열세에도 격렬하게 맞서 싸웠다. 하지만 한 병사의 용맹이 열 개의 칼을 부러뜨리진 못했다. 시간이 흐를수록 밀리는 양상이 두드러졌다.

"구원군의 나팔 소리가 곧 울린다. 그때까지만 버티자!"

현웅민이 군사들 사이를 휘젓고 다니며 강렬하고 간곡한 언어로 독려를 해댔다. 하지만 시간이 꽤 흘렀음에도 지원군이 나타날 기미는 보이지 않았다. 소속 부대의 상관이나 동료에게로 투항하는 금군들이 생겨났다.

건너편의 적진에서 내금위장이 큰 소리로 외쳐댔다.

"괴수 허균을 죽여라. 그의 목을 가져오는 자에겐 한 계급 특진과 은전 백 냥을 포상하겠다."

그들의 모든 전력이 오로지 한 사람, 나 허균에게로 향했다. 우경방과 그의 부하들이 날 지키기 위해 십 대 일, 어쩌면 백 대 일의 극심한 불균형에도 불구하고 전열의 맨 앞에서 미친 듯이 창칼을 휘둘렀다. 부상을 입은 현웅민과 그 휘하의 병사들이 날 몇 겹으로 에워쌌다. 거기에는 소속부대로의 귀환명령이 빗발치는 데도 이를 거부한 상당수 금군들도 섞여 있었다.

지원군이 당도할 때까지 전멸 당하지 않고 버텨낼 수 있을까? 그들이 여기까지 올 수는 있을까? 빈틈없던 내 계획을 이토록이나 치밀하게 무너뜨린 이이첨이라면 이미 후방지원군부터 손을 봐 놓은 건 아닐까? 허망한 끝이 다가오고 있음을, 솟아날 구멍 하나 없이 하늘이 무너지고 있음을 난 속수무책으로 바라보아야만 하는가?

흰 보자기를 둘러쓴 여인 하나가 하늘 가운데로 두둥실 떠올랐다. 아련하고 애잔한 눈빛이 날 빤히 들여다보았다. 아침 햇살이 여인의 명주보자기 위에서 무지갯빛으로 산란했다.

*나리마님, 아이의 이름을 지어주십시오.*

문득 깊이를 알 수 없는 부끄러움이 몰려왔다. 도대체 누구를 위한 새 나라였는가? 그 나라를 누려야 할 자들에게 피와 목숨을 요구하는 그런 나라가 도대체 무슨 의미인가? 군장을 갖추고 새까맣게 포진한 관군을 앞에 두고 종과 노비, 승려와 도적, 하급 아전과 서얼들로 구성된 어수룩한 군사들의 지원을 기다리는 내 어리석음이 부끄럽고 또 후회스러웠다. 난 가장 발빠른 젊은이 셋을 불렀다.

"너희는 어떻게든 여길 빠져나가라. 지원군 대장에게 전해야 한다. 후퇴, 밤섬으로 후퇴!"

"후퇴! 밤섬으로 후퇴!"

전령들이 명령어를 복창했다.

"이름이 무엇이냐?"

낯익은 젊은이 하나가 나섰다. 제 이름자를 밝히는 목소리가 우렁찼다.

"허막동입니다."

면천된 이후에도 여전히 우리 집을 드나들며 새경 받는 머슴으로 지내던 그는 노비 해방론자 허균의 종이었음을 자랑으로 여겨 제 이름자 앞에다 허씨 성을 붙였다.

돌한을 처음 봤을 땐 물어뜯으려 그리도 씩씩대더니 얼마 지나지 않아 형제 이상의 우정을 과시하는 사이가 되었다. 돌한에게서 본격적으로 무술을 배우게 되면서였을 것이다. 종에서 머슴으로 머슴에서 다시 무사로 거듭난 막동의 떡 벌어진 어깨가 몹시 듬직하였다.

눈빛 쩽쩽한 다른 젊은이들도 질 세라 큰 소리로 제 이름자를 외쳤다. 순배래유. 계춘이지예.

"막동이, 순배, 계춘이! 어떤 일이 있어도 꼭 살아남아 지원군에게 전해야 한다. 너희들의 이름을 잊지 않겠다."

그들이 꾸벅 절하며 물러섰다. 몰려드는 적과 막아서는 아군 사이로 예기치 않게 벌어지는 빈틈을 찾아 그들은 한 명 한 명, 조심스럽게 빠져 나갔다. 살금살금 멀어지는 그들의 발소리가 이내 다른 소리들에 묻히고 말았다.

쇠와 쇠가 격렬하게 부딪치는 소리, 무릎과 주먹이 으깨지는 소리…,

죽여라! 찔러! 한 놈도 살려두지 말고!! 증오와 증오가 뒤엉키는 소리…,

으아악! 누군가의 숨통이 끊어지는 소리, 삶에의 모든 기대와 염원이 끝장나는 소리…….


왕을 만난다면 이 모든 소란이 얼마나 불필요했는지를 난 설명할 참이었다.

'나 조선의 임금 광해는 우리 조선이 뭇 백성의 나라임을 천명한다.'

이렇게 시작될 우리의 개혁안에는 왕과 내가 공통으로 갈망하는 새로운 조선의 기본 틀이 세워져 있었다. 그 나라에는 양반과 상민, 양민과 천민 사이에 건널 수 없는 강 따위 없고, 부모의 신분보다는 재능과 노력이 사회적 기여의 척도가 되며, 가족들 사이마저 이리저리 갈라치는 차별과 배제가 없을 거였다.

그런데 왕은 마지막 한 발 내딛기를 거부하고 말았다. 내 군사들이 바로 왕의 군사였음을 그는 끝내 밝히려 들지 않았다. 내게 항변의 기회도 주지 않고 마지막 대면조차도 거부하고 말았다.


2


의효가 개치고개 아래 섬이네 주막에 당도한 건 한 밤중이었다. 이미 몇 번 와 본 곳이라 어둔 밤길을 달려오는 데도 그리 어렵지 않았다. 인영은 곤한 잠에 빠져 있을 것이다.

의효로선 이이첨 대감의 눈에 들기 위해 온갖 노력을 기울이는 포도대장이 직속상관이라는 게 무척 다행스러웠다. 술 취한 사람처럼 횡설수설인 박충남에게서 뭔가를 캐내겠다는 의지가 넘쳐 차마 봐주기 힘들 정도의 욕설과 폭행을 가하고 있던 부장은 의효의 관외출장을 기꺼이 허락해 주었다.

이유는 타당하고도 충분했다. 서울의 모든 관문을 봉쇄하고 검문검색을 강화하는 정도 수동적인 대응만으론 날고 기는 범법자를 잡기 어려우니 가능성 있는 탈출 경로를 직접 추적해 보겠다, 혹시 박충남으로부터 아무 것도 캐내지 못한 상황에서 우포청이나 의금부 같은 다른 기관에서 먼저 범인을 검거해 버리면 유력 용의자를 확보하고도 범인검거에 실패한 한심한 좌포청이라는 비난을 면하기 어렵다, 등등. 의효가 출장 허가를 받아내자 공명심에 불타는 다른 포도군관들도 맘에 짚이는 방향을 정해 너도나도 외근에 나섰다.

장터거리 초입 섬이네 주막은 여직 초롱을 밝혀두고 있다. 몇 년 만에 오는데도 별로 변한 게 없어보였다. 어려서 어머닐 여의고 유모를 엄마처럼 의지하며 자란 의효는 벼슬길에 나서기 전까지 유모의 장거리 여행에 종종 동반하곤 했다. 충청도 천안과 공주의 경계에 자리한 광덕산 자락 개치고개 아래, 유모의 하나 밖에 없는 딸이 운영하는 섬이네 주막이 유일한 여행 목적지였지만.

은하수가 금방이라도 쏟아져 내릴 듯했다. 깜깜한 하늘을 가로지르며 흐르는 별들의 강, 의효는 그 강물을 뒤집어 쓴 채 가만가만 발소리를 죽이며 주막으로 들어섰다.

"아이구야! 이게 누구시래유?"

가마솥에 불을 지피고 앉아있던 섬이네가 화들짝 놀라 달려 나왔다. 깊고 진한 국물 맛을 내기 위해 한밤중 내내 국물을 고아내는 습관은 여전한가 보았다.

"세상천지 요리 귀한 손님이 오늘 밤 안으로 당장에 오실지는 참말로 몰랐구먼유."

"오랜만입니다. 여전하시네요. 섬이도 많이 컸지요?"

"에그, 그놈의 지지배! 다 컸다고 말도 안 듣고 내 속 뒤집어 놓는 데는 아조 노가 났다니께유. 아유 참, 요럴 때가 아니제. 시장허실 거인디 내 금방 한 그릇 말아올팅게 요리 앉아 계시시유."

섬이네는 장작 몇 개비를 더 집어넣고, 마당 가운데 놓인 평상을 닦고, 반찬을 담아 내놓고, 뚝배기에다 국물을 붓는 등 부산을 떨었다. 의효는 타는 속을 감추고서 묵묵히 기다렸다.

"저기 혹시…."

첫 숟갈을 뜨다말고 의효가 넌지시 말을 꺼냈다. 섬이네가 바짝 다가앉더니 눈짓으로 어딘가를 가리켰다. 손님방 중 맨 안 쪽에 있는, 의효가 오면 주로 거처했던 아담한 독채 방이었다. 초가지붕을 뒤덮다 못해 처마 밑으로까지 축축 쳐져 내린 박 넝쿨엔 노랗게 익은 조롱박들이 한창이었다. 철 늦은 박꽃 몇 송이가 하얗게 피어 어둔 밤을 수놓았다.

"해가 설핏할 때 당도하셨지유. 얼마나 고단했는지 저녁도 거르고 내처 주무시더만유. 손님들이 다 잠자리에 들고 난 다음 부텀 저리 불을 키고선 꼼짝 않으시네유."

섬이네가 의효의 귀에다 대고 속살거렸다.

"근디 뭔 일이래유? 허 대감님이 오늘 어찌 되셔 부렀다고. 시상에 어째 고런 일이 생겼을꼬? 아가씨는 몰라유. 다행인지 불행인지 주무시느라 저녁 먹으러 온 장꾼들이 떠드는 소릴 못 들었으니께."

"아가씰 모시고 온 그…?"

"장꾼 놈들이 어찌나 떠들어 쌓던지, 저녁 숟갈을 뜨다말고 휭하니 나가드라구유. 낼 아침까진 돌아올 것이니께 아가씰 잘 살펴달라믄서! 암만 해두 그 황망한 소식에 뭐라도 해야겄다 싶어 나선 모냥인디유, 가만있음만 못할 거 같여서 맴이 조마조마 하구만유.”

섬이네는 눈치 빠르게 의효의 질문을 읽어내고 자신의 추측까지 섞어 제법 그럴싸한 답을 내놓았다. 허균의 목을 훔쳐 달아난 자가 돌한은 아니라는 확신이 섰다. 아마도 그는 탈취사건이 벌어지기 전에 국밥집을 떠났을 것이다. 어쩌면 자신이 허균의 목을 가져와야 한다는 비장한 의도를 품고서, 이미 그런 일이 벌어진 줄은 꿈에도 모른 채 나섰을 것이다.

섬이네가 넌지시 물어왔다.

“아가씨한티 말씀 디릴까유? 도련님 오셨다구?”

의효가 미처 대답을 하기도 전에 섬이네는 평상 아래로 내려서더니 인영이 머물고 있는 방문을 두드렸다.


“도련님!”

인영이 반가움과 놀라움과 서러움이 한데 어우러진 목소리로 의효를 맞았다. 하루 사이 반 조각이 되어버린 인영의 얼굴을 마주하자 의효의 마음이 무너져 내렸다.

“여기는 안전한 곳입니다. 걱정 말고 언제까지든 머무르십시오.”

“제 아버님은요?”

“그걸 뭐라 말씀드려야 할지….”

“혹시…, 하옥되셨나요? 아니면 어디 멀리로 피신하셨을까요?”

"……"

"말씀해 주세요. 별 일 없으신 거죠? 아직 살아 계신 거죠?"

그렇다고 말할 수도, 그렇지 않다고 말할 수도 없어 의효는 몹시 난처하였다. 차마 그 참담지경을 말해줄 용기가 나지 않았다. 의효는 인영을 끌어안았다. 그리고는 자기도 모르게 거짓말을 하고 말았다.

"아직은요. 쫓기는 신세가 되긴 했지만…."

의효는 스스로를 설득했다. 틀린 말은 아니지 않는가? 쫓기는 신세가 되었다는 말은, 하옥되지 않았다는 말은. 인영이 환하게 웃었다. 그리고 긴 한숨을 뱉어내며 자신의 가슴을 쓸어내렸다.

"고마워요. 도련님!"

인영이 그의 허리를 끌어당기며 살포시 눈을 감았다. 그래선 안 된다는 생각과 달리 의효의 입술이 인영의 입술 위로 포개졌다. 인영의 촉촉한 입술이 지붕 위에 피어난 박꽃처럼 활짝 열렸다. 따스한 혓바닥이 봄 햇살보다 섬세하게 춤을 추었다.

"제발 가지 말아요."

인영이 속살거렸다. 의효는 평소의 인영답지 않은 인영이 더할 나위 없이 좋았다. 절대로 꿈이 아니길, 언제나 한 길 건너 저 만치서 떠돌기만 했던 말들이 이젠 가슴 속 깊이 뿌리내리길, 이 시간이 영원으로 이어지는 하나의 사다리이길! 의효는 맘속 깊이 빌고 또 빌었다.

"말해요. 평생 나 하나뿐이라고…! 약속해요. 어떤 일이 있어도 날 믿고 기다리겠다고…!"

인영의 꿈꾸는 듯한 눈빛이 의효의 입술을 더듬었다.

"무엇으로 증거를 삼을까요? 밤 숲을 떠도는 저 쑥국새 울음에다 붙일까요? 여기 도련님의 팔딱거리는 심장에다 새길까요?"

인영이 이렇게나 솔직하고 재치 있는 여인이었던가? 의효는 새삼 설레는 맘을 가누지 못해 인영을 더욱 세차게 끌어안았다. 그의 남성이 불끈 솟아올랐다. 그럴 수는 없다고, 그래서는 안 된다고 마음은 수도 없이 외쳐대는데 몸은 도무지 통제가 되질 않았다.

제 아비의 죽음을 알지 못한 채, 아비를 죽인 원수의 아들 품에 안겨 영원을 꿈꾸는 여인. 진실을 덮어둔 채 그 여인을 품어 안고서 사랑의 약속을 요구하며 어쩌면 금방이라도 여인의 살 속 깊이 파고들려는 짐승 같은 사내. 의효는 자신에게 침을 뱉어야 한다고, 당장 인영일 놓아주어야 한다고 소리 없이 외치고 또 외치면서도 그녀의 치맛자락 깊숙한 곳을 더듬는 손길을 어쩌지 못했다.

의효는 허균의 통찰이야말로 참으로 뛰어나고 또 옳은 것이었다고 스스로에게 다시금 변명거리를 안겨주었다.

*남녀 간의 정욕은 하늘이 내려준 본성이오, 예의범절이란 성인이 가르친 것이니 성인의 법도보다 하늘의 이치가 우선이라 했던 허균.*

그는 수많은 기생들과 염문을 뿌리며 자신의 연애담을 솔직하게 기록까지 한 자신을 고고한 양반님 네들이 손가락질 하며 준엄하게 나무랄 때, 자신은 하늘의 도를 따를 것이라 당당하게 선언했더랬다. 조선 사회가 정해놓은 법도를 거슬러 그의 딸과 하룻밤 정분을 맺으려는 의효에게도 그는 똑같은 말을 해줄 수 있을까? 과연 그의 격려를 받을 수 있을까?

의효는 멈추었다. 허균이 뭐라든 의효 스스로가 자신을 격려할 수 없을 듯했다. 인영이 새치름한 눈빛으로 매무시를 가다듬고 뾰루퉁한 낯빛으로 한 걸음 물러나 앉았다. 그는 방문을 열고 섬이네를 불렀다. 잠자리에 들었던 섬이네가 하품을 삼키며 신발을 질질 끌면서 마당을 가로질러 왔다.

"참으로 미안합니다만 부탁이 있어서…. 새벽닭이 울기 전에 우물에서 첫물을 좀 길어 오십시오. 그런 다음 이 집에서 제일 깨끗한 그릇에다 그 물을 붓고 정갈한 상에 올려 이리 가져다주시면 됩니다. 그리고 아가씨를 위해 고운 옷도 한 벌 마련해 주시면 좋겠습니다."

한밤중에 무슨 생뚱맞은 제안인가 싶어 그러는지 섬이네가 멍하니 서서 눈을 껌뻑이기만 했다. 새치름히 물러앉았던 인영도 의효의 하는 양을 의문 가득한 눈으로 바라보았다.

"오늘 밤이 다 가기 전에 아가씨와 혼약을 맺고 싶어 그럽니다. 정화수 한 그릇일지라도 천지신명께, 양가 조상님들께 적어도 그 정도 예는 올려야겠습니다. 아가씨, 그래도 되겠습니까?"

섬이네도 인영도 화들짝 놀라 멍하니 쳐다보기만 할 뿐 한 마디도 하지 못했다. 의효가 인영을 이윽히 바라보았다. 허락을 구하는 간절한 눈빛이 인영의 가슴 속을 파고들었다. 인영이 마침내 고개를 끄덕였다.

"섬이네! 서둘러 주시오. 난 저 아래 냇가에서 목욕재계를 하고 오겠습니다."

뚝뚝, 촛농 떨어지는 소리를 디디며 의효가 일어섰다.

"아가씨! 이것이 내가 아가씨께 드리는 증거입니다."

의효의 긴 그림자가 방문을 빠져 나갔다. 초가을 밤의 소슬한 한기가 방 안으로 스며들었다.

3

"언제까지 따라 올라는겨?"

홍희가 아지에게 퉁명스럽게 물었다. 한강을 건너 경기 관내를 벗어나도 록 줄창 따라붙는 아지가 여간 성가시지 않았다. 혼자라면 한달음에 부안 굴바위까지 내달으련만, 아무리 넉살 좋고 눈치 빠르다 해도 아이는 아이 였다. 십여 년 넘게 무술로 단련된 홍희의 발걸음을 따라올 수는 없었다.

"좋으면서 왜 그래요? 말도 훔쳐오고 말동무도 되어주고 가라는 말만 빼 곤 말도 잘 듣잖아요."

뒤처지는 녀석을 두고 가버릴 수도 없고 속도를 맞추자니 울화통이 터 져, 짜증이며 불평을 있는 대로 쏟아내던 홍희 앞에 녀석이 불쑥 말 한 필 을 끌어온 건 눈앞이 잘 가늠되지 않던 어둔 새벽녘이었다. 어느 마을인가 의 상여 집에서 잠깐 눈을 붙인 홍희가 그 사이 사라져버린 아지를 찾을까 말까 망설이던 참이었다.

"얼렐레, 동네 사람들! 요 머리에 피도 안 마른 녀석이 말 갖구 장난치는 것 좀 들어보시래요!"

"쉬잇! 왜 이래요? 지금 우리 여기 있소, 동네방네 소문 낼 그런 때가 아 니잖아요?"

아지가 목소리를 최대한 눌러 죽인 채 인상을 찌푸리며 쫑알거렸다. 아랫동네 어떤 집 마구간에선가 말을 훔쳐 왔을 것이다. 한시라도 빨리 동네를 벗어나지 않으면 부지런한 농사꾼에게 들킬지도 모른다.

홍희는 아지의 귓불을 잡아당기며 말에 올랐다. 행여 자길 두고 가버릴까 겁이 나 그러는지 아지 역시 냉큼 그 뒤로 올라탔다. 평택에서 천안으로 빠져나가는 길목 어디쯤인 듯 했다. 여튼 어린앨 데리고 걸어온 것 치고는 엄청난 속도로 내려온 것도 사실이었다. 홍희는 자신의 온갖 짜증을 참아내며 밤새 달리다시피 뒤를 쫓아온 아지가 문득 대견스럽고 고마웠다.

"배 고프제? 가다가 암 데나 젤 먼저 만나는 장에서 국밥이나 한 그릇 말아묵자."

"누나, 참아요. 일단은 죽어라고 내빼야 해요. 요 동네에서 최대한 멀어져야 한다니깐요."

아지의 말이 맞았다. 소도 아니고 말이다. 말이라면 웬만한 부잣집이 아니고선 지니고 있기 어려운 재산이었다. 관청에다 신고하는 즉시 모든 수사력을 동원할 만큼 재력과 권세를 지닌 누군가의 소유일지도 몰랐다. 어디선가 새벽닭 울음소리가 났다. 까무룩 엎드려있던 지붕들이 부스스 기지개를 켰다. 컹컹 삽살이 한 마리가 짖자 여기저기서 온 동네 개들이 화답하느라 시끄러웠다. 홍희는 서둘러 말을 몰았다.

한참을 달려 해가 머리 위로 올라온 즈음이 되어서야 홍희와 아지는 장마당으로 스며들었다. 공주 산성 시장이었다. 사방팔방에서 모여든 장꾼과 손님들, 구경꾼이 뒤섞인 장바닥은 시끌벅적했다. 장날인가 보았다.

아무도 그들의 행색을 눈여겨보지 않았다. 말 도둑을 쫓는 기미 역시 어디에도 없는 듯했다. 하룻밤 하루 낮을 물만 먹고 버텨온 참이라 온몸에 식은땀이 흐를 정도로 배가 고팠다. 홍희와 아지는 눈에 띄는 첫 번째 국밥집으로 들어갔다. 사람들이 바글거렸다.

"돼지머리 국밥 곱빼기로 둘이요!"

들어서면서 아지가 제멋대로 주문을 했다.

"아야, 가만가만! 젤로 비싼 돼지머리 국밥이 뭐여? 그것도 곱빼기로다가?"

"그 정도는 써도 되잖아요. 내가 누나한테 해 준 게 얼마나 많은데….”

"누가 따라 붙으랬누? 앞으로 얼매를 더 우리가 밥을 사 묵어야 할지 모르는디, 여기서부텀 개안하니 정리를 하자고. 밥값은 각자여."

"치사하게시리. 어린 애한테 무슨 돈이 있다고?"

"욘석이 눈 한 번 깜짝 않고 거짓부렁이네 그랴. 나한테 책 팔아 묵고 뱃삯 뜯고, 배 빌려준답시고 거간비까지 뜯어냈자녀?"

한창 실랑이를 벌이는 사이로 뜨거운 국밥이 나왔다. 언제 말씨름을 했던가 싶게 둘은 그릇에 머릴 처박은 채 숨도 쉬지 않고 국물을 몰아넣었다. 이마에 송골송골 맺힌 땀방울을 닦아낼 틈도 없었다. 마지막 국물 한 숟갈마저 딱딱 다 긁어먹고 나서야 아지가 고갤 들었다.

"에이, 치사한 누나 같으니. 한 숟갈 더 먹어보라 권하지도 않고, 무슨 여자가 그걸 그래 다 먹어 치운담?"

"얌마! 나가 어딜 봐서 여자랴? 옷 입은 꼬락서닐 보나 말 모는 솜씨를 보나, 앞으론 나한테 형이라 불러. 누가 오해라도 하믄 큰일이니께."

"그럽지유, 형님! 그럼 밥값은 형님이 동생 몫까지…?"

홍희는 웃음을 깨물며 고개를 저었다. 꼬맹이 녀석과 하릴없이 주고받는 수작이 싫지 않았다. 언제 어디서 갑작스레 검문검색을 당할지 모르는, 숨어 노리는 눈길이 어디서 불쑥 튀어나올지 모르는 긴장감 속에서 아지의 능청스러움은 여백이자 위로였다. 홍희가 고갤 끄덕여주지 않자 아지가 벌떡 일어섰다.

"좋아요. 이제부터 모든 비용은 각자예요. 돈 떨어졌다고 나한테 사정사정해도 소용없어요."

도대체 무슨 꿍꿍이속으로 그리 큰소릴 치는지 홍희는 그저 우습기만 했다. 말이야 그렇게 했지만 녀석의 밥값까지 치를 요량으로 홍희가 봇짐 속에 든 엽전꾸러미를 막 풀어내려는 찰나였다.

"맛나게 식사하고 계시는 어르신들, 요런 때 막걸리 한 사발이믄 땡호와, 최곱지요! 거기다 재미난 이야기 한 자락까지 곁들이믄 지상낙원이 따로 없을 텐데요. 요 놈이 어르신들 홍을 돋워 드리고 싶어 한 자락 재미진 이야길 깔아 볼까 하는데 괜찮을깝쇼?"

홍희는 화들짝 놀랐다. 서울에선 재미난 소설책을 읽어주는 강담사들이 골목골목을 돌아다니며 동네 여인들의 혼을 쏙 빼간다는 소문을 듣긴 했다. 하지만 북적거리는 장터 국밥집에서 일자무식의 장꾼들한테 이야기를 들려주는 사람이 있단 얘긴 금시초문이었다.

"홍길동전이라고 몇 년 전부텀 인기가 치솟은 이야긴데요. 어째 들어보실랍니까?"

약간의 사투리까지 섞어가며 아지는 아주 능숙하게 사람들의 시선을 끌었다.

"어따, 잘한다! 홍길동전이야 들어도 또 들어도 재미나제."

"언능 한번 깔아보드라고!"

"오매매, 생긴 것도 이쁜 놈이 기양 말조차 빤지르르 아조 윤이 난다, 윤이 나!"

호기심 가득한 눈길들이 녀석을 부추겼다. 무얼 하든 홍희의 상상력과 기대를 훌쩍 뛰어넘는 아지를 홍희는 넋 놓고 바라보았다. 책만 만들어 파는 게 아니라 외어 둔 이야기를 제 입담으로 풀어내 팔기까지 하는 녀석이 무슨 신기한 동물처럼 보였다.

"재미 값은 따로 없고요, 혹시나 이 놈 이야기에 신명이 난다 싶거들랑 금방 제가 묵은 밥값이나 한 푼씩 부조해서 내주시면 감사하겠습니다. 시작합니다!"

> 우리 조선국 세종대왕께서 즉위하신지
> 십오 년 되는 해, 홍화문 밖에 한 재상이 살고 있었겠다!
> 성은 홍이요 이름은 문이었는디,
> 세상 어디다 내놓아도 청렴강직하고
> 덕망이 높은 양반으로

판소리 한 소절이라도 뽑는 듯 아지의 이야기가 제법 구성지게 이어졌다. 얼씨구! 잘한다! 여기저기서 추임새를 넣는 이들도 있었다. 외고도 남는 이야기였지만 홍희 역시 아지의 맛깔스런 이야기 솜씨에 빠져 들었다.

"설마 저 아아가 지어낸 야그는 아니겠제?"

"에고, 무식이 상팔자여. 거 허균 대감이라고, 아이고 글고보니께 어저껜가 그저껜가 그 냥반 목이 싹! 시상에나, 그 짠헌 냥반이 지은 이야기 아녀?"

이야기를 듣는 중에 몇몇이 자기들끼리 속살거렸다. 홍희는 뭔가 꺼림칙한 기분이 들어 아지의 이야기를 중단시키고 싶어졌다. 하지만 잔뜩 이야기에 빠져든 사람들의 툴툴거림 또한 들려왔으므로 차마 제지시킬 수가 없었다.

"거 조용히 좀 합시다. 할 말 있음 쩌리 나가서 하시고들."

옹기종기 모여앉아 귀를 쫑긋 세운 사람들이 아지의 이야기에 넋을 놓았다. 주인 여자 역시 그릇을 치우고 새 손님을 받고 상을 나르면서도 간간히 그라제! 하믄! 따위 추임새를 넣곤 했다.


이 놈이 대감의 정기를 받아
당당한 자식으로 태어났으나
다만 서러운 것은 아버질 아버지라 부르지 못하고
형을 형이라 부르지 못하는 것이니,
위아래 종들조차 저를 천하게 보고,
친척들이며 오랜 친구들도
저를 손가락질 하니
이런 원통할 일이 어딨겠습니까

홍희는 멀리서 다가오는 말발굽 소리를 들었다. 한두 마리가 아니라 못해도 대여섯 마리는 됨직한 제법 묵직한 울림이었다. 아지의 이야기에 빠져 아무도 신경 쓰지 않았지만 홍희는 직감적으로 얼른 자릴 피해야 할 때라 싶어졌다. 말 도둑을 찾는 천안이나 공주 관가의 나졸들일 수도, 혹시는 허균의 수급을 뒤쫓는 서울 포도청의 포졸들일 수도 있는 일이었다.

홍희는 아지에게 속히 자릴 떠나는 게 좋겠다는 눈짓을 보냈다. 하지만 제 이야기에 빠져든 아지는 홍희의 손짓 발짓을 흘낏 보고서도 아무 반응을 보내오지 않았다.

홍희는 슬그머니 일어섰다. 두 몫의 밥값을 계산하고 마당가에 묶어놓은 말에게로 다가갔다. 삼베 보자기로 싼 보따리 하나가 고약한 냄새를 풍기며 말 등에 단단히 묶인 채 그대로였다. 고삐를 푸는 사이 아지가 나타난다면 함께 갈 테지만 그렇지 않다면 혼자라도 떠날 작정이었다. 단련된 홍희의 예리한 감각은 당장 떠나지 않으면 안 된다고 그녀를 몰아붙였다.

아지는 여전히 침을 튀기며 이야기에 열을 올리고 있었다. 우리 인연은 여기까지인가 보다, 홍희는 어린 앨 혼자 버려두고 떠났다는 자책감을 갖기 싫어 인연설을 끌어들였다. 그리고는 말에 올랐다. 그녀는 짚신 발로 말 엉덩이를 사정없이 후려 찼다.

이려이려!

뒷골목을 돌아 장터거리를 막 벗어나는 순간이었다. 우루루, 한 무리의 포졸들이 그 국밥집으로 몰려 들어가는 걸 홍희는 곁눈으로 살피며 마구 내달렸다. 휘유! 절로 한숨이 터져 나왔다.

그녀는 더 이상 뒤돌아보지 않았다. 앞만 보며 정신없이 내달렸다. 절대로 빼앗겨서는 안 되는 중요한 것이, 향아 이모의 기다림과 갈망을 그치게 할 영원의 선물이 지금 말 등에 얹혀있다. 홍희는 자신이 왜 허균의 처형 장면을 목격해야 했는지를 새록새록 깨달아가는 중이었다. 해가 서쪽으로 설핏 기울어진다 싶을 때까지 그녀는 말고삐를 놓지 않았다.

얼마나 멀어졌을까? 졸졸 흐르는 개울을 만나 말에게 물을 먹이고 홍희 자신도 목을 추기면서야 조금 여유가 생겨났다. 그녀는 냇가 나무등치에다 말을 묶어놓고 잠시 다리를 쉬었다. 물속에 발을 담그고 뻣뻣해진 종아리를 풀었다.

아지는 어찌 되었을까? 생각하지 않으려 해도 똑같은 질문이 자꾸만 머릿속에서 맴돌았다. 녀석과 인연이 다 한 거야. 똑같은 답을 수도 없이 반복해보지만 영 마음이 개운치 않았다. 홍희는 벌떡 일어섰다. 암만해도 자꾸만 뒷덜미가 당겼다. 그 국밥집 어딘가에 질기고도 강한 줄이 하나 있어 그녀의 모가지에 걸쳐진 채 앞으로 달려 나가면 나갈수록 더욱 거칠게 잡아당기는 게 아닌가 싶어졌다.

홍희는 발길을 돌렸다. 꽤 많이 달려갔다고 생각했지만 돌아오는 길이 그리 길진 않았다. 장터거리는 아까와 다름없이 북적거리고 활기 넘쳤다. 한 무리 포졸 따위 들이닥친 적도 없다는 듯이. 국밥집 역시 평온해 보였다. 손님이 듬성듬성 앉아 있는 게 좀 썰렁해 보이긴 했지만 점심시간이 훌쩍 지났으니 그럴 만도 했다.

"아줌니!"

"이 양반이 누구랴? 세상에나 어린 동생 팽개치고 도망 간 그 못된 형 아니라구?"

"뭔 소리래요? 급한 일이 있어서 언능 댕겨오니라고 숨도 못 쉬게 바빴구마는. 근디 우리 동생은 어디로 갔대요?"

홍희는 일부러 맹하게 눈을 뜨고서 어눌하게 물었다. 무슨 일이 벌어졌는지 정말 하나도 모르는 사람처럼.

"잡혀 갔지. 참말로 염치도 없으셔. 우리 장사 망친 건 어뜨케 보상을 해줄거랴?"

홍희가 도무지 말귀를 못 알아먹는 사람처럼 보였는지 국밥집 주인이 자초지종을 설명했다.

"하필 그 동생이 떠벌인 야그가 나랏님이 금한 거라지 뭐겠수? 야그면 기냥 야그지 나라가 금하는 야그가 어딨다냐고, 세상천지 고런 말은 첨으로 들어본다고, 밥 한 술 뜸서 웃자고 하는 야그 갖고 고런 법이 어딨냐고, 다들 한 마디씩 따지고 들었제. 포졸 놈들이 눈을 부라림서 역적죄인이 백성들을 현혹할라고 지어낸 야그인지라 고런 야글 하는 놈도, 듣는 놈도 다 역적과 한패라는 거여. 싹 다 굴비두룹으로 엮어 잡아 가불드라고."

도둑이 제 발 저리더라고 허균을 죽인 자들이 구린 제 뒤를 감추려고 별 어이없는 짓을 다 저지르는 게다. 어린 애가 장터 국밥집에서 한 푼 이야기 값이나마 벌어보겠다고 재롱 피우며 나불거린 이야기에 무장을 한 포졸들이 예닐곱씩이나 들이닥치다니! 사람 입을 틀어막을 순 있을 것이다. 하지만 바람처럼 물처럼, 골진 데로 낮은 데로 흐르는 이야기에다 어찌 재갈을 물리랴?

"틀림없이 길 건너 쩌기 국밥집 빌어묵을 여편네가 찌른 거여. 그러잖아도 오늘따라 손님이 바글거려서 년이 배 좀 아프겄다 생각은 했제. 그런데다 불난 집에 부채질이라도 하대끼 그 집 동생이 홍길동전을 한 자락 착 깔아 댔자녀. 술 주전자가 기냥 동이 나더라고. 그나저나 그 여편네는 나라가 금한 야그 같은 걸 어찌케 알았을꼬?"

홍희는 어쩌야 할지 작정이 서지 않았다. 내쳐 가던 길 가버렸으면 맘 찜찜한 대로 잊어버릴 수도 있었겠지만 어린 것이 포졸들에게 잡혀 갔다는데 손 놓고 있을 수만은 없지 않은가? 게다가 아지는 말 도둑에 요주의 인물인 박충남의 아들이기까지 하다. 영리한 녀석이라 함부로 입을 놀리진 않겠지만 사건을 키워 제 공을 드높이려는 자에게 걸리면 어떤 해코지가 뒤따를지 모를 일이었다.

"저기 아줌니, 오늘 못 받은 밥값, 술값 지가 다 쳐드릴게요. 대신 우리 동생 좀 빼내주시믄 안될까요? 여기서 오래 국밥집을 하셨으믄 아는 포졸들도 더러 있을 텐디."

"오매매, 뭔 소리랴? 손님들 편역 들다가 나조차 잡혀갈 뻔 했구마는."

손사래를 치는 것과 달리 주인 여자의 눈빛에는 기대감 같은 게 피어올랐다. 홍희는 서울 올라오면서 챙긴 엽전 세 꿰미를 봇짐에서 꺼내 아예 통째로 여자의 코앞에다 들이 밀었다. 얼마나 오래 집을 비워야 할지 모르는

데 빈집에다 어머니가 평생에 걸쳐 모은 재산을 두고 올 수 없어 무조건 쓸어 담은 것이었다. 하루에 열 그릇의 국밥을 먹어 치운다 해도 삼 년 이상 버틸 수 있는 거금이었다.

"두 꿰미는 지금 착수금 조로, 나머지 한 꿰미는 내 동생이 나오면 그때 드릴까 허는디. 사실상 우리가 가진 전 재산이구만요."

여자의 눈이 휘둥그레졌다. 홍희는 여자가 감히 거절하지 못할 것이라 생각했다. 돈은 그 부피에 따라 간청에서 부탁으로, 부탁에서 요구로 그리고 다시 명령으로 전환되는 놀랍고도 독특한 언어였다. 거기에다 약간의 눈물을 가미하면 의도는 완벽하게 실행된다.

"사실은 울 어매가 병이 들어 오늘 낼 한단 말여요. 여그 산성시장 근처에 용한 의원이 있대서 약이라도 지어다 드릴라구 전라도 부안 촌구석에서 급히 올라왔구만요. 쉬지도 않고 길을 재촉했드니만 을매나 배가 고픈지, 언능 한 숟갈 뜨고 의원님을 만나러 갈 참이었다니께요."

홍희는 잠시 뜸을 들였다. 그리 오밀조밀한 사연이 아니어도 병과 죽음이 끼어들면 사람의 마음은 흔들리게 되어 있다. 더구나 병든 어머닐 위해 형제가 위험을 무릅쓰고 먼 길을 나섰단 얘긴 감동적인 요소를 제 안에 지녀가지고 있지 않은가?

"속아지 없는 놈이 지 입담 자랑할라구 설쳐대는 동안 혼자라도 의원한테 갔다와야겠다 싶어 자릴 뜬 사이에 요런 사단이 날지 어찌 알았겠어요? 약은 지어논다고, 해지기 전에 찾으러 오라고 의원이 그러든디…, 하지만

도 지금 어매 약이 문제겠어요? 어린 동생 놈이 죽냐 사냐 하는 판국에…."

홍희는 푸욱, 한숨을 내쉬었다. 주인 여자의 얼굴에 감출 수 없는 동정심이 파르라니 피어올랐다. 아마 한 꿰미 정도는 약값에 보태라며 결국 되돌려 주기까지 할 것이다.

# 머나먼 서쪽 땅

***

늙은 여인이 통곡한다,

해 떨어진 황폐한 마을에서.

흰 서리 내려앉은 헝클어진 머리카락

침침하게 가라앉은 두 눈동자

가난한 지아비는 빚을 못 갚아

차가운 감옥에 갇혀있는데

어린 아들은 높으신 분 심부름꾼 되어

머나먼 서쪽 땅으로 기약 없이 떠났지.

난리 통에 기울어진 초가집 기둥마저 타버리고

이 한 몸 숲속으로 도망쳐 숨으려다

마지막 남은 한 벌 베옷마저 잃어버렸지.

일거린 끊어지고 살고픈 생각마저 없어졌는데

관가의 아전님 네,

무슨 일로 우리 집 문을 또 두드리시나.[2]

---

2 허균의 시 '기견(記見, 본대로 기록하다)' 일부

# 1

패배자에게 열광하는 민심은 없다. 동정이나 위로도 없다.

왕과의 연합을 꿈꿨던 건 절대로 패배하지 않아야 한다는 절박한 계산에서였다. 왕을 전면에 내세울 수만 있다면 대비의 피를 손에 묻히는 정도 통과의례를 기꺼이 감내할 참이었다.

세자 시절의 왕을 처음으로 본 건 임진년의 피난길에서였다.

선조 임금은 왜장 고니시 유키나가의 선봉대가 부산포에 상륙한 후 동래성을 함락하고 김해, 상주를 거쳐 탄금대의 신립 장군마저 격파하고 서울을 향해 거침없이 올라오고 있다는 소식에 잔뜩 겁을 집어먹었다. 임금은 조선방어를 위한 사령탑이 되는 대신 조정을 둘로 나누어 자신은 피난길에 나서고, 전선의 중심에다는 광해군을 책임자로 한 제 2의 조정分朝을 남겼다. 급조한 허울뿐인 조정을 맡기고자 광해군을 왕세자로 책봉한 후 자신은 황급히 의주로의 피난길에 오른 것이다.

후궁이 낳은 서자라며 눈길 한 번 제대로 주지 않던 아버지 선조를 대신하여, 누릴 권력은 없이 의무만 산더미 같은 세자 자리에 오른 광해군은 전쟁 기간 내내 백성들의 분노와 원성을 고스란히 받아내며 위로와 기대의 최전선에 서야 했다.

전란 당시 사대부 집안 치고 임금을 따라 피난길에 나서지 않은 경우는 거의 없었다. 높은 직위에 있던 큰 형은 임금을 모셔야 해서 일찌거니 피난

길에 올랐고, 성균관 유생으로 변변한 벼슬자리에 오른 적 없는 나는 어린 딸의 손을 잡고 뒤늦게 피난 행렬의 꼬랑지에 따라붙었다. 만삭의 아내와 늙은 어머니도 함께였다. 가토 기요마사가 이끄는 왜군이 우리의 피난 행렬을 바짝 추격해 왔다.

함경도 남쪽 바닷가 단천에 이르렀을 때 아내의 산통이 시작되었다. 더는 피난 행렬을 따라갈 수 없었다. 거기서 아내는 아들을 낳았다. 첫 아들을 얻은 기쁨에 잠길 틈도 없이, 몸 푼 아내가 잠시 누워있을 시간도 없이 가토의 추격에 떠밀려 우린 밤새도록 마천령 고개를 넘어야 했다.

산후 처치를 제대로 받지 못하고 미역국 한 모금 떠먹어보지 못한 아내는 그날 밤 피난 수레 안에서 숨을 거두었다. 어미 젖꼭지 한 번 빨아보지 못한 갓난 아들은 단 하루도 살아보지 못한 채로 숨이 끊어졌다. 어린 딸은 배고파 울 힘도 없는지 색색 숨을 고르는데 늙은 어머니가 비 오듯 눈물을 쏟아냈다. 나 역시 주저앉고 말았다.

무얼 바라 이 의미 없는 행진을 계속해야 하는가? 대체 어디를 향해 죽어라고 가야한단 말인가? 아무도 우릴 돌아보지 않았다. 무능력한 가장인 날 위해, 내 죽은 아내와 아들을 위해, 내 어린 딸과 늙은 어머닐 위해 물 한 모금 건네주는 이가 없었다. 모두들 자신의 궁핍과 자신의 병고와 자신의 비참에 허우적이느라, 희부윰한 새벽빛 속에서 소리 없이 끊긴 두 목숨의 설움을 아는 체하지 않았다.

"무슨 일인가?"

한 청년이 말에서 내리더니 반 무릎으로 앉아 나와 눈높이를 맞추며 물었다. 귀티 나는 젊은이 주변엔 무장한 병사 몇이 따르고 있었다. 분명 나보다 어려 보이는 청년인데도 그가 그렇게 묻자 눈시울이 뜨거워졌다.

"보시다시피…."

그가 피난 수레 위에 덮인 때 묻은 무명천을 거둬 올렸다. 늙은 어머니와 어린 딸년이 기다렸다는 듯이 곡성을 터뜨렸다. 갓난아길 품어 안은 채로 아직 감지 못한 내 아내의 눈을 그가 살며시 쓸어주었다. 아내가 눈을 뜬 채로 세상을 하직했음조차 알지 못하고서 넋이 나가있던 나는 남의 일보듯 그저 멍하니 청년의 손길을 쳐다보고 있었다.

"관을 하나 마련해 이 자에게 가져다주라. 또한 미역국 한 그릇을 구해 노파와 어린 것에게 먹이라."

"하지만 저하, 이리 한가하게 피난민의 장사를 치러줄 시간이 없습니다만."

"잔말 말고 시행하라. 피난민은 내 백성이 아닌가? 죽은 자와 노인과 아이 또한 내 백성이 아닌가?"

그때까지도 난 청년의 정체를 알아차리지 못했다. 그가 부하들을 이끌고 고갯길 너머로 따가닥거리며 사라지고 나서야 벌떡 일어나 큰 절을 올렸다. 늙은 어머니도, 어린 딸년도 그제야 내가 하는 절의 의미를 깨달은 듯 덩달아 세자의 뒷모습에다 대고 연신 절을 해댔다.

기적처럼 그것들이 나타났다. 낡은 송판으로 급히 짜 맞춘 관 하나와 김이 모락모락 올라오는 미역국 한 사발이. 출산 후 첫 국밥 한 모금 입에 대 보지 못한 아내 대신 어머니와 딸아이가 미역국으로 주린 배를 채우는 동 안, 난 아직도 식지 않은 아내의 따뜻한 몸을 관속에다 차마 넣을 수 없어 멍 하니 앉아만 있었다.

"왜적이 몰려온다! 당장 떠나라!"

아침식사를 위해 잠시 멈춰있던 피난행렬 사이로 파수꾼들이 목이 터져 라 외치며 지나갔다. 아직도 따스한 아내의 몸을 관속에다 우겨넣고 땅의 표피만 겨우 거둬낸 다음 안치했다. 지표면 위로 반나마 드러난 관 주변엔 돌덩이들을 주워다 쌓았다. 조막만한 손으로 돌멩이를 주워 나르던 어린 딸의 손톱에서 핏물이 배나왔다. 하지만 그마저도 제대로 마치기 전에 서 둘러 길을 떠나야 했다.


왕은 전쟁을 안다.

백성들이 무단으로 침입한 왜적에게 필설로의 형용이 불가한 고통과 울 분을 당했음을, 빼앗기고 얻어맞고 강간당하고 죽어갔음을, 왕은 안다.

왕은 배고픔을 안다.

적군의 창칼보다 백성의 목숨을 더 많이 앗아간 건 빈 위장에 고여 든 신 물이었음을, 아무 데서나 뜯어 질겅거린 잡풀의 독이었음을 왕은 안다.

왕은 신분차별의 설움을 안다.

평소에는 거들떠도 보지 않던 서얼들에게 갑작스레 벼슬자리를 내어주며 전쟁에 나가 공훈을 세우라 부추기던 정부가 전쟁이 끝나자 모든 공적을 가로채고 주었던 벼슬자리를 가차 없이 빼앗았음을 왕은 안다.

왕은 또한 안다.

전쟁이 시작되었을 때 제일 먼저 도망쳤던 자들이 전쟁이 끝나자 제일 먼저 돌아와 승리자의 면류관을 뒤집어쓰고, 전쟁터에서 살아남은 자들을 비판하고 단죄했던 사실을 왕은 안다.

그에게는 개혁안을 만천하에 선포할 자격이 있었다. 서얼과 승려, 천민과 노비, 그리고 여인들의 눈물을 닦아줄 자격이 있었다. 조선의 상징이자 명분이자 심장인 그의 이름으로 혁명이 포고되는 순간, 새로운 조선은 시작될 수 있었다.

*모든 준비가 끝났습니다.*

그런데 왕은 내 전언에 응답하지 않았다.

왕이여, 조선의 아들들이 서로의 심장을 찌르고 머리통을 바수며 독설과 증오로 물어뜯는 아수라장을 보았는가? 그 많은 젊은이들의 꿈과 기대, 분노와 설움이 폭발하는 굉음을 들었는가?


후방지원군에게로 향하는 세 젊은이들의 발소리가 더는 들리지 않았다.

"우리도 후퇴한다. 후퇴, 후퇴다!"

난 큰소리로 외쳤다. 우경방과 그의 부하들이 반발하고 나섰다.

"무사가 한 번 꺼내든 칼을 뒤로 물릴 순 없습니다."

"우린 여기다 뼈를 묻을 것입니다."

관군의 공세는 더욱 거세졌다. 그들은 이미 죽은 자들의 시신을 거침없이 짓밟으며 홍수처럼 밀려들었다.

"앞날을 도모하는 것도 무사의 일이다. 후퇴는 결코 패배가 아니다."

현웅민이 내 말을 맞받았다.

"이미 늦었습니다. 앞뒤로 관군입니다."

"눈치껏 살길을 찾아 도망쳐라. 어떻게든 살아남는 게 승리다. 내가 엄호해 주겠다. 후퇴하라!"

"대장의 엄호를 받으며 후퇴하는 부대는 없습니다. 가십시오. 여긴 제가 맡을 테니!"

우경방이 부하들을 두 패로 나누어 앞뒤로 조여 오는 적들 사이로 방어막을 쳤다. 그 사이로 실낱같은 좁은 길이 생겨났다. 현웅민이 내 등을 떠밀었다.

"대장님을 호위하라!

누군가가 내 말의 엉덩이를 후려쳤다. 말이 미친 듯이 내달렸다. 칼을 치켜들었다. 달려드는 자는 쳐내고 막아서는 자는 짓밟았다. 검법도 무술도 없었다. 그저 찌르고 그저 베고 그저 내달렸다. 창이 내 어깨를 스치고 가는지, 칼날이 내 가슴팍으로 짓쳐드는지, 활이 내 등에 꽂히는지 알아차릴 겨를이 없었다. 곁에 누가 있는지, 누가 내 뒤를 따르는지 느낄 겨를도 없었다.

꽈당! 내가 탄 말이 쓰러졌다. 네 개의 무릎을 꺾으며 고통스럽게 울부짖었다. 그 바람에 내 몸뚱이가 부웅 뜨더니 핏물 흥건한 진창 속으로 처박히고 말았다. 수십 개의 칼이, 수십 개의 창이 나를 향해 다가왔다. 한낮의 햇살에 달구어진 벌건 쇠붙이들이 번뜩였다. 그것들은 허균이라는 중심 굴대를 향해 뻗친 현란한 바퀴살이었다. 눈을 감았다. 그런 끝이어도 괜찮으리라.

다급한 말발굽 소리가, 누군가의 외침 소리가 막 찔러 들어오는 창칼에서 살기를 거둬냈다.

*죽이지 마라! 생포하라! 어명이다!*

끝이 아니었는가? 또 다른 기회, 또 다른 때가 내게 주어질 것인가? 그것이 구명줄이 아님을 깨닫는 데는 그리 오랜 시간이 필요하지 않았다.


## 2

서울 시내가 온통 피비린내로 진동했다. 역적 잔당으로 지목되는 순간 그의 목숨은 그의 것이 아니었다. 어찌어찌 살아남아도 평생 불구로 살아야 했다. 그의 아낙과 자식들은 그나마 등 붙이고 살던 집에서 쫓겨나기 일쑤였다.

뭔 놈의 난리가 이리도 끊이질 않는가? 왜적들이 쑤시고 도려낸 상처에 겨우 딱지가 앉나 싶으니 이젠 제 살을 제가 깎아먹는 자중지란인가? 왕실은 아들과 어미가 서로 잡아먹지 못해 이빨을 세우고, 벼슬아치들은 편을 갈라 양쪽에 붙어 서서 애먼 백성들을 앞세워 물고 뜯고 죽인다. 그런 자들을 싹 쓸어버리고 오직 백성들을 위한 새로운 나라를 세우겠다며 일어섰던 허균, 그래봐야 팍팍한 백성들의 삶에 짐 하나만 더 얹어주었을 뿐인 것을.

하지만 민심이 아무리 사납게 들끓어도 외딴 성처럼 고요하고 평온하기 까지 한 집이 있었다. 의효는 그 집이 바로 자신의 집이라는 사실이 몹시도 창피하고 또 민망하였다.

"날짜를 통보 받았다. 새 달 열여드레다. 한 달도 채 남지 않았으니 더욱 몸을 삼가라."

불호령이 떨어질 걸 예상했던 의효는 의외의 자상한 명령에 놀랐다. 역 적 허균의 목은 탈취된 지 이틀이 넘어가도록 행방이 묘연하고, 어딘가로 숨어들어간 허균의 어린 아들 역시 검거되지 않은 채다. 평소의 아버지라 면 이렇듯 차분할 리가 없다.

"아버님, 무슨 말씀이신지요?"

"내 일전에 말하지 않았더냐? 병조참판 댁 따님과 혼례를 치르기로 했다 고. 아무리 바빠도 인륜지대사를 잊어서야 되겠느냐?"

쿵! 심장이 무너져 내렸다. 절대로 오지 않길 빌었던 그날이 코앞이라니. 갑자기 천둥번개가 치더니 소나기가 쏟아져 내렸다. 본격적인 추수가 시 작되는 판에 태풍이라도 불어 닥치려는 것인가? 고요한 어둠 속으로 사위 어 가던 마당을 굵은 빗줄기가 사정없이 두들겨 팼다.

도대체 무엇을 바라 새벽길을 휘달려 서울로 돌아왔을까? 한 낮의 꿈처 럼 아득하기만 한 그곳, 개치고개 아래 섬이네 주막….

인영은 초록저고리에 다홍치마를 받쳐 입고 고즈넉이 앉아있었다. 한 송이 꽃인들 그리 청초할까, 한 순간 피어난 무지갠들 그리 신비로울까! 행여 그녀가 이슬처럼 사라질까 두려워 의효는 숨을 죽였다.

새벽빛이 아슴아슴 밝아올 무렵 섬이네가 모든 준비를 끝냈다며 의효를 불렀다. 부모도 친척도 친구들조차도 모르는 두 사람만의 혼약식에 유일한 증인이 되어줄 섬이네, 의효는 하마터면 그네의 품에 안겨 어린아이처럼 훌쩍거릴 뻔했다.

"급작스런 마련이라 부족함이 많을 거구먼유. 섬이 년이 어찌나 지랄지 랄을 해대서 요번 추석 때 한 벌 맘 묵고 지어준 새 옷이 마침맞게 있어서 는…. 첨 일이라 두서가 없긴 혀도 어찌저찌 해보십시다!!"

꼭두새벽에 길어 올린 가장 맑고 정갈한 그 날의 첫 물 한 그릇이 개다리 소반 위에서 찰랑거렸다. 물빛에 어린 인영의 단아한 얼굴이 의효의 가슴을 새삼 방망이질 치게 했다. 섬이네는 어디서 구했는지 새 초를 정화수 양쪽에다 세우고 의효에게 불을 붙이게끔 했다. 밤내 방안을 밝히느라 밑바닥까지 녹아내린 몽당 초는 마지막 불씨를 건네주고는 이내 사그라졌다.

의효는 인영이 치장을 하는 동안 정성들여 써두었던 글을 읽어 내려갔다.

"천지신명께, 그리고 양가 조상님들께 아뢰나이다. 저 광주 이가 이첨의 아들 의효는 양천 허가 균의 딸 인영을 평생고락을 함께 할 지어미로 맞아 들이기에 앞서…,"

읽어 내려가는 동안 의효는 뜨겁게 치밀어 오르는 눈물을 어찌 할 수가 없었다. 마침내 꿈에도 그리던 여인을 얻었다는 기쁨에선지, 아버지를 비롯한 가문의 누구도 허락하지 않을 혼약식을 혼자서 저질러버린 데 대한 두려움에선지, 언제 다시 보게 될지 기약할 수 없는 이별을 앞에 둔 서러움에서인지, 아무리 참으려 해도 굵은 눈물방울이 뚝뚝 떨어졌다.

"천지신명께, 그리고 양가 조상님들께 아룁니다. 저 양천 허가 균의 딸 인영은 광주 이가 이첨의 아들 의효를 평생고락을 함께 할 지아비로 맞아들이기에 앞서…,"

방안이 온통 흔들거렸다. 인영의 목소리가 떨리는지, 촛불이 살랑대는지, 병풍 속 모란꽃잎이 팔랑이는지…, 고즈넉이 앉은 인영의 어깨가 사분거리고 의효의 도포자락이 흐늘거렸다. 섬이네만이 차분하고 또렷하게 다음 순서를 이어갔다.

"두 분 일어서서 맞절 하셔야쥬."

찰그랑찰그랑! 두 사람이 서로를 향해 큰절을 네 번 올리는 동안 옥구슬 부딪는 맑고 투명한 소리가 마치 축가처럼 울려 퍼졌다. 의효가 인영을 처음 마음에 담던 그날, 인영의 치맛자락 위에서 사르릉거리던 버들잎노리개였다.

"정화수는 도련님이 반절, 아가씨가 반절 나눠 마셔야제유. 지 같은 천것이 뭘 예절을 알까마는, 한 사발 물일 망정 신령스런 기운이 내려앉은 것이니께! 두 냥반 앞날을 축원하는 의미루다가 한 방울도 흘리지 말구 꿀떡꿀떡, 그야말로 복시럽게! 알겠지유?"

섬이네는 둘을 남겨두고 상이며 그릇을 챙겨 나갔다. 의효는 이이첨의 아들로 태어난 이후 처음으로 의심 없는 자기 결정에 이르렀음을, 그동안의 내적인 반항들이 비로소 길을 찾았음을, 늘 꿈꿔왔던 배신이 시작되었음을 알았다. 후우, 긴 한숨이 절로 터져 나왔다.

의효는 차마 인영을 품어 안을 수 없었다. 목욕재계를 하는 동안 식어버린 몸이 더 이상 달아오르지 않았다. 스스로는 모르고 있을지언정 인영은 아버지를 여읜 상중喪中의 딸이었다. 간절히 원하고 또 원했던 그녀였지만, 그랬기에 더욱 그래서는 안 된다는 생각이 의효를 각성시켰다. 인영의 뜨거운 입김이, 보드라운 입술이, 뭉클하게 짓눌러 오는 젖가슴이 그의 온몸을 휘어 감는데도.

"우리의 진짜 첫날밤을 위해 아껴놓고 싶습니다. 기다려 주렵니까?"

도저히 열리지 않는 몸을 그렇게 변명하는 것으로 의효는 인영의 마음을 달랬다. 조만간 그녀는 알게 될 것이다. 의효가 왜 그래야만 했는지를.

호로로 호로로, 부지런한 새들이 지저귀었다. 초가지붕 위로 짙푸른 새벽빛이 내려앉았다. 하늘바라기로 꼬박 밤을 새운 철 늦은 박꽃들이 하나둘 꽃잎을 닫았다. 서늘한 새벽바람이 창호지 문틈 사이로 파고들었다.


"죄송합니다."

"죄송할 것까지야 있겠느냐? 사내가 사사로운 일에 무심한 건 자랑이지 부끄러움이 아니다."

이첨의 칭찬은 초점을 빗나가 있다. 아버지의 계획이 이젠 더 이상 자신의 계획일 수 없는 의효의 변명인 것을, 이젠 돌아올 길 없는 강을 건너버린 의효의 고별사일지도 모르는 것을.

"여자란 날개다. 튼튼하고 좋은 날개를 가질수록 더 높이 더 멀리 날 수 있다. 그 집안의 딸이라면 네겐 더할 나위 없이 든든한 날개가 되어줄 것이다. 행여 쓸데없는 생각으로 네 창창한 앞날을 망치지 마라."

이첨은 마치 의효의 속내를 눈치 챈 사람처럼 설득력 있는 어조로 다정하게 타일렀다. 그리고는 마지막 확인 절차 또한 분명히 해두었다.

"넌 오갈 데 없는 내 아들이다. 패기와 야망이 남다르지. 애빈 그걸 안다."

의효는 아버지의 단정이 어떤 근거에서 나온 것인지 묻지 않았다.

"안녕히 주무십시오."

막 물러나려는 의효를 이첨이 다시 붙들었다.

"그런데 말이다."

의효는 꺼림칙한 기분을 떨쳐내며 막 잡으려던 문고리에서 손을 뗐다.

"이상한 얘기가 바람결에 들리더구나. 허균의 어리석은 딸년이 살아있다는, 계집의 천생 오라비 하나가 있어 그 계집을 빼돌렸다는 그런 해괴한 소문이. 넌 이런 헛소문을 어찌 생각하느냐?"

의효의 뒷덜미를 스치는 냉기가 차갑고 매서웠다. 아버지는 어디까지 알고 있는 것인가? 그렇다고 밀릴 수는 없다. 의효는 더욱 냉철하고 확신에 찬 어조로 맞설 각오를 했다. 아직은 아버지에게 배신을 고백할 때가 아니다. 들킬 때는 더더욱 아니다.

"어제 아침에 제가 처리했다고 분명히 말씀드리지 않았습니까? 저를 못 믿으십니까?"

의효는 얼굴빛 하나 흐뜨리지 않고 맞섰다. 낭떠러지가 눈앞일지라도 버틸 수 있는 데까지는 버텨야 한다.

"인영 아가씨에게 한때 마음이 있었던 건 사실입니다. 하지만 왕실의 여자로 내정된 이후 사내의 자존심을 걸고 마음을 접었습니다. 그게 잘못입니까?"

의심과 신뢰가 교차하는 이첨의 눈빛이 의효를 훑었다. 의효는 마지막 일격을 주저하지 않았다.

"저와 아버지 사이를 이간하려는 음모가 있는 게지요. 그게 누굽니까? 미출입니까?"

"아니면 되었다. 그리 흥분할 것은 없느니⋯."

"가보겠습니다."

의효는 대청마루로 나섰다. 미적거려봤자 이첨의 의심만 더욱 자극할 것이다. 빗줄기는 한결 사위어 있다. 그는 몇몇 포교가 당직을 서고 있을 좌포청으로 향했다.


의효가 눈치 빠른 강포교를 불러냈다.

"너에게 특별한 부탁이 하나 있다. 들어줄 수 있겠느냐?"

"부탁이라닙쇼? 말씀만 하십시오."

젊은 포교는 자신을 따로 불러 사적인 부탁을 하려는 의효에게 연신 고개를 조아렸다. 상관이 자신을 개인적인 이유로 불러낸 것에 과도한 의미 부여를 하는 듯했다.

"우리 집에 미출이란 노비가 하나 있는데, 정국이 불안한 틈을 타서 도망을 쳤다. 이런 시국에 가노 한 놈 도망쳤다고 관할 관청에다 협조요청을 할수도 없고, 또 집안을 잘못 다스렸다는 소문이 나면 가문의 창피다. 이이첨 대감의 비밀스런 부탁이니 신속하게 움직여 놈을 잡아와라. 천안과 공주 사이 개치고개 장터에서 그놈을 보았다는 첩보를 받았다."

"넵! 알겠습니다. 감사합니다."

강포교는 별로 빛날 것 없는 사적인 임무를 감사까지 해가며 받아들였다. 권력의 실세 이이첨 대감의 아들, 그의 눈에 들면 초고속 승진은 따 놓은 당상이다 싶었거나, 그런 계산이 없더라도 상관에게 밉보여 인생을 조질 이유는 없다고 생각했는지 모른다.

"그놈의 낯바닥을 압니다. 우리 좌포청에도 수시로 들락거렸지요. 반드시 잡아오겠습니다."

"제일 빠른 말을 타고 가라. 놈을 잡거든 그놈이 뭐라 지껄이든 불문곡직하고 즉각 끌고 와 아무도 모르는 곳에다 가둬두라. 끌고 오는 동안 입에 재갈을 물리고 물 한 모금 주지 마라. 네 공을 절대로 잊진 않을 것이다."

강포교가 상기된 표정으로 뛰어나갔다.


3


"누나!"

아지가 홍희의 품으로 달려들었다. 눈두덩이 시퍼렇게 멍들고 밤송이처럼 부푼 게 적잖은 곤욕을 치른 듯 했다. 국밥집 주인여자가 화들짝 놀란 눈으로 두 사람의 상봉을 지켜보았다.

"오매매? 뭔 소리랴? 그 짝이 형 아니었대유?"

홍희가 씨익 웃었다.

"험한 길 나설 때는 암만 여자래두 남자여야지요. 생전 첨 길에 어뜬 놈이 꼬여들지 몰르는디, 괴나리 봇짐에 돈은 들었겄다, 알아서 조심 안 하믄 누가 지켜주겄든가요?"

주인 여자가 입꼬리를 한껏 올리며 까르르 웃었다.

"에궁! 총각이 어찌나 이쁘고 예의가 발르든지, 하마터면 맘 주고 거시기도 주고 그럴 뻔 했잖은감?"

"아줌니도 참! 여자끼리면 어때요? 하룻밤 만리장성 한 번 쌓아 봐요?"

"오매매, 망칙해라. 변장술만 뛰어난 게 아니고 말장난도 아조 귀신 찜 쩌 묵겄네 그랴. 여튼 어무니 약 잘 지어갖구 가드라구. 두 남매 정성으로 쾌차하실 거여."

주인 여자는 포졸들에게 뒷돈으로 먹이느라 쓴 돈과 손해 본 밥값을 제하고는 나머질 고스란히 돌려주었다. 홍희가 예견했던 것보다 더 많은 액수였다. 생각보다 착한 여자였다.

홍희와 아지는 주인 여자가 극구 말아주는 국밥을 한 그릇 더 해치운 다음 시장통을 떠났다. 설핏 기울어진 햇발을 붙들어두기라도 하려는 듯 홍희는 사정없이 말을 몰았다. 예상치 않은 일로 반나절 가까이 지체된 걸 만회하려면 최대한 속도를 내야 했다. 뚝딱 해가 지기 전에 전라도 경계에는 당도해야 했다. 말 등에 얹어놓은 보퉁이에선 갈수록 악취가 심해졌다.


"누나! 우리 지금 어디로 가는 거예요?"

"넌 몰라두 돼."

"이젠 그 정도 얘긴 해줘도 될 만큼 친해지지 않았나?"

"넌 나랑 친해진겨? 난 아닌디!"

아지가 입술을 샐쭉 내밀었다.

"나 때문에 돈 많이 써서 화난 거예요? 누나가 밥값은 각자 계산 해야 다니 어쩐다니 고런 야박한 소리만 안 했어도 이런 일은 안 벌어졌을 거 아네요? 돈도 그리 많이 가지고 있으면서 치사하게시리!"

홍희는 아지가 종알거리게끔 내버려 두었다. 뒷머리를 쭈뼛거리게 하는 이상한 기운이 그녀의 주의력을 앗아갔기 때문이다. 홍희는 채찍을 휘둘러 속도를 더욱 높였다. 뒤따라오는 누군가의 속도도 높아진 듯했다.

혹시 관리나 포졸들의 눈을 끌까봐 일부러 잘 닦인 큰 길을 골라 달리는 중이었으니 홍희의 예감은 과장된 것일 수도 있긴 했다. 오고가는 사람들이 한 둘이 아니었으므로. 짐수레를 끄는 당나귀와 봇짐을 이고 진 장꾼들과 동네에서 거드름 깨나 피우는 사람을 태우고 달리는 말들이 뒤섞여 길은 꽤나 혼잡했다. 파장시간이 가까운 듯했다.

홍희는 일부러 골목골목을 누볐다. 가까운 듯 먼 듯 일정한 거리를 유지

하며 뒤따르는 누군가가 확실히 느껴졌다. 홍희는 양 쪽 소맷자락을 번갈아 가며 훑어보았다. 숨겨둔 여러 자루 편창의 감촉이 딱딱한 그대로 느껴졌다. 그녀는 다시 저고리 안쪽에다 손을 넣었다. 그리고는 반달칼을 꺼냈다. 여차하면 공격에 들어갈 태세를 갖추고서 홍희가 아지를 향해 소릴 질렀다.

"꽉 잡아. 보듬고 있는 보따리는 니 허리춤에다 묶고!"

"뭔 일 났대요? 갑자기 왜 이래요?"

홍희는 채찍으로 말을 세차게 후려쳤다. 휙휙, 거친 바람이 사정없이 볼을 때렸다. 말발굽이 땅바닥을 쿡쿡 찍어대는 동안 엉덩이가 쉴 새 없이 방아를 찧었다. 인적이 뜸한 소로로 접어드는 순간 홍희는 휙, 방향을 틀었다.


홍희의 반달칼이 공기를 가르며 쉭쉭 날아갔다. 미행자의 목덜미를 향해서 거침없이. 하지만 상대는 꽤 날렵한 자였다. 반달칼이 제 목을 관통하기 전에 말에서 뛰어내려 논두렁 아래로 굴렀다.

히이잉! 애꿎은 말이 비명을 지르며 그 자리에서 고꾸라졌다. 말의 한 쪽 귀가 베인 거였다. 그 사이 반달칼은 그녀의 오른손 엄지와 검지 사이로 다시 돌아왔다.

"우와! 우리 누나 최고!! 얼른 쫓아가요, 저걸 확 그냥!"

"꼬맹아, 그럴 시간은 없다. 누구 덕에 지금도 겁나게 늦었거덩."

"나 같으면 남 탓할 시간에 쫓아가 잡겠다. 뭣 때문에 뒤를 밟았는진 알아얄 거 아녜요? 두 번 다시 못 쫓아오게 다리 몽댕이도 분질러 놓고요."

"욘석이 뭘 믿고 그리 입이 험해진겨? 뻔하잖냐? 그 국밥집에서 우리 돈 꿰미를 본 잔챙이 도적놈. 괜시리 건드렸다가 관가에 한 번 더 잡혀들어가 믄 끝장이여."

쓰러진 말을 팽개쳐 놓고 그 자는 아직 추수가 덜 끝난 논배미 사이로 정신없이 달아났다. 홍희는 별 볼일 없는 작자 때문에 지나치게 몸을 사렸다는 사실이 조금쯤 창피했다. 그 장터거리에서 아예 기를 죽여 놓고 올 걸 그랬다. 다행인 건 암만 봐도 포졸 나부랭이론 보이지 않은 점이었다. 홍희는 다시 갈 길을 재촉했다.

하지만 반 마장도 나아가기 전에 길 앞쪽을 막아서는 우락부락한 장정들과 맞닥뜨렸다. 괭이며 쇠스랑, 삽이며 낫 따위로 무장한 도적들이었다. 과중한 세금과 군역으로 압사지경이던 백성들과, 전란 중에 상전의 권세와 품위가 여지없이 무너지는 걸 목격한 노비들이 도망쳐 산산 골골 스며들어 도적떼로 화한 건 어제오늘의 일이 아니었다. 하필 그런 산적들에게 재수 없게 걸려든 모양이었다. 이럴 땐 맞대결 보다는 줄행랑이 최고의 묘수다. 홍희는 기회를 보아 말머리를 돌리려고 슬금슬금 뒷걸음질을 쳤다.

"누나, 저기!"

아지가 다급하게 소리쳤다. 아래쪽 논두렁을 타고 봉두난발의 사내들이 함성을 지르며 시커멓게 올라왔다. 앞도 옆도 그리고 뒤도 온통 도적들이었다. 홍희는 반사적으로 편창을 꺼내 던졌다. 한꺼번에 네다섯 개가 슝슝 날아갔다. 으악, 몇 몇 사내가 펄쩍거리며 넘어졌다. 하지만 그뿐 그보다 더

많은 수가 홍희 네를 포위하며 거리를 좁혀왔다. 아무래도 중과부적이었다.

홍희는 유일하게 트인 산자락 쪽으로 길을 잡았다. 줄행랑을 치기로 마음먹은 이상 속도만이 생명일 거였다. 홍희는 사정없이 말을 몰았다. 도적떼의 발소리며 시끌벅적한 함성이 뒤를 쫓아왔다.

그런데 뭔가 께름칙했다. 추격자들치고는 그리 적극적으로 몰아대는 것 같지 않았다. 잡아라! 외치는 소리들조차 뭔가 킬킬대는 듯한 묘한 느낌을 주었다. 홍희는 찜찜한 기분을 털어내려고 더욱 속도를 냈다.

어디선가 졸졸 물 흐르는 소리가 났다. 말발굽이 잠길 정도의 얕은 계곡이었다. 홍희는 잠시 망설였다. 계곡을 따라 아랫길로 갈 것인지, 아니면 건너 숲 안쪽으로 더욱 깊이 파고 들 것인지. 따돌렸다 생각했던 함성과 발소리가 그리 멀지 않은 곳에서 치고 올라왔다. 아랫길을 잡았다간 놈들과 부닥칠 확률이 높을 거였다. 홍희는 숲길을 향해 내쳐 달렸다.

구릉지를 넘어가자 저 멀리 빽빽한 수풀 사이로 널찍한 바위언덕이 보였다. 작은 성채처럼 옴팍한 분지를 둘러싼 바위언덕 아래 나뭇가지와 칡넝쿨로 얼기설기 엮은 오두막 몇 채가 눈에 들어왔다. 깊은 산속에 엎드린 자그만 산동네는 무척 평화로워 보였다. 그럴싸한 풍광에 눈길을 뺏긴 홍희 앞에 누군가가 불쑥 나타났다.

텁수룩하게 수염을 긴 거대한 덩치의 사내였다. 홍희는 풀썩 주저앉고 싶었다. 일단의 도적들을 피하겠다고 죽을 둥 살 둥 말을 몰아 제 발로 도적 소굴로 찾아들다니!

"어서 오라. 마빡에 피도 안 마른 어린 것들이 제법이구나야! 으하핫!!"

사내의 곁에는 바로 조금 전 홍회의 반달칼에 목이 날아갈 뻔 했던 자가 득의만만한 표정을 짓고 서 있었다.

"나한테 바라는 게 뭐냐? 이 괴나리봇짐이더냐?"

홍회는 눈 한 번 깜작하지 않고 두목에게 소릴 질렀다. 상대의 기에 눌리면 싸움은 끝이다.

"그렇다믄?"

"주겠다. 어차피 내 동생 빼낼려구 관리 놈들한테 바칠 돈이었으니. 던져줄 테니 우릴 이대로 가게 해주라."

두목 곁에 서 있던 작자가 끼어들었다.

"한 주먹 감도 안 되는 게 감히 우리 두목님께 반말짓거리로구나. 손이 발이 되게 빌어도 살려줄까 말까거늘!"

약삭빠른 아지가 능치고 들었다. 극존칭으로 그들의 비위를 달래가면서.

"에고, 나리마님들! 우리 형이 오다가다 만난 가짜 도인한테서 무술인가 무엔가 하는 걸 배우더니 간땡이가 부었지 뭡니까? 제발 용서해 주십시오. 이거 받으시고 저흴 가엾이 여기시어 제발 풀어 주세요. 울 어머니가 깊은 병이 들어 오늘 낼 하십니다요. 설마 병든 어머니께 다려드릴 약재마저 뺏으시려는 건 아니지요?"

하지만 그들은 실실 웃기만 했다. 그 사이 홍회 네를 몰아댔던 도적 떼가 삼삼오오 몰려들어 왔다. 그들 중 제일 어깨가 벌어진 도적 하나가 칡뿌리를 잘근잘근 씹으며 홍희를 연신 훑어보았다.

"암만 봐도 저 성이란 놈, 가스나가 틀림없는디유. 큰 성님! 한 번 벳겨 보시제라."

홍희의 등골을 타고 줄줄 식은땀이 흘렀다. 예리한 감각으로 사방팔방을 탐색해 보았지만 빠져나갈 틈이 보이지 않았다. 괜히 나서지 말았어야 했던가? 향아 이모의 통한 쯤 모른 척 잊어버려야 했던가? 한 세상 바꿔보겠다고 나섰다 값없이 잘리고 만 허균의 모가지야 뭇 사람들의 조롱거리로 전락하든 까마귀밥이 되든 상관하지 말았어야 했던가? 하지만 후회가 구원이 되지 않는다는 걸 홍희는 알고 있다. 그녀는 대담하게 승부수를 던졌다.

"미친 놈! 내가 어딜 봐서 가스나냐? 단 둘이 한 판 붙자. 만약 니 눔이 이기믄 내가 아조 싹 개안허니 옷을 벗으마. 만약 니 놈이 지믄 사내답게 우리 형제를 여그서 내보내 줘야 쓴다. 어떠냐? 꽤나 공평한 제안인 것 같은디."

둘의 입씨름을 지켜보고 있던 도적들이 낄낄대며 박수를 쳤다.

"손해 볼 건 없겄는디? 만에 하나 작은 성님이 진다 허드라도 돈은 우리 차지고, 밥값 못 헐 주댕이 둘은 쫓아부러도 되는 것인게."

두목이란 자가 흥미롭다는 듯 고개를 끄덕였다. 홍희의 도전을 받은 어깨가 실실거렸다.

"잉, 좋아! 댐벼 보드라고. 대신 연장은 안 되야. 쇳덩어리 말고 몸뚱아리 대 몸뚱아리로. 흐미, 저 야들야들한 허리 좀 보소. 가스나 아니라 머스마라도 한 번 기양, 콱 기양 저것을!"

가시나, 글 좀 읽어래이. 어찌 생겨 묵은 가시나가 허구헌 날 칼쌈이고 전쟁놀이래? 칼이나 써 싸믄 맨날 칼 쓰는 놈 만난다던디. 지발 덕분 글 좀 읽어래이. 그래야 글 읽는 양반 만날꺼니.

어머니가 하루에도 몇 번씩 성화를 댔던 말들이 하필 그 순간에 홍희 머릿속으로 떠올랐다.

그래서? 글 읽는 사람 만나서 어매한텐 뭔 좋은 일이 있었는디? 글 읽는 사람 쌔고 쌔게 만나서 매창 이모한테는, 향아 이모한테는 대체 뭔 좋은 일이 있었는디?

홍희는 그때처럼, 어머니에게 감히 대들진 못하고 혼자서 툴툴거렸던 그때처럼, 속 소리로 중얼거렸다. 그래두 칼은 써 묵을 데라도 있자녀? 그러니께 함 보드라고. 어매 딸 홍희가 그동안 갈고닦은 무술 실력으로 도적놈들을 어뜨케 어육으로 맹그는지를.

홍희는 고개를 한 번 흔들고 나서는 휙 하늘로 솟구쳐 올랐다. 그리고는 오른 쪽 다리에 잔뜩 힘을 실어 놈의 주둥이를 향해 사정없이 내뻗었다.

# 깊은 숲

***

골짜기 들어서니 또 산일래

시냇물 흘러흘러 풀 더욱 향기롭다

말안장 벗겨 역참에 던져두고

평상 위로 팔베개 하고 누우니

기이한 새들의 울음소리

깊은 숲에 날 저무는 향기

지친 인생길 언제나 쉬려나

흐르는 세월 서러워

귀밑머리 허옇다[3]

1

나에 대한 최종 판결문은 일사천리로 작성되었다. 왕의 직접 심문을 바라는 내 간절한 요청은 끝내 이루어지지 않았다.

---

3  허균의 시 '방림(芳林, 향기로운 숲)' 전문

"벌써 사형시키는 것은 너무 이르다. 물을 만한 것들을 좀 더 물은 연후에 결정해도 늦지 않다. 그렇지 않은가?"

왕의 입술은 그렇게 말하고 있었다.

'외롭구나. 모두들 나를 이용하려고만 한다. 허균, 그대는 진정 나의 편인가?'라고 묻던 바로 그 입술로, 아직은 내게 미련이 남은 듯한 표정으로. 날 가까이로 불러 한 마디라도 말할 기회를 주리라, 나는 기다렸다.

"역적모의를 한 균의 도당들 모두가 승복한 일입니다. 서궁의 처단을 앞세워 전하를 경운궁에 납시게 한 다음 순식간에 왕좌를 뒤엎고 균 스스로 왕위에 오르려 했음이 만천하에 드러났습니다. 황망하기 짝 없는 군사행동을 보시고도 아직 균에게 미련이 남으십니까?"

전날 밤, 늦은 시간에 날 찾아와 '그대의 딸은 이번 거사가 끝나면 곧 입궁하게 될 것이오. 소북파를 비롯하여 말 많고 탈 많은 자들, 우리의 반대자들을 깨끗하게 쓸어버리는 데만 집중하시오.'라며 속살거렸던 이이첨의 입술이 전혀 딴 말을 뱉고 있었다.

이첨의 무리 중 하나가 나서서 거들었다. 왕의 처남 유희발이었다.

"균을 당장 죽이지 않으면 어떤 일이 벌어질지 모릅니다. 숨어있던 균의 무리들이 후원군으로 가담하려다 전세가 불리함을 알고 급히 도망쳤다는 첩보가 올라와 있습니다."

승지 한찬남도 가세하였다.

"전하, 의금부 옥사 앞에서 김개 등 균의 도당들이 균에게는 아무 죄가 없다며 그를 구출하자고 백성들을 선동하고 있습니다. 피난길에 나섰던 백성들이 돌아와 옥사에 돌을 던지고 나졸들의 머리를 깨는 등, 심상찮은 소요가 지금까지도 이어지고 있습니다."

왕은 여전히 결정을 내리지 못하고 시간을 끌었다. 너덜거리는 속적삼 사이로 줄줄 땀이 흘렀다. 한 더위는 물러갔지만 마지막 알곡을 익히려는 한낮의 태양빛은 따갑기 그지없었다.

"균이나 경방, 웅민에게서 아무런 자백도 받아내지 못했다고 들었다. 새벽에 벌어진 불미스런 전투 이면의 내막을 좀 더 캐봐야 하지 않겠는가?"

왕은 왜 모든 게 망쳐진 그 시점에서야 나를 구명하려고 했던가? 내가 왕을 앞세워 새로운 조선을 세우려 했던 것처럼, 나를 앞세워 친위정권 수립에 목맸던 왕이 그제야 이첨의 이간질에 넘어갔음을 깨달았던 것인가?

이이첨은 왕에게 더 이상 시간을 주지 않았다.

"균이 지은 소설 홍길동전만 보아도 그의 역심을 확인할 수 있습니다. 홍길동은 서자 처지임을 비관하여 아비를 버리고 도적이 된 자이며, 벼슬에 오르지 못함을 원통히 여겨 난을 일으키고, 종내는 나라를 세워 스스로 왕이 된 자입니다. 어리석은 백성들은 그런 자를 무슨 영웅이라도 된 듯 떠받들며, 망령되게도 새로운 나라 새로운 조선을 외쳐댑니다. 악인이 지은 책을 모조리 금하시고, 서둘러 처결하여 민심을 바로잡지 않으면 역심은 역병처럼 퍼져 나갈 것입니다!"

이첨의 무리들이 너도 나도 나서서 거들었다.

"사람은 태어날 때 하늘로부터 받은 성과 명이 달라 군자에게는 군자의 길이 소인에게는 소인의 길이 있기 마련입니다. 균은 성현의 가르침을 팽개치고 평평 탕탕한 세상을 외치며 스스로 비천하고 무지한 자로 내려앉아, 삼강오륜 위에 세워진 우리 조선의 근간을 흔들었으니 그에 합당한 벌을 내리소서!"

"균은 천지간의 한 괴물입니다. 모친의 삼년상을 다 치르기도 전에 술자리에 기생들을 불러 노닥거린 일도 한심하거늘, 시골 기생 나부랭이와 막역지우의 의리를 지킨다는 따위 망발로 양반의 체통과 위신마저 저버린 자입니다. 그를 처단하여 나라의 기강을 바로잡으셔야 합니다!"

그들은 당장 날 죽이지 않으면 조선의 하늘이 폭삭 주저앉기라도 할 것처럼 악따구니를 써댔다. 왕은 머뭇거리며 자꾸만 시간을 흘려보냈다. 홍문관과 사간원, 사헌부의 젊은 유생들이 벌떼처럼 몰려와 외쳐댔다.

*균을 처단하소서! 국법의 지엄함을 보이소서! 균을 죽여 만 백성의 본보기로 삼으소서!*

마침내 왕이 입을 열었다.

"경들의 뜻이 정 그렇다면 그리 하라!"

내 죽음에 대한 책임을 끝까지 회피하려는 비겁, 그렇다고 마지막 기회를 놓칠 순 없었다. 내가 알던 왕을, 내가 기억하는 왕을 어떻게든 그 자리로 불러내야 했다. 이렇게 죽을 순 없었다. 추국장에서 총총히 떠나가는 왕을 향해 큰 소리로 외쳤다.

"전하! 제발, 제발 한 마디만…!"

하지만 왕은 뒤돌아보지 않았다. 나의 패배가 왕의 패배임을, 나의 죽음이 바로 왕 자신의 죽음임을 모른단 말인가? 왕은 자신이 허균 역모사건의 핵심 배후임을 끝내 밝히지 않은 채 그렇게 고고히 멀어져 갔다.

형리들이 내 입술을 짓찧고 등허리를 걷어찼다. 왕의 옷자락이, 그를 뒤따르는 자들의 발자국이 궐문 안쪽으로 사라져갔다. 인정문 앞 뜨락엔 흙먼지가 자욱이 일었다.


"절대로 승복할 수 없다."

형리들이 내 눈앞에다 들이미는 붓을 사정없이 쳐냈다. 허균 역모사건에 관한 최종 결안 곳곳에 시커먼 먹물이 튀었다.

단 한 마디의 질문이나 소명의 기회도 없이 사형이라니…? '반란군 수괴 허균, 참수'라 쓰인 최종 판결문에다 확인서명을 하라니…?

그들은 내 팔을 강제로 잡아채서는 손바닥에다 먹물을 처발랐다. 주먹을 쥔 채 절대로 손가락을 펴지 않으려 몸부림치자 덩치 큰 나졸이 달려들어 판결문 위에다 내 손을 올려놓고 밟아댔다. 살 껍질이 벗겨지고 손가락뼈들이 으스러졌다. 글씨 대신 수결로 이루어지는 굴욕적인 서명은 일자무식의 죄인들에게 흔히 행해지는 관의 횡포였다. 손가락이 제대로 펴지지 않은 채 찍힌 수결은 마치 손마디가 몽땅 잘려나간 이의 것처럼 뭉툭했다. 빠개진 손가락 마디마디에서 검붉은 피가 흘렀다.

*그것이 아버지의 혁명인가요?*

인영이 물었다. 세자의 후궁 간택 단자에 넣을 문서를 작성하던 날이었다. 앞마당에선 한 그루 이팝나무가 가지마다 희디흰 꽃을 주저리주저리 피워 올린 채 고소한 누룽지 냄새마저 풍기고 있었다. *와, 쌀밥이다!* 어린 종놈들이 꽃잎을 뜯어 한줌씩 씹어대며 까르륵거렸다. 굶어죽는 이가 줄을 잇는 보릿고개의 절정에서 신기루처럼 피어나 환상으로나마 배부름을 안겨주는 이팝나무 꽃은 생김새마저 희고 길쭉한 쌀알을 닮았다.

"전 싫어요."

가문의 내력을 정성들여 쓰고 있던 나는 순간 움칠했다. 인영의 의사표시가 전에 없이 단호했다. 고개를 들어 찬찬히 인영을 쓸어보았다. 수많은 질문을 품은 눈동자가, 강렬한 거부를 담은 입술이 내 시선을 고스란히 받아냈다. 긴 설명이나 조근 조근한 설득이 필요할 것이었다. 하지만 딸과의 타협은 내 지도에 없었다.

"아버지의 결정이다. 따르거라."

인영의 얼굴빛이 벌겋게 물들고 이마엔 파르스름한 실핏줄이 도도록이 솟았다.

"그 결정에 승복할 수 없어요."

그동안 내가 알고 있던 인영이 아니었다. 인영에겐 아버지인 내가 딸인 자신을 위해 가장 좋은 결정을 내리리라는 신뢰가 있어왔다. 문득 낯설었다. 내 말이라면 무엇 하나 놓치지 않으려 귀를 기울이던 다정하고 잘 웃는 막내딸 인영이 아니었던가?

"왕은 우리의 방패이자 창이다. 가서 아들 하나만 낳아라. 조선의 미래가 너에게 달려있다."

인영이 피식 웃었다. 아니다. 인영의 눈동자에 핑글 눈물이 돌았다. 꽉 잠긴 목소리로 인영이 다시 물었다. *그것이 아버지의 혁명인가요?*

이것이 나의 혁명이었던가? 인영에게 난 끝내 답을 들려주지 못했다.

"끌고 가라."

결안을 확인한 이첨의 입가에 얄포름한 미소가 떠올랐다.

"뜸들일 필요 없다. 즉시 형을 집행하라!"

이첨은 형 확정과 형 집행 사이에 잠시의 틈도 허용하지 않았다. 인정문 앞뜰에서 소덕문 밖 장터 네거리까지의 이송 시간조차 기다릴 수 없다는 듯 형리들을 다그쳤다.

"네 놈을 씹어 먹고야 말 것이다."

하지만 살기등등한 내 다짐은 이첨에게로 전달되지 못했다. 누군가가 내 어깻죽지를 우악스럽게 잡아채고, 억센 손바닥이 따귀를 올려붙이고, 더러운 흙발들이 정강이뼈를 걷어차며 어딘가로 날 몰아댔다. 그들은 침을 뱉고 채찍을 휘두르며 조롱과 비방, 그리고 저주의 말들로 이첨을 위한 방패가 되었다.

*찢어죽일 놈! 사악한 이무기! 더러운 괴물!*

대체 내가 저들에게 무슨 잘못을 하였기에, 내가 저들에게 어떤 손해를 입혔기에, 내가 저들의 무엇을 건드렸기에 나를 향한 조롱과 학대에 그토록 열광하는가?

앞장 서 끌려가는 내 부하들의 처참한 뒷모습이 날카로운 쇠꼬챙이가 되어 내 눈을 찔러왔다. 포승줄에 묶인 채 끌려가지 않으려 발버둥치는 자, 억울하다고 소리 높여 외치는 자, 구경꾼들에게 악담을 되돌려주는 자, 모든 걸 포기한 듯 덤덤하게 끌려 나가는 자….

변변한 벼슬자리 한 번 차지해본 적 없는 한미하고 또 한미한 이들에게 역모죄인이라니, 어디 그런 무거운 이름에 어울리기나 한 자들인가?

2

의효가 막 좌포청을 나서려는 참이었다.

"놈을 잡아왔습니다. 나리 말씀대로 아무도 모를 곳에다 가둬놨습니다."

강포교가 숨을 헐떡이며 달려왔다.

"수고했다."

"감사합니다! 그런데 이걸 말씀 드려야할지 말아야 할지…."

"뭔데 그러느냐?"

"사실은 제가 잡았다기 보단 놈을 구출해 온 것 같은 느낌이라서…!"

강포교는 계속해서 말꼬리를 흐렸다. 미출을 잡은 경위에 대해 시시콜콜 보고받을 생각은 아니었지만 의효는 일단 그에게 기회를 주기로 했다. 자신의 문제해결력과 충성심을 상관 앞에서 과시하고픈 욕망이라 할지라도, 혹시 인영과 관련된 중요한 정보가 포함되어 있을지 모르므로.

"나리 말씀대로 개치고개 장터에서 의미 있는 정보를 수집하여 공주 쪽으로 길을 잡았습니다. 계룡산이 목적이 아닐까 싶은 생각이 들어서 말입니다. 아무래도 도망노비라면 깊은 산속으로 숨어드는 게 인지상정일 테니…."

"서설은 빼고 결론만!"

"아, 넵! 여튼 계룡산자락 초입에서 정체를 알 수 없는 무사 한 놈에게 목이 잘리기 직전의 미출일 딱 만났지 뭡니까? 처음엔 지나가던 장꾼이 도적을 만나 죽을 위험에 처한 건 줄 알았습지요. 제가 또 한 정의감 하잖습니까? 게다가 조선 최고의 무사님 밀명을 받은 좌포청의 포교 아닙니까?"

의효는 강포교가 문득 만났다는 그 무사가 돌한이었을 거라고 추측했다. 허균의 참형에 관한 소문을 듣고, 섬이네에게 인영을 부탁한 후 그 하룻밤 내 행방불명이었던 그를 의효는 돌아오는 고갯길에서 마주쳤더랬다.

"이놈, 잘 만났다! 네 놈 모가지를 내 아부지 영전에다 바쳐 드릴란다!"

의효는 느닷없이 찔러 들어온 칼끝을 피하느라 이리저리 내몰리며 진땀을 흘렸다. 마침내 정신을 수습하고 방어태세를 갖추고 나서야 상대가 인영의 오라비 돌한임을 알아차렸다.

하염없이 손 흔드는 인영의 초록 저고리가 가느다란 버들잎 한 점으로 작아질 때까지 뒤돌아보고 또 돌아보며 떼어지지 않는 발걸음을 내디딘 지 얼마 되지 않은 참이었다. 자꾸만 흐려지는 눈자위를 훔쳐내느라 속도감 있게 말을 몰지 못한 것도 사실이었다.

하지만 갑작스런 공격에 휘청거리며 무사답게 대응하지 못한 건 의효의 자존심에 크나큰 상처를 입혔다. 의효는 평소대로 상대를 향하여 칼을 겨누고 모든 감각을 동원하여 상대의 움직임과 숨소리 어딘가에 있을 틈을 찾아내는 데 집중했다.

"어찌 그럴 수가 있다드냐? 푼돈을 훔친 잔챙이 도적놈한테도 경위를 따져 묻고 진상을 조사하고, 맞춤한 벌을 내릴 때까진 사나흘이 걸린다드라. 그런데 일국의 재상이었던 냥반을 그렇게나 몰인정하게…, 제대로 된 조사 한 번도 없이…."

거칠 것 없다는 듯 휘둘러 대긴 했지만 돌한의 칼날이 흔들리고 있었다. 의효는 그를 향해 겨누었던 자신의 칼을 거두었다. 대결의 시간이 아닌 애도의 시간, 겨룸의 시간이 아닌 위로의 시간이었다. 아니 그보다는, 애도도 위로도 아닌 사죄의 시간이어야 했다. 의효는 무릎을 꿇었다.

"미안하다! 날 베고 가라."

미처 인영에게 하지 못한 말을 내뱉고 나자 조금쯤 속이 후련해지는 듯도 싶었다.

"그 애비에 그 아들 놈! 지금 날 시험하는 거냐? 날 죽여줍사 목 내밀고 앉았는 놈을 차마 어쩌랴, 그 계산속부터 앞섰겠지. 이런 비열한 놈을 인영 아가씬 어쩔 생각으로…?"

"진심이다. 나로선 불가항력이었다. 하지만 그딴 변명이 아무 의미 없음을 안다. 그러니 날 베고 가라."

"차라리 덤벼, 이 개자식아! 칼을 빼들고 그 현란무쌍한 솜씨로 치고 들오라고. 아주 속 시원히 죽여줄 테니께."

의효는 무릎 꿇고 앉은 채 꼼짝하지 않았다. 돌한이 온갖 욕설로 도발해 와도 못들은 척 버텨냈다. 오로지 한 사람, 인영일 위하여.

어떻게든 의효의 전의를 부추기려던 돌한이 문득 입을 다물었다. 아직 어둠이 가시지 않은 신 새벽의 고갯길을 넘는 사람은 없었다. 딱딱, 딱따그르! 어디선가 딱따구리가 나무둥치를 쪼아대는 소리가 났다.

*아부지, 아부지이!*

돌한이 큰 소리로 울부짖었다. 그 소리는 이내 산울림이 되어 계곡 사이 사이로 울려 퍼졌다. *아부지이이이이……*. 딱따구리 소리가 뚝 그쳤다.

"네 놈이 진심이라믄 그 진심 한 번 제대로 보여주라. 장사라도 치러드리게꿈 울 아부지 사라진 목을 찾아 달란 말이다. 어떤 놈이 훔쳐 갔는진 몰라도 나 혼자만 같음 너 따위 도움 없이도 얼마든지 찾아낼 수 있제만, 지금당장은 아가씨를 안전하게 모셔야 하니께."

돌한의 눈빛은 간절했다. 의효는 고개를 끄덕여주었다. 의효 역시 반드시 찾아내리라 마음먹고 있었다. 공을 노리는 수많은 자들의 추격 목표가 되어있는 허균의 목, 누구보다 먼저 찾는 자가 되어 인영에 대한 속죄를 다 하고 싶었다.

"나도 한 가지만 부탁하자. 어떤 일이 있어도 살아남아라. 살아서 인영 아가씰 지켜라."

돌한이 피식 웃었다.

"미친 놈, 그건 너 따위가 관여할 일이 아니다. 내 아부지의 명령이고 부탁이었다. 꺼져라!"

"전언은 섬이네 주막에다 남겨놓겠다. 너 역시 그래다오."

의효와 돌한은 각자의 방향을 향해 엇갈려 헤어졌다. 의효는 서울로, 돌한은 섬이네 주막으로. 만약 강포교가 만난 무사가 돌한이라면 그는 전라도 쪽으로 길을 잡은 게 틀림없다. 하필 전라도를 향해 길을 잡을 게 뭔가? 허균 잔당에 대한 수배 명령이 떨어졌다면 돌한의 고향인 전라도 부안 또한 표적이 될 터인데.

미출이 그토록 정확하게 그들의 뒤를 밟아 쫓을 수 있었다면, 그 길잡이는 분명 의효가 해준 셈일 거였다. 그러니까 허균의 목이 탈취된 그날 밤, 미출인 섬이네 주막까지 쥐새끼처럼 의효의 뒤를 밟은 게 틀림없다. 인영이 살아있을지 모른다는 의심 한 자락을 이이첨 대감에게 깔아놓았으니 놈으로선 어떻게든 그 증거를 잡아야 했을 것이다.

죽일 놈! 의효는 자기도 모르게 욕설을 내뱉고 말았다. 하지만 무엇보다 뒤를 밟힌 지도 모르고 조심성 없이 섬이네 주막부터 찾아들었던 자신의 부주의에 의효는 더욱 화가 치밀었다. 혹시 그 은밀하고 서러웠던 혼약식까지 놈에게 들킨 건 아닐까? 의효는 미출을 잡아온 포교가 어느 선까지 눈치를 채고 있는지도 맘에 걸리기 시작했다.


"미출이 놈이 저승사자한테 딱 걸린 줄도 모르고, 살 길 찾았다고 신났겠구나."

의효는 슬쩍 강포교를 떠보았다.

"그랬을 겁니다. 모가지가 댕겅 날라갈 판에 지옥에서 부처를 만난 셈이니 얼마나 좋았겠습니까? 여튼 칼을 빼들고 그 무사 놈을 향해 돌진해 갔습니다. 기껏해야 도망 노비 하나가 뭘 가진 게 있겠냐, 힘깨나 쓰는 놈 같은데 너무 치사한 거 아니냐, 포교답게 나무라면서 말입니다."

"그 무사는 혼자더냐?"

"웬 걸입쇼? 지금 드리려는 게 바로 그 말씀입니다. 제가 치고 들어간 순간, 그자가 슬쩍 몸을 빼더란 말입니다. 저로선 잔뜩 힘을 주고 칼을 휘둘러 나간 판에 앞이 허전하게 열려버리니 빈 바람만 찌르는 꼴이 되지 않았겠습니까? 그런데 그 너머 잡풀더미 속에서 까만 갓이 보이더란 말입니다. 언뜻 본 바로는 여느 양반집 도령 같던데 눈을 끄는 미소년이었습니다."

남장을 한 인영이었을 것이다. 유모가 챙겨줬을 가짜 호패는 잘 지니고 다니는지 의효는 문득 걱정이 앞섰다.

"그 무사가 내 등에다 칼끝을 대고 목을 조이는 바람에 더는 신경 쓸 여유가 없었지만요. 군관나리, 죄송합니다. 포교로써 창피한 꼴을 당했습니다."

"도적을 쫓다보면 그런 일은 비일비재다. 추궁거리도 되지 않는 일을 군이 고할 필요는 없다. 그래서?"

"그 자가 제 귀에다 대고 희한한 소릴 했습니다. 군관님께 전하라며, 절대로 용서하지 않겠다고, 두 번 다시 아가씰 보는 일은 없을 거라고 말입니다. 그러고 난 후 돌아보니 순간 사라져 버렸지 뭡니까? 좀 전의 그 도령도 무사도, 그리고 미출이 놈까지요. 머리가 하얘지면서 어떤 일이 있어도 미출이 만큼은 찾아야단 생각에 정신없이 말을 몰았습니다."

미출을 향한 의효의 분노는 더욱 커졌다. 누군들 그리 생각지 않겠는가? 돌한은 빈틈없는 자다. 미출이 그들의 뒤를 밟으며 제 아무리 몸을 사렸다 해도 돌한의 무사적인 감각을 속일 순 없었을 것이다.

후우! 의효는 긴 한숨을 내뱉었다. 인영을 다시는 만날 수 없게 되었는가? 돌한은 의효에게 더 이상의 전언 따위 남기지 않을 것인가?

"미출일 찾는 건 그리 어렵지 않았습니다. 제 놈이 아무리 빠른들 말을 이기겠습니까?"

"고생이 많았다. 네 노고를 아버지께 반드시 말씀드리마."

"감사합니다!"

깊은 절을 하고 나서 멀어져 가는 강포교의 뒷모습을 의효는 한동안 바라보았다. 분명 다하지 않은 말이 있을 것이다. 눈치 빠른 자가 미출에게 아무 말도 시키지 않고 한 나절 길을 그저 달려왔을 리는 없다. 그렇대도 함부로 입을 놀리진 않을 것이다. 이이첨 대감의 인정이라는 분명하고도 확실한 미끼를 물려주었으니.

의효는 미출이 갇혀있을 허균의 상곡 집으로 향하였다. 쥐도 새도 모르게 놈을 처리하기에는 그만한 장소가 없을 거였다.

반나마 헐린 집 주변엔 짙은 어둠만이 그득했다. 사람 키의 두 배 이상 넘는 깊이로 파놓은 안마당엔 허물어진 집의 잔해들이 마구잡이로 내던져져 있었다. 헛간과 뒷담, 그리고 인영이 기거하던 작은 정원을 거느린 별채만이 아직 그대로 남아 있다. 날이 밝으면 그나마도 완전히 부서져 구덩이

속으로 처박힐 것이다.

역적의 흔적을 영구히 지워버리기 위한 연좌적몰의 서슬 퍼런 칼날은 이토록이나 집요하다. 울력에 동원된 마을 사람들은 허균의 집 마당을 두어 길 넘게 파내려 가는 동안, 서로들 눈길을 나누지도 말 한마디 건네지도 않으면서 그저 한숨을 푹푹 내쉬기만 했다. 자신들이 파놓은 거대한 구덩이 속으로 마을의 자랑이던 솟을 대문이, 조선의 내로라하는 시인묵객들이 머물렀던 허균의 사랑채가, 그 집안사람들의 안온한 삶의 보증처럼 서있던 안채가, 산산조각으로 으깨져 쑤셔 박힐 땐 눈물을 찍어내다 못해 아예 두 발을 뻗고 주저앉아 통곡을 하는 자까지 생겨났다. 땀범벅 흙범벅인 그들의 등짝 위로 채찍이 날아갔다.

"어디서 게으름이냐? 역적 놈의 동네를 확 그냥 다 불 싸지를라!"

자기네 집까지 피해를 볼까 두려워진 마을 사람들은 동정과 연민을 안으로 꼭꼭 숨기고, 채찍을 든 자들의 호주머니 속에다 파괴의 현장에서 더러 줍게 된 값진 물건들을 은근슬쩍 찔러주었다. 역적을 배출한 불경스런 집은, 거기서 태어나고 살았던 모든 사람들의 눈물과 자랑과 한숨을 간직한 몹쓸 집은, 그렇게 부서지고 파묻혀 이제로부터 영원히 그 어떤 영웅도 봉인을 해제할 수 없는 침묵의 감옥이 될 터이다.

의효는 별빛 하나 내리지 않는 어둔 하늘을 인 채, 홀로 고즈넉한 별채를 하염없이 바라보았다. 인영이 가꾸던 정원에는 분꽃조차 만발해 있다. 해질 무렵 피어나 밤을 꼬박 지키고서 새벽녘이면 꽃잎을 닫는, 오로지 밤을 위한 향기만을 피워내는 작은 꽃들이. 봐줄 사람도 없는데 가지마다 다닥

다닥 피어나 어둠 속에서도 진분홍 빛깔을 뿜어내며 환하게 웃고 있다. 내일이면 흔적 없이 사라질 걸 아는지 모르는지 마냥 화사하다.

꽃들마저 짓밟히고 모든 게 다 허물어지면 잔해로 가득한 구덩이는 흙으로 메워지고, 온 동네 사람들이 꾹꾹 밟아 다지게 될 텐데…. 흙이 잘 엉겨 붙도록 물을 뿌려가면서 다지고 또 다져 바닥을 평평히 고르고 나면 엄청난 양의 물을 채워 못으로 만들어버릴 텐데….

그 못은 이내 연꽃을 피우고 갈대를 기르고 피라미와 송사리를 품어 키울 것이다. 마치 오랜 오랜 옛날부터 그래왔던 것처럼. 거기에 사람 발자국이라곤 단 한 번도 찍힌 적이 없었던 것처럼….

의효는 헛간의 거적때기를 들추었다. 재갈을 물린 채로 꽁꽁 묶인 미출의 낯빛이 파랗게 질려있다. 하지만 의효를 바라보는 눈빛만큼은 도도했다. 궁지에 몰려는 있지만 믿는 구석이 있다는 뜻일 터다.

"네 놈이 감히 인영 아가씨의 뒤를 밟았단 말이냐?"

"역적의 딸 아닙니까요? 상을 받으면 받았지 벌 받을 일은 아니라고 생각하는 뎁쇼."

의효가 미출의 낯바닥을 사정없이 걷어찼다.

"네 놈의 생각을 물어본 게 아니다."

"왜 이러시는 겁니까요? 전 시키는 대로 했을 뿐입지요. 대감마님께서 아시면 도련님도 무사치 못할 것입니다요."

종놈 주제에 감히 상전에게 협박을 한다. 의효는 그동안 쌓인 모든 분노를 자신의 주먹에다 실었다. 그는 미친 듯이 미출을 두들겨 패기 시작했다.

"바로 그게 이유다. 천한 종놈이 부자지간을 이간질 하고도 살아남을 줄 알았더냐? 감히 상전의 여자를 궁지에 몰아넣으려 획책하고서도 무사할 줄 알았더냐?"

의효의 주먹질과 발길질이 쉼 없이 이어졌다. 미출의 항의는 차츰 애원으로 바뀌어갔다. 한번만 용서해 달라고, 인영 아가씨가 도련님께 그런 의미인줄은 꿈에도 몰랐다고. 한 번만 살려달라고, 그러면 도련님께 충성을 다하겠다고. 하지만 의효의 매질은 좀체 그치지 않았다. 의효는 초죽음이 되어있는 미출의 몸뚱어리를 구덩이 속으로 집어던지려 했다.

"내일이면 이 헛간과 저기 남은 뒷담과 그리고 아가씨의 별채가 부서져 네 놈 몸뚱이 위로 쌓일 것이다. 동네 사람들은 꾹꾹 눌러 밟으면서도 그 아래 깔린 네 놈의 시체에 대해선 눈치조차 채지 못할 것이다. 으흐흐흐!"

"도련님! 제발, 제발 한 번만…."

아직 숨이 붙어있는 미출의 애원이 의효의 발목을 휘어잡았다.

"뭐든 시켜만 주시면, 도련님께 충성을 다해…. 으으, 그러니 제발 목숨 만은…!"

의효는 퍼뜩 정신을 차렸다. 아버지 이이첨의 손에 희생된 이들의 주검만으로도 이미 충분하지 않은가? 제 상전에 대한 지극한 충성심만큼은 남다른 미출이었다. 바로 그게 죽임을 당해야하는 정당한 사유는 아니잖은가? 의효에게 문득 한 생각이 떠올랐다.

"네놈이 나 이의효에게 충성을 바치겠다? 맹세할 수 있겠느냐?"

에고고, 연신 신음소리를 뱉어내던 미출이 기대에 찬 눈으로 의효를 쳐다 보았다.

"네가 쫓을 건 인영 아가씨가 아니라 허균의 목이다. 할 수 있겠느냐?"

"물론입죠, 네네!……, 네?"

당장 살아날 욕심에 고개를 주억거리던 미출은 명령받은 임무가 지극히 공적公的이라는데 놀란 모양이었다.

"넌 지금부터 허균의 목을 훔쳐 달아난 자들을 찾아내야 한다. 아주 은밀하게, 포도청도 의금부도 심지어 이이첨 대감조차도 모르게. 허튼 수작 부리다간 내 손에서 두 번 다시 살아나긴 어려울 것이다."

"그러니깐 이 놈더러 대감마님과 도련님 사이에서 이중 첩자를 하라 그 말씀이신지…?"

"아버진 널 믿지만 난 널 믿지 않는다. 아버진 네 놈에게 칭찬을 주지만 난 돈을 줄 것이다. 무엇이 더 이로운지는 네 놈이 판단하라."

미출은 그리 길게 생각하지 않았다. 중천에 떠있는 해가 아무리 훤하고 밝아도 그림자를 꿰뚫을 순 없다. 미출은 이이첨의 빛살 아래 생긴 제 몫의 그림자를 의효에게 넘기기로 작정한 모양이었다.

"대감마님께 인영 아가씬 이 세상에 없는 사람입니다요. 허균의 목을 훔쳐간 자들을 비밀스럽게 찾아내는 게 지금부터 이 놈의 일입니다요."

의효는 미출일 놓아주었다. 미출이 두 다릴 절뚝이며 골목길을 빠져 나갔다.

후두둑, 갑자기 빗방울이 떨어졌다. 순식간에 천둥번개까지 몰아치며 굵고 드센 소낙비가 쏟아졌다. 빗줄기는 얇다나 얇은 분꽃 잎을 사정없이 후려쳤다. 눈치 빠른 꽃들은 서둘러 입을 오므려 닫았다. 의효는 맹렬한 기세로 퍼붓는 비를 피해 별채의 처마 밑으로 달려 들어갔다.

3

막상 덤비고 보니 떡 벌어진 어깨와 주체 못하는 힘 이외엔 별로 다져진 데 없는 촌구석 무뢰배에 다름 아니었다. 홍희는 솟구쳐 오른 반동으로 찍어 차고, 물러서며 응집한 힘으로 몰아붙이고, 튕겨진 반발력으로 내리 꽂았다. 주둥이로 떠들어댈 땐 금방이라도 홍희의 살가죽을 벗겨낼 것처럼 기세등등하던 어깨가 몇 합을 견디지 못하고 숨을 헐떡거렸다.

"그만, 그마안! 야들을 보내주래이."

잠시도 눈을 떼지 않고 지켜보고 있던 두목이 나서서 홍희의 판정승을 선언했다. 홍희가 봇짐 속에서 돈꿰미를 꺼내 던져주었다. 그리고 말 위에 올랐다. 하지만 아직 자신의 패배를 인정하지 못한 어깨가 딴죽을 걸고 나섰다. 목숨을 살려 보내주는 대신 가진 건 다 내놓고 가야 한다고 말이다.

"거기 그 애새끼 허리에 묶은 거 말여."

"돈 드렸음 됐지 뭘 더 내놓으래요? 계약 위반 아녀요? 졌으면 깨끗이 졌다고 할 것이지, 다 큰 어른들이 이러면 안 되지요."

아지가 제법 야무지게 따졌다. 하지만 도적 놈은 막무가내였다.

"그려, 나가 저 가스나 같은 머스마한테 졌다. 근디 나가 진 거지 여기 우리 형제들이 진 건 아니여. 존 말 헐 때 싹 다 내놓고 가드라고."

우락부락한 산적들이 일시에 덤벼들기라도 할 것처럼 한 두 걸음 홍희와 아지를 향해 다가들며 히물거렸다. 난감해진 홍희가 둘러댔다.

"까봤자 멸치젓 한 동이여. 니들은 그런 거 필요없잖녀?"

"멸젓? 오매, 좋은그. 야들아, 간만에 풀떼기에다 젓갈 비벼 묵게 생겼다. 생각만 해도 기양 침이 좔좔 흐른다야!!"

불난 집에 부채질을 하고 만 격이었다. 갖춰 먹을 게 없는 도적들의 산채에서 젓갈이라면 얼마나 요긴한 반찬이 되어줄지 미처 생각지 못했다. 당장이라도 아지의 허리춤에 묶여있는 보퉁이를 잡아챌 기세로 그들이 달려들었다.

"아이구야! 형님들, 삼촌들, 아재들!!"

아지가 다급하게 외쳤다. 어찌나 소리가 큰지 도적들이 주춤했다. 아지는 도적들과 친분을 쌓기로 작정한 것처럼 나름 사투리까지 써가며 이야기꾼다운 말솜씨를 발휘했다.

"울 엄니가 오늘 빌 한다니깐요. 곧 숨넘어가게 생겨서 엄니 소원이라도 들어드릴라고 우리 형제가 먼 길 나섰다가 지금 요런 꼴을 만났는데요. 그니깐 공주 산성시장 멸치젓이 겁나 맛나다는 소문을, 그 소문이 사실인지 아닌지는 놔두고요, 울 엄니가 어디서 듣고는 죽기 전에 그 멸젓 한 번 잡솨보는 게 소원이라지 뭐여요? 다들 고런 비슷한 옛날이야기는 한 번씩 들어보셨을 거 아닙니까?"

도적들이 아지의 이야기에 빨려 들어가는 듯 했다. 고개를 끄덕이며 그 럴싸한 추임새를 넣는 자까지 생겨났다.

"잉, 맞어. 뭔 죽을 날 받아논 어매 아배들은 꼭 눈 내린 한겨울에 딸기가 묵고 잡다든가 그라제잉."

"산꼭대기서 화전 부쳐 묵고 사는 형편에 잉어탕 해돌라는 넋 빠진 부모 도 있제."

아지가 도적들의 동정심을 자극하기로 작정한 듯 눈물콧물 쏟아내며 이 야기를 끌고 갔다. 광대가 따로 없었다. 빤한 거짓부렁임을 아는 홍희조차 눈자위가 시큰해질 지경이었다.

"울 엄니는요. 일찌거니 청상과부가 되어 온갖 설움을 다 겪음서 오직 우 리 형제 잘 키워보겠단 일념으로, 서푼 돈 버는 족족 책 사주고 서당 보내 고 새벽마다 정화수 떠놓고 빌고 그랬지요. 그런데도 우리 형은 귀한 책으 로 내 머리통이나 갈기고, 부엌 칼 훔쳐내서 남의 밭 멀쩡한 수박에다 쑤셔 박기나 하고…."

아지의 연기가 도를 넘어감에 따라 도적들의 몰입도 역시 깊어갔다. 그 사이 홍희는 산채의 분포와 지형, 막히고 뚫린 산세를 예리하게 훑었다. 도 적들에게 몰려 자기도 모르게 찾아들어온 그 길만이 유일한 통로였다. 그들 을 에워싼 사람 울타리가 느슨해진 찰나, 홍희가 말 옆구리를 사정없이 걷 어찼다.

히잉! 갑작스레 뛰는 말발굽을 피해 도적들이 우왕좌왕 흩어졌다. 그들이 사태를 파악하고 자기 무기를 수습하여 추격에 나설 때는 서너 마장 이상 멀어진 후일 것이다. 홍희는 사정없이 말을 몰아 어둠이 내리는 숲길을 짓쳐 달렸다.

큰길이 바로 눈앞에 보였다. 홍희는 더욱 박차를 가했다. 수풀 속을 막 벗어나려는 찰나였다. 뭔가가 눈앞을 핑핑 날았다. 말이 풀썩 쓰러졌다. 어디선가 날아온 화살이 말 앞다리에 꽂힌 것이다. 잡목 빽빽한 산비탈 쪽에서 거대한 그림자가 달려 내려왔다. 두목이었다.

"어린 놈 허리춤에 묶은 그것, 열어보래이."

꾹 다문 입술 사이로 낮게 흘러나오는 그의 목소리엔 거역할 수 없는 힘이 있었다. 홍희는 속저고리 안쪽으로 가만히 손을 집어넣었다. 둥글게 휜 쇠붙이가 만져졌다.

"딴 짓 말라우."

툭 튀어나온 이마가, 우묵하게 들어간 눈자위가, 텁수룩한 수염 한 올 한 올이, 홍희의 움직임은 물론 생각마저 다 읽어내고 있는 것 같았다. 그가 두툼한 손을 들어 아지의 허리에서 보퉁이를 풀어냈다. 어찌해볼 방법이 없었다. 위협적인 무기를 들이댄 것도 아니고 무력으로 제압해 온 것도 아닌데 홍희는 손 하나 까딱할 수 없었다. 아지가 있는 힘껏 저항을 한다고 했지만 별로 힘들이지 않은 두목의 손길을 밀쳐내진 못했다.

"사람의 목이다."

홍희는 정면승부를 택했다.

"나랏님이 쳐 죽인 어떤 불쌍한 냥반의 모가지란 말여. 난 약속을 했다. 이 냥반을 평생 지달려온 어떤 가여운 여인한테 모셔다 드리기로. 두목답 게, 사내답게 보내주라."

두목이 아지의 허리춤에서 막 벗겨낸 보퉁이를 손에 든 채 눈 하나 깜짝 하지 않고 물었다.

"허균 대감의 목이냐?"

홍희도 아지도 뭐라 할 말을 잊었다. 산골 도적의 입에서 허균의 이름이 흘러나올 거라고는 눈곱만큼도 예상하지 못했다.

"감히 나보다 한 발 앞선 자가 어뜬 놈인지 궁금스러웠다. 여그까지 잘 뫼셔왔으니 가든 길 가도 좋다. 지달린다는 그 여인네가 누군진 몰라도 대 감은 우리가 뫼실께니…."

두목이 성큼 돌아섰다. 홍희 네를 뒤쫓는 도적들의 함성이 그리 멀지 않 은 곳에서 울려 퍼졌다. 쉭쉭, 홍희의 반달칼이 두목의 뒷덜미를 향해 날아 갔다.

툭! 두목의 목줄기에 거의 꽂히는가 싶던 반달칼이 불꽃을 튀기며 그의 발 아래로 떨어졌다. 언제 꺼냈는지 모를 장검이 두목의 손에 쥐어져 있었 다. 거대한 덩치에 어울리지 않는 예리한 감각과 재빠른 손놀림이었다. 홍 희는 망연자실했다.

"어이, 세상 물정 몰르는 어린 놈! 양반 놈들 쳐 죽일라고 왜놈의 길잽이 가 되어 조선천지를 짓밟아 봤드냐? 배고파 깔딱 숨넘어가는 애새끼 살려

보겠다고 들판에 나뒹구는 시체의 살점을 도려내 먹여본 적이 있드나? 세상사, 다 쓸쓸한 거래이. 곱게 보내줄 때 눈앞에서 싹 없어지라믄!"

홍희는 넋두린지 협박인지 모를 두목의 말을 멍하니 서서 들었다. 하지만 인심 쓰듯 하는 두목의 말 그대로 물러설 홍희였다면 여기까지 오지도 않았을 것이다. 홍희는 죽은 자의 몸에 관한 한 직계 가족 우선의 전통적인 장례 풍속을 환기시키기로 했다.

"그 냥반은 내 동생의 아부지다."

두목이 뒤돌아서더니 호탕하게 웃어젖혔다.

"으허헛! 뭣이라, 니 아부지가 아니라 니 동생의 아부지? 니 뒤에 달라붙어 눈깔 뒤룩거리는 저 어린 놈이, 그러니께네 우리 대장님의 아들이라고? 그라믄 니들 두 놈 사이는 뭐냐? 형제지간이긴 하지만 형제는 아니다? 뭔 귀신 씨나락 까묵는 소리래? 고런 혈연이라믄 우리 대장님이야말로 내 성님의 성님이시제. 신소리 말고 꺼지라믄!"

"돌한이라고, 니가 허균 대감을 대장님으로 모셨다믄 그 냥반의 아들 이름을 몰르든 않겠제. 울 어매가 그 앨 양자 삼아 키웠다 그 말이다. 이번 거사에서도 돌한이 제법 큰 역할을 한 것으로 안다만."

두목의 눈가에 웃음기가 싹 가셨다. 홍희의 말에 대한 증거를 찾아내기라도 하려는 듯 두 눈을 크게 뜨고 뚫어지게 쳐다보았다. 하지만 그의 표정은 이내 돌처럼 냉담해졌다.

"그래서?"

"그래서라니? 그러니껜 그 냥반을 모셔다 장사지낼 사람은 그 냥반의 아들인 돌한이고, 당장 그 녀석의 자취를 찾지 못했으니껜 내가 대신 책임을 져야 한다는 것이제."

"암만 봐도 어린 놈이 영 버르장머리가 없구나야. 한도 끝도 없이 반말 짓거린 걸 보믄…. 여튼지 우리 대장님은 못 내준다. 대장님은 말이래, 절대로 혼자 몸이 아니다. 혼자 슬쩍 사라져뿌리믄 그만인 그런 이름도 아니고. 누군가의 아배, 또 누군가의 지아비로 묻혀 속 편케 떠나가도 되는 그런 평범한 귀신은 절대로 될 수 없는 냥반이다 그 말이다. 더 이상 시끄럽게 굴어 싸믄 니든 저 어린 놈이든 골로 가는 기래!"

홍희는 두목의 수중에 있는 보퉁이를 어떻게든 되찾아야 한다는 일념으로 그의 뒤로 따라 붙었다.

그때였다. 우루루 나타난 도적 무리가 홍희와 아지를 둘러쌌다. 두목은 그러거나 말거나 앞서서 가버렸다. 좀 전에 홍희에게 창피를 당한 어깨가 제 분을 풀기라도 하려는 듯 부하들을 시켜 홍희와 아지를 칡 줄기로 둘둘 감아 묶게 했다. 풀어달라고, 얌전히 사라질 테니 제발 보내달라고 아지가 애걸복걸했지만 외려 간죽거리며 약을 올렸다.

산성시장 멸칫 잡수고 싶다던 느이 어무니는 인자 어째야 쓸거나? 기운 내시라고 요 허벅지 살이라도 비어서 보내드려얄 꺼인디…. 클클클

홍희는 꾹꾹 눌러 참았다. 몰래라도 숨어들어갈 판국에 다시 그들의 소굴로 끌려가게 되었으니 분명 방법도 찾아질 것이다. 빈틈은 어디에도 있게 마련일 테니.

홍희와 아지는 굵은 나뭇가지로 얼기설기 엮은 조그만 산채에 갇혔다. 사면 벽이라고 해봐야 뜨거운 햇빛이나 막아줄까, 눈비가 들이치고 바람이 드나들기엔 아무 걸림이 없을 엉성하기 짝 없는 움막이었다.

삐그덕이는 문 안쪽은 더욱 한심스러웠다. 평상은 고사하고 편편한 바윗돌 하나 없이 흙바닥에 낡은 덕석이 깔린 게 전부여서 그 주변으론 이끼며 고비 따위 음지식물들이 한창이었다. 심지어 덕석 사이사이로 고개를 내밀고 빼꼼 솟아난 풀들도 적지 않았다. 아지가 문간에 매달려 소리소리 질러댔다.

"아재들! 형님들! 이러지 마요, 살려줘요!"

하지만 그들을 움막으로 몰아넣은 자들의 발소리는 아무 대답도 없이 멀어져 가버렸다. 홍희가 덕석 위로 펄쩍 드러누웠다.

"힘 빼지 마라! 자빠진 김에 쉬어가더라고, 이리 와서 누워. 폭신폭신한 게 영 편안타!"

"편하기도 하겠네. 에잇!!"

쾅쾅!

아지가 문을 발로 찼다. 움막 전체가 흔들거리고 덜컹거렸다. 좀 더 힘을 쓰면 어딘가 어긋나리란 기대가 생겼는지 아지는 벽면을 온몸으로 들이받고 야단법석을 떨었다. 그렇지만 잠긴 문이 열리거나 엉성한 벽이 무너져 내리거나 지붕이 주저앉는 일은 결코 벌어지지 않았다. 어디선가 킬킬거리며 웃는 소리가 났다.

"아, 쫌! 그러고만 있을 거예요? 어떻게 좀 해봐요!"

홍희는 멍하니 누워 숭숭 뚫린 나뭇가지 벽에다 시선을 고정한 채 아지의 안달을 모른 척 했다. 누운 채로 한 바퀴 몸을 돌려가며 훤히 내다보이는 바깥 풍경을 둘러보기까지 했다. 비슷비슷한 모양새의 산채들이 서로 어깨를 겯듯 네댓 발짝 간격으로 둘러서서 전체적으론 원형구조를 이루고 있는 듯했다.

유난히 벽이 엉성한 까닭을 알 것 같았다. 안에서 바깥을 살피기 좋은 만큼 밖에서도 안을 살피기에 유용하여 특별한 감시병 없이도 서로에 대한 감시가 가능한 형태였다. 갑자기 조용해진 아지가 홍희를 불렀다.

"누나, 저기 좀!"

홍희는 마지못해 일어나 아지 곁으로 갔다. 아지가 어딘가를 손가락으로 가리켰다. 산채들이 이마를 맞대고 있는 원형구조에서 살짝 비껴난 채 거대한 암벽에 달라붙은, 제법 쓸 만한 자재들로 지은 견고해 뵈는 건물 하나가 눈에 띄었다. 눈빛 삼엄한 보초 두 명이 경계를 서고 있는 것도 보였다. 도적굴 입구에서도, 두목이 사는 곳으로 보이는 한가운데의 제일 큰 산채 앞에서도 볼 수 없던 보초들이었다.

"금은보화를 쌓아놨나 봐. 누나, 우리가 한탕 할까?"

아지의 눈동자가 초롱초롱 빛났다. 좀 전의 흥분 따위는 잊은 듯 했다. 도적들의 장물을 털기 위한 계략이 조그만 머릿속에 번뜩 번뜩 떠오르는 모양이었다. 홍희가 아지의 머리통을 쥐어박았다.

"참 낭만적이다. 그 와중에 도둑놈들을 털어 먹겠다고…?"

그때였다. 누군가가 문밖에서 자물쇠를 여는 듯한 소리가 났다. 홍희와 아지는 후다닥 덕석 위로 몸을 날렸다. 처음부터 거기 얌전히 쭈그리고 앉아 아무 짓도 하지 않은 것처럼.

3부. 불씨

# 한 떨기 산다화

***

하늘이 인재를 내는 것은 본디 한 시대의 쓰임을 위해서다.

하늘이 사람을 낼 때에 귀한 집 자식이라고 해서 재주를 넉넉하게 주고, 천한 집 자식이라고 해서 인색하게 주지는 않았다.

그래서 어진 임금은 인재를 더러는 초야에서 구했으며, 낮은 병졸 가운데서도 뽑았다. 더러는 싸움에 패해 항복한 적군 장수 중에서도 발탁했으며 도둑 가운데서도 찾아 쓰고 창고지기를 등용하기도 했다. 인재를 씀이 각 자리에 알맞고, 등용된 자 또한 타고난 재주를 성심껏 펼치면 나라가 복을 받고 치적이 날로 융성케 된다.

(중략)

하늘이 재주를 고르게 주었는데 이를 집안과 과거시험 성적으로 제한하니 인재가 모자라 늘 걱정하는 것은 또한 당연하다.[4]

1

홍희였다. 죽창에 꿰인 내 모가지를 탈취하여 의문의 도정에 나선 인물은.

4   허균의 논 '遺才論(유재론)' 일부

오래도록 잊고 있었던 이름, 오래도록 떠올려보지 않은 얼굴, 그럼에도 내 가슴 언저리 어딘가에 화상자국처럼 지워지지 않고 남아있는 이름…. 아마는 그 눈빛 때문이었으리라.

매창의 시와 거문고에 홀딱 반해 부안에서의 해운판관 임무가 끝났음에도 하루 이틀 비비적거리며 서울로의 복귀를 미루고 있던 젊은 시절 어느 날이었다. 행색이 초라한 시골 아낙이 어린 계집애 하날 데리고 객사에 머물고 있는 나를 찾아왔다. 들여보내달라니 못 들여보낸다니 하는 옥신각신이 부풍관 바깥마당을 시끌벅적 들쑤신 후였다.

마당에 엎드린 아낙은 자신을 가로막은 기생들의 기를 일거에 꺾어놓고 말리라 생각했음인지 자신을 소개하기 전에 품고 온 보퉁이부터 내밀었다. 남루한 행색에 어울리지 않는 질 좋은 명주보자기로 싼 보퉁이였다. 내 곁에 앉아있던 매창이 그걸 풀었다.

싯누렇게 바라고 귀퉁이가 닳아진 몇 권의 책이 가지런히 누워 있었다. 내게로 그것들을 건네주는 매창의 정성스런 손길이 예사롭지 않았다. 낯익은 글씨가, 그리운 시편들이 이마를 때렸다. 몽땅 다 불태워진 줄만 알았던 누이 난설헌의 시집이었다.

"도련님!"

날 부르는 비금의 정겨운 목소리, 그녀와 나 사이엔 더 이상의 말이 필요 없었다. 누이의 죽음도, 기나긴 이산離散의 날들도, 그리고 지난 전쟁의 참담도 순식간에 건너뛰었다. 마치 사흘밤낮을 굶은 사람들처럼 우린 함께 했던 날들의 추억거리를 허겁지겁 먹고 마셨다.

그러는 내내 날 사로잡은 눈빛 하나가 있었다. 비금의 치마꼬리를 잡고 서서 날 뚫어져라 쳐다보고 있던 빨간 댕기의 계집아이…. 내 오장육부를 환히 들여다보는 것 같은 서늘한 눈빛이 왠지 모르게 낯설지 않았다. 어디서 보았을까? 난 아이의 눈높이에 맞춰 무릎을 구부리고 앉아 물었다.

"이름이 뭐고?"

아이가 뭐라 말을 하려는 순간 비금이 나섰다.

"홍희래유, 이홍희!"

아이 이름자에다 성을 갖다 붙이는 비금의 얼굴에 옅은 홍조가 일었다. 거기에 얼비치는 부끄러움과 자랑스러움의 미묘한 엇갈림을 난 놓치지 않았다. 물어봐주는 게 예의일 것이었다.

"애 아범은 어디 있는가?"

"에구, 도련님! 말씀드리자믄 긴 데 그러니겐 애 아배 되는 양반은…."

아이답지 않은 서늘한 눈빛이 왜 그리 낯익었는지를 비금의 얘길 들으면서야 깨달았다. 밤하늘의 조그만 별빛 하나 놓치지 않는 나의 스승 손곡 이달 선생의 깊은 우물 같은 눈빛이었음을. 태어나면서부터 이미 버림받은 시대의 서얼, 삼당三唐시인[5]이라는 찬사로는 결코 위로받을 수 없던 이의 눈빛이었음을….

가슴이 무너져 내렸다. 이 아이를 어쩔거나? 내 몫이 아닌, 내 몫일 수 없는 조바심과 안타까움이 가슴 가득 차올랐다. 보름달처럼 훤한 이마에 오

---

5  이달은 최경창, 백광훈과 시사(詩社)를 맺어 당시(唐詩)풍의 근체시로 당대 시단에 새로운 바람을 불러일으켰는데 이들을 일러 삼당시인이라 한다.

똑한 콧망울이, 막 피어난 산다화마냥 발갛고 여린 입술이 날 빤히 쳐다보았다. 아이를 들어 올려 꼭 껴안아주고 싶었다. 수많은 칭찬과 덕담들을 아이 앞에다 주욱 깔아놓고도 싶었다.

하지만 그러지 못했다. 넘치는 비웃음과 손가락질을 등에 지고 조선 천지를 떠도는 고독하고 자유로운 혼을, 비바람에도 눈보라에도 홀로 유장하게 흐르는 만고의 쓸쓸한 강물을 아비로 둔 아이가 아닌가? 난 매창을 향해 지극히 현실적인 부탁 한 마딜 기껏 늘어놓았을 뿐이다.

"이보게, 매창! 내 누이나 마찬가지인 귀한 손님이니 머물 곳을 알아봐주게."

그날의 내 초라한 회피가 이리도 담대한 화답으로 돌아온 것인가? 홍희는 이첨에게서, 대북파 고관들에게서 최고의 전리품을 빼앗아버렸다. 승리의 환호성도 축배도 가차 없이 깨뜨리고 말았다. 이제 홍희는 한 발 더 나아가려 한다. 내 부하들에게 동지들에게 기념비를 남겨주지 않으려, 저 높은 하늘을 향해 떠돌던 내게 땅을 안겨주려 한다.


홍희를 막을 자 누구인가?

계룡산 도적 두목인가? 내게 하나의 깃발이기를 요청하는 자. 미래를 위한 표지석이기를 요구하는 자. 홍희는 담담하게 맞섰다. 약속을 했다고. 평생 날 기다려온 어떤 가여운 여인한테 날 데려다 줘야한다고.

난 그 순간 매창을 떠올렸다. 수많은 여인들이 내 삶의 좁다란 골목마다에 머무르고 있건만, 오래도록 마음만 주고받았던 친구를, 이미 여러 해 전에 고인이 된 여인을 어리석게도….

*그때 만약 한 생각이라도 어지러이 흘렀더라면 나와 그대의 사귐이 어찌 10년 동안이나 끈끈히 이어질 수 있었겠나?*

시와 노래와 거문고로 쌓은 매창과의 우정을 지켜내고자 그렇게밖에 표현할 수 없었던 내 마음을 저는 아는가? 맥락 없는 원망마저 소르라니 피어올랐다.

하지만 두목은 휘둘리지 않았다. 내 친구 김개의 눈에 띄어 내 혁명의 든든한 후방기지가 되어준 도적굴의 두목답게 의연스런 태도였다.

"물건을 하나 만났지 뭔가?"

우리의 혁명 논의가 깊어질 무렵 한성부 좌윤 김개가 조용히 날 찾아왔다. 이런저런 핑계를 앞세워 이첨의 매 눈을 따돌리고 나주로의 머나먼 출행에 나섰다 돌아온 직후였다.

"감히 내 길을 가로막고 금품을 빼앗겠다 덤비더란 말일세. 양반 놈들은 다 똑같다며 죽자고 달려들었네. 권력다툼에 혈안인 조정을 뒤엎고 부패한 양반들을 때려잡겠다는 포부가 하늘을 찌르더군. 홍길동이 노비 출신이었다면 아마 딱 그 자 같았을 걸세."

김개는 그러니까 도적 두목 하나를 내게 천거하러 온 거였다. 김개는 양반가의 적자로서 고위직에 오른 내 친구들 중 거의 유일하게 내 혁명에 동조하는 인물이었다. 나주목사 시절엔 언젠가의 필요를 위해 은밀히 군사들을 길렀고, 혁명의 날이 다가오자 우리의 거사에 그들을 참여시키려 직접 나주까지 다녀오던 길이었다. 그런 김개를 털어먹겠다고 나선 도적을 외려 포섭하여 우리의 든든한 후방기지로 다져놓은 거였다.

"나라를 말아먹은 양반들을 찾아내 죽이려고 왜적들의 길잡이 노릇조차 마다하지 않았다는 과격한 친구였네. 왜란이 터지고 임금이 피난길에 앞장서자 대궐로 쳐들어가 장예원의 노비문서를 불사른 자들 중 하나였다는 후문도 있네. 낫과 쇠스랑을 들고 의병으로 나섰다가 집도 논밭도 아내와 자식들마저도 잃고 끝내 나라에서마저 버림받은 가엾고 억울한 자들이 그의 휘하에 모여든 게 어찌 우연이겠나?"

내 머릿속 혁명이 저잣거리 세상과 날 것으로 만나는 순간이었다. 양반가 서얼들의 억울함보다 더 지독한 억울함이, 하급 아전들의 분노보다 더 깊은 분노가 이미 혁명의 불씨로 피어나고 있었다.

"그들 세계에선 아주 신망이 깊은 자 같더군. 선조 임금 때 전국적으로 위세를 떨쳤던 반란군 수장 송유진이나 이몽학에 버금갈만한 배포를 가졌더란 말일세. 그 자가 우리 편에 서 준다면 조선 천지를 유랑하는 백성들의 원한과 울분을 하나의 거대한 힘으로 결집시킬 수 있을 걸세."

한 번 만나러 오라는 내 전갈에 두목은 특별한 방식으로 답을 보내왔다. 우경방과 현웅민의 은밀스런 군사 훈련지로 수 십 섬의 쌀을 실어 보낸 것이다. 혁명의 날, 창덕궁 대궐 문 앞에서 뵙겠다는 허황스런 한 줄의 전언과 함께.

그의 원대함이 홍희의 사소함을 막아낼 수 있을까?


홍희를 막을 자 누구인가?

이이첨인가? 내게 왕권강화를 위한 희생제물이기를 요구한 자. 역적 허균이라는 만고에 길이 남을 패찰 하나를 안겨준 자. 홍희는 이첨의 허를 찔렀다. 효수된 내 모가지를 저잣거리에 내걸어 자신에 대한 도전이 곧 조선에 대한 반역임을 선포하려던 이첨의 허영을 우스갯거리로 만들었다.

*살고 싶은가?*

새로운 조선에 대한 이상을 나와 함께 나누었던 일곱 명의 서얼친구들을 역적으로 몰아 죽인 이첨이 내게 손을 내밀었다. 그는 역모라는 사회불안요소를 동원하여 광해군의 왕권 다지기를 기획한 대북파의 수장이었다. 권모술수의 대가였던 그가 조작한 크고 작은 역적모의 사건으로 그의 반대파들 상당수가 유배되고 처형되었다. 내 서얼 친구들의 죽음 역시 그 연장선상에 있었다. 당시 그 친구들과 나와의 교분을 이첨이 파헤치려들었다면 난 그대로 죽은 목숨일 거였다.

"우리에겐 자네의 유려한 문장과 치밀한 논리가 필요하네."

억울하게 희생된 친구들과 한 무리로 처형되는 것이 의리일 수는 없다. 첫 계단을 디디지 않고서 꼭대기에 오를 수 있겠는가? 난 기꺼이 이첨의 손을 잡았다. 그는 광해군을 세자 자리에서 몰아내려던 선조 임금의 말년 치세 기간에도 끝까지 세자를 지킨 뚝심 있는 자였다. 취약한 권력기반

위에서 어렵사리 왕위에 오른 광해군에겐 그만한 굳건한 언덕도 드물 것이었다. 그의 손을 잡는다는 건 왕의 가슴으로 들어가는 첫 관문일 거였다.

"인목대비의 처형을 공론화 하시오. 난 그대의 딸이 세자궁으로 입궁하는 걸 적극 돕겠소."

이첨의 사람이 됨으로써 자연스럽게 대북파의 일원으로 인정받게 되자 많은 기회가 주어졌다. 벼슬은 오르고 올라 형조판서를 거쳐 좌참찬에 이르렀고, 왕의 신뢰는 최고조에 이르렀다. 왕의 마지막 불안요소인 대비를 제거하는 데 공을 세움으로써 왕의 왼편에 설 수 있다면 이첨에 버금가는 권력마저 쥐게 될 것이었다. 새로운 조선을 기획하고 그 실행에 운명을 걸어볼 만한 때가 마침내 다가온 것이다.

"어떤 나라도 왕권의 안정 없인 바로 설 수 없소. 우리가 우리 임금께 충성을 다하고 그 보위를 지켜드려야 명나라도 마침내 고명과 책봉으로 화답해올 것이 아니겠소? 그렇다면 조선의 신하된 자로서 우리가 할 일이 무엇이오? 감히 우리 임금을 모해하고 갖은 방법으로 왕좌를 흔들어대는 대비를 그대로 두는 게 옳은 일이겠소? 모자로서의 은의를 보전하시려는 임금의 사사로운 정리가 나라에 큰 해가 되는 데도 경들은 그저 두고 보려는 것이오?"

폐비론의 불은 그렇게 내 혀끝에서부터 지펴지기 시작했다. 내 딸이 낳을 미래의 왕자는 더할 나위 없는 보증이 되어줄 것이었다. 가난한 이들을 위한 조선, 소외된 이들을 위한 조선, 만 백성의 조선…!

인영이 가을서리 같은 차가운 눈빛으로 물을 때까지는 미처 통찰하지 못했다. 혁명적 열의로 가득했던 내 빛나는 전망과 옹골찬 계획들이 그동안 왕을 움직여 온 이첨의 방식과 어떻게 다른지에 관해서 말이다. 아니 알면서도 외면했는지 모른다. 깊은 동굴에 갇힌 듯 꽉 잠긴 목소리로 인영이 물어 올 때까지는.

*그것이 아버지의 혁명인가요?*

이첨의 작정이 홍희의 무작정을 막을 수 있을까?

2

달그락, 밖으로 잠겨있던 문이 열렸다.

저녁상을 받쳐 든 젊은 도적 하나가 들어왔다. 땅딸막한 키에 어깨가 떡 벌어진 게 마치 소년 장사처럼 보였다. 하지만 가까이서 보니 검게 그을린 피부며 굼실거리는 구레나룻까지 소년티를 벗은 지 한참 지난 나이 같았다.

구수한 보리밥 냄새가 코를 찔렀지만 홍희와 아지는 앉은 자리를 그대로 지키며 점잔을 뺐다. 모양 사납게 잡혀 들어온 마당에 잡아 가둔 자들이 주는 밥을 허겁지겁 씹어 삼킬 수는 없었다.

"두목께서 네놈들 덕에 우리 대감마님을 뫼시게 되었다고 후하게 대접하라셨다. 뜻이 있으면 우리와 함께 해도 좋다고, 하룻밤 자면서 잘 생각해 보란 말씀도 전하라 하셨다."

산골 도적 치고는 꽤나 예의 바른 데다 매끈한 서울 말씨까지 더하고 보니 인물 또한 훨씬 잘나 보였다. 아지가 슬그머니 홍희의 옆구리를 찔렀다. 배고픈 마당에 염치고 체면이고 가릴 것 있겠냐는, 어차피 들여온 밥상이니 일단 먹고 보자는 무언의 압력이었다. 소금에다 버무린 나물 두어 가지와 된장국이 전부인 밥상이었지만 빈 위장을 자극하기엔 충분했다.

"돌한이 시골집 형제들이라 들었다. 누나 하나 있는 게 전부라더니, 짜식 쓸데없는 거짓말은…. 여튼 반갑다. 대감마님의 비보를 듣고 하늘이 무너지는 줄 알았는데 너희들 덕에 그나마라도 뵙게 되니 고맙기 그지없고…."

그는 하던 말을 다 마치지 못하고 울먹였다. 막 한 술 뜨려던 아지가 차마 밥숟가락을 입에 넣지 못하고 머뭇거렸다.

"밥을 먹으라는 거냐, 말라는 거냐?"

홍희가 퉁명스럽게 한마디 던졌다. 돌한과 친하게 지낸 자라면, 울먹일 줄 아는 자라면 살짝 밀었다 당겨보는 것도 괜찮을 성 싶었다. 어떻게든 허균의 목을 되찾아 도적굴에서 탈출하려면 내부의 조력자가 필요할 것이다. 그리고 그 도움은 강요나 협박에 의해서가 아니라 자발적이어야 했다.

"어? 미안, 미안! 그냥 우리 대감마님 생각이 나서. 어서들 먹어!"

젊은 도적이 황급히 일어섰다. 막 나가려는 그의 등에다 대고 홍희가 한마디 더 얹었다.

"사실은 나가 바로 그 돌한이 누나다. 넌 누구냐?"

젊은 도적이 화들짝 놀라 뒤돌아섰다. 그리고는 홍희를 빤히 쳐다보았다.

"니가 돌한이 누나라고? 진짜? 설마 니가 그 반달칼을 만들었다는 바로 그 누나라고…?"

도저히 믿을 수 없다는 듯 젊은 도적이 고개를 갸웃거렸다. 그때 아지가 갑자기 꺄악 소릴 지르며 팔짝 뛰었다.

"어디서 많이 본 듯싶더라니. 형, 막동이 형! 맞죠?"

"??"

"나, 아지요. 우리 집에도 몇 번 왔었잖아요? 돌한 형 만나러."

"박충남 어르신네 아지? 니가 그 까불이 아지였단 말야?"

둘은 저승길에서 만나기라도 한 양 반가워 어쩔 줄 모르며 서로의 어깨를 치고 등을 두드리고 볼을 꼬집는 등 법석을 떨었다. 왜 진즉 알아보지 못했을까 의아해 하며 서로의 둔한 눈썰미를 탓하기도 했다. 아지가 나물 접시에 고인 한 짜갱이 국물까지 깨끗하게 핥아먹도록 그들의 주고받기는 계속되었다.

"형! 우리 좀 빼내 주라. 어떻게 안 될까?"

"나야 여기선 굴러온 돌멩이 신세라…. 대장의 전령 자격으로 왔지만 복귀할 본대 자체가 사라져버렸으니 무슨 끗발이 있겠어? 그나마 두목님이 아껴주신 덕에 버티고 있는 거지."

한숨을 푹 내쉬며 상을 들고 나가려던 막동이 문득 멈춰 섰다.

"팔도 사방으로 흩어진 후방지원군 대장들이 오늘 밤 이곳으로 모일 거야. 대감마님 목을 찾았단 소식을 띄웠으니 만사 제쳐놓고 달려들 오겠지. 좀 어수선하긴 할 거야. 이런 시국에 장례식이나 치르자고 모이는 건 아닐 테니…."

막동은 뒷말을 흐리며 상을 거두어 나갔다. 그리고는 문 바깥에서 다시 자물쇠를 채웠다.

"형! 그렇게 그냥 가는 거야?"

아지가 서운해 하며 툴툴거렸다. 하지만 홍희는 그의 정보에 길이 있다는 걸 알아차렸다. 자물쇠를 채우는데 굳이 그렇게 큰 소리로 달그락거릴 필요는 없었다.

저녁을 먹고 나자 확 피로가 몰려왔다. 아지가 새우처럼 등을 구부리고 엎드려 색색 코를 골기 시작했다. 바깥쪽을 향해 온몸의 촉수를 세워 놓았음에도 홍희 역시 몰려드는 잠기운을 이겨내지 못했다. 아물가물 빨려 들어가는 꿈길에서 저벅저벅, 발자국 소리 같은 게 들려왔다.

홍희는 벌떡 일어나 앉았다. 아지는 세상모르고 깊은 잠에 빠져 있다. 홍희는 바깥 동정에 잔뜩 귀를 세웠다. 바람소리, 물소리, 그리고 밤새들의 날갯짓 소리…. 잘못 들었던가? 잠깐 눈을 붙인 덕인지 졸음은 멀리 밀려나고 머릿속은 초롱초롱 밝아졌다.

저벅저벅, 아무래도 환청은 아니지 싶었다. 바깥 숲에서 산채를 향해 들어오는 사람 발소리임에 분명했다. 잠시 후 또, 그리고 또, 홍희는 자기도 모르게 숫자를 세고 있었다. 셋, 넷, 다섯…, 끝인가 싶으면 다시 이어지고 잊을 만 하면 다시 들려오는 사람 발자국소리.

발소리는 산채의 앞마당을 지나 초병들이 경계를 서고 있던 창고 앞을 지나 저 안쪽의 바위 언덕을 향해 멀어져 갔다. 도적굴을 푸근히 감싸는 형

국으로 서 있는 산 중턱의 널따란 암벽 쪽으로. 막동의 말대로 허균 혁명의 후방지원을 맡았던 부대의 우두머리들이 모여들고 있는 것인가?

어느 순간 발자국 소리가 뚝 끊어졌다. 저 멀리 바위 암벽 어름에서 두런거리는 소리가 났지만 그마저도 이내 잦아들었다. 주변의 산채들에선 코 고는 소리 하나 들려오지 않았다. 이를 갈거나 몸을 뒤채는 소리도, 한 방 동료들끼리 속살거리는 소리조차도 나지 않았다. 마치 텅 빈 것처럼 괴괴하였다. 모두들 그쪽으로 몰려간 것인가?

홍희는 어두운 벽면을 더듬어 틈새를 찾았다. 하지만 손으로 더듬더듬 찾아낸 틈 사이론 아무 것도 보이지 않았다. 그저 칠흑 같은 어둠뿐이었다. 하늘도 나무도 집도 마당도 완벽하게 그 경계를 지워버린 채 오직 어둠만이 질펀하였다.

그 어둠 속 어딘가에 허균의 목이 있을 것이다. 스스로 뿜어내는 악취를 통해 홍희에게 자신의 위치를 알려줄 것이다. 홍희는 비로소 자신이 움직여야 할 때임을 알아차렸다.

홍희로서도 설명하기 힘든 고집이었다. 향아가 부탁한 건 돌한과의 만남이었지 허균의 목은 결코 아니었다. 홍희가 이토록이나 위험을 무릅쓰고 갖은 난관을 타 넘으면서 그의 목을 가져다주려 고군분투하고 있음을 향아는 꿈에도 모를 것이다.

돌한인들 알까? 도대체 녀석은 어디로 숨어들어간 것일까? 홍희는 그제야 돌한에 대한 걱정으로 누나다워진 자신에게 놀랐다. 그리고 문득 새로운 사실을 깨달았다. 이 위험스런 수송자 역할을 자청한 건 결국 돌한 때문이 아니었을까 하는. 평생 처음으로 녀석의 품에다가 제 아버질 안겨주고 싶었을지도 모른다는.

"아지야, 가자! 일어나!"

흐응, 아지는 잠에 겨워 한 마디 긴 신음소릴 내뱉더니 이내 다시 색색거리며 돌아누웠다.

그때였다. 퍼벅! 뭔가가 으깨지는 듯한 소리가 멀지 않은 곳에서 들려왔다. 살금거리는 발소리와 함께 또 한 번의 퍼버벅 소리가 곧장 이어졌다. 홍희는 잔뜩 긴장했다. 그 사이로 들릴 듯 말 듯 무슨 소린가가 끼어드는 걸 놓치지 않았다. 으앗! 누군가의 주먹 속으로 빨려 들어가는 듯한 그것은 비명소리였다.

홍희는 모든 감각을 곤두세웠다. 기다시피 문간으로 다가가 문틈에다 귀를 갖다 댔다. 살그머니 문짝이 밀리는가 싶은 순간, 펄렁 찬바람이 쏟아져 들어왔다. 손을 뻗어 조심스럽게 밀어보았다. 아무 저항 없이 문이 열렸다. 문짝과 문틀 양쪽 걸쇠에 동시에 끼워졌어야 할 자물쇠가 문짝에만 걸린 채로 잠겨, 실제로는 문이 열려 있는 상태였다. 막동은 홍희의 기대를 저버리지 않았다.

홍희는 몸을 잔뜩 낮춘 채 어둠 속을 기어갔다. 희끄무레한 그림자들이 어른거렸다. 산채 건물 중 유일하게 보초가 서 있던 바로 그곳이었다. 홍희는 땅바닥에 납작 엎드렸다. 두 명의 보초가 쓰러져 있고 다른 두 명의 사내가 잠긴 창고 문을 열려고 애를 쓰고 있었다.

피비린내와 썩은 젓갈 냄새가 섞인 묘한 악취가 그 문틈에서 흘러나왔다. 누구인가, 순식간에 보초들을 때려눕힌 자는? 탈취된 대역죄인의 목을 조정에 갖다 바치고 돈을 벌려는 도적굴 내부의 배신자인가, 아니면 도적굴을 털어 한 몫 챙기려는 대담한 침입자인가?

홍희는 그들이 하는 양을 좀 더 지켜보기로 했다. 그들의 성공은 곧 홍희의 탈출로 이어질 것이다. 미리 나서서 그들의 노력에 찬물을 끼얹을 필요는 없다. 덜커덩거리고 툭탁거리는 소리가 산 숲의 밤공기를 흔들었다. 분명 보초들의 허리춤에서 열쇠꾸러미를 훔쳐냈으련만 너무 긴장한 탓인지 그들은 자물쇠를 빨리 열지 못하고 허둥거렸다. 급소를 노린 한 방으로 보초들을 때려눕힌 노련함이 과연 그들에게서 나왔을까 의심될 지경이었다.

홍희는 자기도 몰래 손에 땀을 쥐었다. 그들의 성공을 비는 열렬한 응원자가 되어 주변을 살폈다. 다행스럽게도 별다른 움직임은 없었다. 외부 방문자의 발걸음은 뚝 끊겼고 순찰을 도는 이도 없었다. 산채는 텅 비어 있는 게 분명했다. 자기네들의 행사에 정신이 팔려 아무 것도 눈치 채지 못하는 것인가? 아니면 두목이 파놓은 함정일 것인가? 홍희는 꼼짝 않고 엎드려 그들을 주시했다.

덜커덕! 여러 개의 열쇠를 번갈아 꽂아가며 끈질기게 노력한 끝에 마침내 창고의 문이 열렸다. 와우, 낮은 탄성을 뱉으며 그들이 창고 안으로 진입하는 순간 정신을 차린 보초 하나가 소릴 질러대기 시작했다.

도둑이다! 도둑이야!

도적굴에 도둑이 들었다는 외침은 상당히 우스꽝스러웠지만 산채의 고요를 순식간에 깨부수는 폭발력은 어마어마했다.

우다다다!

수십 수백의 발소리가 산을 무너뜨릴 듯한 기세로 밀려 내려왔다. 두 사내가 보퉁이를 들고서 허겁지겁 창고를 빠져나왔다. 지독한 냄새가 홍희 앞을 싹 지나갔다. 그들의 목표가 허균의 목이었음이 확실해졌다. 그들은 산채를 등지고 정신없이 내빼기 시작했다. 홍희는 소리 없이 그들의 등 뒤로 따라붙었다. 도망자들의 성취는 이제 곧 홍희의 성취가 될 터였다.

추격해오는 도적떼의 발소리가 점점 더 커지고 더 많아졌다. 홍희가 편창을 한 줌 꺼냈다. 뒤쫓아 오는 산적들에게 도망자들을 한 명씩 제물로 내어준다면 앞길이 훨씬 수월해질 것이다. 홍희는 둘 중 조금 더 뒤처진 사내를 향해 편창을 던졌다. 아이쿠야! 사내가 고꾸라졌다. 몇 발짝 앞서 가던 사내가 돌아섰다.

"지체할 시간 없다. 무조건 뛰어!"

그는 돌부리에 채여 넘어진 아일 타이르듯 그렇게 한 마디 던지고는 횡 앞장서 가버렸다. 도망자 사내와 악취가 철벙거리며 개울물을 건넜다. 홍희는 주저앉은 자를 뛰어넘어 한 마리 호랑이처럼 내달았다. 어둠도 숲도 바람도 겁에 질린 듯 속속 길을 열어주었다. 사내는 홍희가 던진 편창을 교묘하게도 잘 비켜났다. 잠시 주춤하는가 싶었던 도적들의 발소리가 다시 등 뒤로 따라붙었다.

산자락이 끝날 듯싶은 어느 지점에선가 홍희는 여러 필의 말이 나무등치에 매여 있는 걸 보았다. 앞선 사내가 마치 자기 것인 양 그중 한 마리의 고삐를 풀고 올라탔다.

"누나! 여기!"

거의 동시에 말 한 필을 홍희 앞에다 끌어온 건 아지였다.

"또 날 버리고 가려고? 이런 의리 없는 누날 어쩌자고 이리…!"

언제 홍희를 앞질러 왔는지 모르나 가장 필요한 순간에 아지가 나타났다.

"미안, 미안!"

홍희로선 씩 웃는 이외에 변명할 틈이 없었다. 아지가 불쑥 나타나게 된 경위에 대한 설명을 들을 여유 또한 없었다. 보퉁이를 품에 안은 사내가 저만치 앞서 달려가고 있었으므로.

아지를 등 뒤로 앉힌 홍희가 박차를 가하는 바로 그 순간, 한 무리의 포졸들이 느닷없이 풀숲에서 튀어 나왔다. 주춤거리거나 머뭇댈 수는 없었다. 홍희는 함성을 지르며 달려드는 그들을 거침없이 짓밟으며 내달렸다.

게다가 전혀 기대한 바 없는 지원군의 엄호가 홍희에게 날개를 달아주었다. 맹렬히 추격해 오는 도적들이 마치 홍희를 위해 후방지원을 맡아준 모양새가 되었기 때문이다. 도적들로선 앞을 가로막는 관군과의 정면 격돌로, 홍희든 그보다 앞선 사내든 간에 뒤쫓을 여력이 없었다. 적은 수로 도적 떼를 맞닥뜨린 관군 역시 마찬가지였다.

홍희에게는 엄청난 행운이었다. 등 뒤의 안정은 전방에 대한 공격력을 높여주었다. 홍희는 앞서가는 말의 뒷다리에다 온 신경을 집중했다. 에움길을 도느라 속도가 살짝 늦춰진 순간 홍희가 반달칼을 던졌다. 잘 벼려둔 칼날이 웅웅 밤바람을 찢으며 날아갔다.

콰당! 사내가 탄 말이 넘어지면서 제 속도를 못 이겨 벌러덩 뒤집혔다. 사내는 논두렁 저 아래로 나가떨어진 듯 했다. 홍희가 되돌아온 칼을 다시금 거머쥐는 사이 길 위로 구르던 허연 보퉁이가 멈춰 섰다. 홍희는 말 위에서 허리를 깊게 수그려 그걸 집어 들었다.

감격이랄까, 희열이랄까, 가슴이 빠개질 듯한 묵직한 느꺼움이 전류처럼 온몸을 타고 흘렀다. 자신의 땀과 노고와 고통으로 빚어낸 하나의 창조물, 어쩌면 절대로 포기할 수 없는 끈질긴 애착 같은 것. 그런 걸 누구와의 약속이나 의리, 혹은 누군가에 대한 동정이라고 할 수 있을까?

그제서야 하늘 가운데로 떠오른 게으른 별 몇 개가 게슴츠레 뜬 눈으로 홍희의 잔등을 비추었다.


홍희는 잠시도 멈추지 않고 말을 몰았다. 눈알이 핑핑 돈다며 잠시만 쉬어가자고, 그러다 말이 먼저 쓰러지겠다며 물 한모금만 먹이고 가자고, 아지가 징징거려도 모른 척 했다.

부여를 지나고 함열을 지나 김제에까지 이르렀다. 더 이상 말이 버틸 수 없게 되자 물가에다 고삐를 걸어놓고 홍희는 산길을 찾아들었다. 둥실 떠오른 해가 어느새 쨍쨍해진 한낮이었다. 김제 만경의 너른 들판에서 누군가와 맞닥뜨리기라도 하면 큰일이었다. 비좁고 험준한 산길이라면 홍희가 말보다 훨씬 빨랐다. 홍희는 지천에 구르는 산열매를 한 움큼 따서 아지에게 내밀었다.

"먹을 만 할겨."

"휘유! 차라리 막동이 형 곁에 남을 걸 그랬어. 거기선 된장국에 보리밥이라도 배터지게 먹여줬을 텐데."

"관군들한테 굴비두릅으로 다 엮여 들어갔을 거인디? 하기야 그래도 개밥이든 돼지밥이든 얻어는 묵을 테제. 지금도 안 늦었으니께 갈테믄 가드라고."

시덥잖은 말들을 아지와 주고받는 사이 홍희에게 익숙한 산길이 열리기 시작했다. 부안현 우반골이 점점 더 가까워지고 있다는 걸 홍희는 온몸으로 감지했다. 숲을 지나 물을 건너 다시 산자락으로 이어지는 길들을 뚫고 가는 동안 해는 서쪽하늘로 점점 더 기울어져 갔다.

쭉쭉 뻗은 대나무가 도열한 오솔길이 마침내 눈앞에 펼쳐졌다. 댓잎의 청신한 향내가 지난 며칠간의 피로를 말끔히 씻어 주었다. 돌한을 찾아 서울로 올라갔다 향아를 위한 괴이한 선물보통일 안고 돌아오기까지, 그리 긴 시간이 지난 것도 아닌데 울컥한 무엇이 홍희의 목울대를 타 넘어왔다.

푸르른 이끼와 마삭줄 따위 지피식물로 뒤덮인 굴바위가 태고의 신비를 간직한 그대로 홍희를 맞았다. 거대한 암벽 사이로 닫힌 듯 열린 듯 길쭉하게 벌어진 시커먼 입에서 차가운 냉기가 뿜어져 나왔다. 바위 암벽을 뛰어넘어 곧장 무향암으로 가려던 홍희는 기묘한 두려움과 가슴 조이는 신비감의 유혹 앞에서 멈칫거렸다. 그리고 마침내는 굴바위 안쪽으로 한 발짝 들이밀고 말았다.

"누나! 같이 가요."

헉헉대며 뒤따라오는 아지가 뭐라 지껄였지만 홍희는 굴바위 안으로 성큼 들어섰다. 한 길 넘는 시원스런 높이와 장정 십여 명이 수련 대형으로 선다 해도 거뜬할 만큼 드넓은 공간이 언제나처럼 홍희를 맞았다.

산 속 깊이 숨은 바위 동굴을 찾아낸 건 어린 돌한과 함께 쏘다니던 시절의 어느 여름날이었다. 갑작스레 쏟아진 우박을 피하려고 우연찮게 숨어들었던 바위틈이 그렇게나 드높은 천장과 넓은 공간으로 이어질 줄은 꿈에도 몰랐다.

그날의 발견으로 하여 비나 눈, 혹독한 더위나 추위는 홍희 남매의 무술 수련에 더 이상 장애물이 되지 않았다. 바위벽 안쪽 깊숙한 곳에 퐁퐁 솟아나는 샘물까지 있어 거추장스러운 물통 따위 가지고 다닐 필요도 없었다. 사철 변함없는 알맞은 기온은 수련을 하기에도 낮잠을 자기에도 더할 나위 없이 좋았다. 그리고 무엇보다 좋았던 건 어머니의 잔소릴 피해 도망쳐 숨을 곳이 생긴 거였다. 홍희는 가만히 눈을 감고 추억에 젖어들었다.

등 뒤에서 뭔가 싸늘한 기운이 훅 끼쳐왔다. 동굴 특유의 서늘함과는 결을 달리하는 기분 나쁜 한기였다. 온 몸의 솜털이 오소소 일었다. 홍희는 등에 진 보퉁이와 몸에 지닌 무기들이 제대로 있는지 스스로 몸을 더듬어 보는 한편으로, 아지가 제대로 뒤를 따라왔는지 확인할 생각에 휙 돌아섰다.

"꼼짝 마라!!"

체격 건장한 사내 하나가 아지의 목에다 날카로운 칼날을 들이댄 채 홍희를 쏘아 보았다.

"그 보퉁이를 내놓아라. 허튼 수작 부렸다간 애 녀석의 목숨은 없다."

홍희는 직감적으로 알아챘다. 그 사내가 도적굴에서 허균의 목을 탈취해 냈던 바로 그 대담한 자임을. 말에서 떨어져 논두렁으로 처박혔던 자임을. 홍희로선 도무지 이해되지 않았다. 새끼를 갓 낳은 어미토끼만큼이나 예민하고 아무도 모르는 곳에다 남은 고기를 저장하는 늑대만큼이나 치밀한 홍희였다. 어떻게 뒤를 밟히는 기척을 그 기나긴 시간동안 모를 수가 있었을까?

"도대체 어떤 놈이냐? 무슨 까닭에 죽은 자의 머리통에 그리 집착하는 거냐?"

"역적의 목을 훔쳐 달아난 도적놈 따위가 감히 포도청 부 군관에게 어디서…? 잔말 말고 내놓아라. 꼬마 녀석의 피를 보고 싶지 않으면!"

하지만 그의 말은 홍희의 귀에 들어오지 않았다. 그래봐야 아무 의미 없다는 걸 알면서도 어디서부터 놈에게 뒤를 밟혔을까 되짚어 보느라 홍희의 머릿속은 온통 딴 데 가 있었다.

걸음마를 배우자마자 수풀 우거진 산야를 헤매 다니기부터 했다. 시장통 어지러운 골목길은 날아다니고, 해변 가 푹푹 빠지는 모래사장이나 미끄러운 바위언덕도 잘 닦인 길인 양 거침없이 뛰어다녔다. 어깨가 벌어지고

수염이 나기 시작한 열댓 살 돌한조차도 쉽게 따라잡지 못한 재빠름과 가벼움은 그녀의 자랑이었다. 그런데 뒤를 밟힌 줄도 모르고 가장 결정적인 장소에 적을 끌어들이다니! 그건 무사로서 치명적인 실수였다. 무사의 실수는 곧 죽음이다.

"빨리 선택해라! 죽은 자의 목이냐? 산 자의 목이냐?"

"으악, 누나!!"

사내의 칼날이 아지의 목줄기를 파고 들었다. 아지의 목에 붉은 사선이 그어졌다. 홍희는 사내의 위협이 그저 말로 끝나지 않을 것임을 알아차렸다. 지금은 자책할 때가 아니었다. 지나온 길을 더듬어가며 어디서부터 잘못 되었는지 반성할 때도 아니었다.

"여차하믄 그 어린 것을 찌르시겠다? 피도 눈물도 없는 작자로구나."

홍희는 일단 시간을 벌어야겠다고 마음먹었다. 무술 책자를 통해 특별한 스승도 없이 혼자 쌓아올린 무공으로는 이런 극한의 대치에서 벗어날 방법이 얼른 떠올라지지 않았다. 하지만 에둘러 가는 길은 분명 있을 것이다. 잠깐이나마 시간을 얻어낼 수 있다면.

아지의 눈빛이 적잖이 흔들렸다. 아무리 약삭빠르고 넉살이 좋다 해도 애는 애였다. 겁에 질린 빛이 역력했다. 홍희는 어떻게든 관군 사내의 칼 끝에서 아지를 벗어나게 해주고 싶었다. 홍희가 아지에게 눈짓을 했다.

*허균 나리, 저 아일 부디!*

홍희가 주문을 외듯 중얼거리며 허균의 목이 담긴 보퉁이를 사내를 향해 던졌다. 아니 보다 정확히는 아지를 향해 던졌다. 아무 예고도 없이 갑작스레 날아오는 보퉁이를 잡아채려고 사내가 비어있는 손을 뻗었다. 그 바람에 빈틈없던 사내의 칼날이 슬쩍 쳐지고, 잽싼 아지가 보퉁이를 받아 안아 굴바위 안벽을 향해 몸을 날렸다. 사내가 아지를 쫓아가려는 순간 홍희가 막아섰다. 현란하게 휘젓는 그의 칼날을 요리조리 피하며 최대한 사내의 힘을 빼는 데 집중했다.

"샘물 벽을 타고 올라가. 빠져나갈 구멍이 있을 거여."

동굴 맨 안쪽의 벽 중간엔 옴팍하게 들어앉은 샘물 웅덩이가 있다. 웅덩이 가장자리를 도약대로 삼아 벽 사이사이 패인 자국을 곡예 하듯 타고 올라가면 굴바위의 천장에 닿고 거기에는 하늘빛이 쏟아져 들어오는 자그마한 구멍이 뚫려 있었다. 동굴 외벽을 형성하는 두 개의 거대한 바위가 겹치면서 생겨난 틈이었다. 최대한 홀쭉하게 몸피를 줄이면 아지 정도는 충분히 빠져 나갈 수 있는 구멍이었다. 어린 돌한이 홍희와의 대련에서 불리해지면 혓바닥을 내밀며 도망치곤 하던 곳이었으니. 눈치 빠른 아지라면 탈출구를 찾아내고도 남을 것이다.

사내의 반격은 집요하고도 치열했다. 적절한 무기가 없는 홍희로선 최대한 동굴의 지형지물을 이용하는 수밖에 없었다. 반달칼은 어느 정도 거리 유지가 되어야 힘을 발휘하고 표창은 도적굴에서 도망쳐 나오면서 이미 다 써버린 후였다.

홍희는 튀어 올라 두 발로 동굴 벽의 경사면을 차고 그 반동으로 사내를 향해 힘껏 몸을 날렸다. 옆구리를 강타 당한 사내가 휘청거렸다. 그의 손에 들린 칼이 바닥으로 떨어졌다. 홍희는 그 틈을 놓치지 않고 칼끝을 발로 튕겨 공중에서 한 바퀴 회전 시킨 다음 자기 것으로 만들었다.

그 사이 아지는 탈출구를 찾아 몸을 빼냈다. 마음이 다급해진 사내는 품속에 넣어둔 단도를 꺼내 쫓아오는 홍희를 위협하며 굴바위 안벽으로 달라붙었다. 그는 아지의 발목이라도 낚아채려고 혈안이었다. 홍희가 벽을 타오르며 그를 향해 칼을 휘둘렀다. 동굴 벽 위아래서 튀어나온 장검과 단도가 챙챙 부딪히며 불꽃을 튀겼다.

3

차라리 날 잡아가라, 이 쥑일 놈들아!

포졸들이 한 청년을 개 패듯 두들기며 끌고 가는데 청년의 어미인 듯한 나이 든 여인 하나가 땅바닥을 치며 울부짖고 있다. 담장 밖으로 우줄우줄 고갤 내밀고서 쳐다만 볼 뿐 끽 소리 하나 내지 못하는 사람들, 며칠 째 거리 곳곳에서 흔히 보는 풍경이다.

무조건 얻어터지고 무조건 끌려가는 자들의 죄목은 역적 잔당! 서울 시내에 언제 그리 많은 역적들이 살고 있었는지 좌우 포도청은 비쩍 마르고 꾀죄죄한 죄인들로 흘러 넘쳤다. 의효는 되도록 빨리 말을 몰아 좌포청으로 향했다.

일거양득을 노린 이이첨 대감의 작전은 완벽하게 성공했다. 인목대비와 그녀를 옹호하던 정적들은 허균의 손을 빌어 일거에 쓸어냈고, 대비에 대한 세간의 동정 여론은 허균 역모설 유포와 처형으로 와해시켰다. 이런저런 이유로 걸려들어 얻어터지고 죽어나가는 백성들은 권세가의 잔치마당에서 터지는 불꽃놀이의 부산물들이었다.

"언제까지 이 비상시국을 이어가실 요량이십니까? 백성들의 피폐가 전쟁 통이나 다름없고, 원성이 하늘을 찌릅니다. 적당히 마무리 지을 때가 아닌지요?"

며칠 째 죄인 심문으로 지친 의효가 아버지 이첨에게 다소 강하게 조언한 건 아침 등청 길에서였다.

"네가 정치를 아느냐?"

느물거리는 이첨의 웃음 뒷면에 서린 비난이 의효의 눈을 정곡으로 찔러왔다.

"사람마다 타고난 성품이 다른 것은 하늘이 주신 것이오, 타고난 성품에 따라 사는 것은 인간의 도리다. 그 도가 인간세상에서 잘 실행되도록 법과 제도를 정비하여 널리 펴는 게 바로 정치다. 하늘이 정해준 자리를 감히 벗어나려는 자, 남이 받은 것을 탐내어 세상의 질서를 헤치려는 자, 그런 자들의 충동질에 휘둘리는 자, 이런 모든 어리석음을 바로잡는 것이 또한 정치다."

의효는 유가 경전의 일부 구절을 활용한 아버지의 가르침이 전에 없이 비위에 거슬렸다. 아니, 언제나 그래왔다. 아버지에 대한 적의는 이미 어린 시절 싹을 틔우고, 이젠 어쩌지 못할 만큼 무성히 자라버렸다.

"맹자는 나라 제사에 희생 제물로 끌려가는 소가 뚝뚝 눈물 흘리는 걸 보고 차마 죽이지 못한 제선왕을 칭찬했던 걸로 압니다만."

"네가 하고 싶은 말이 무엇이냐? 제선왕은 미물인 소의 눈물에도 감동하였거늘, 백성들의 눈물에 차마 어쩌지 못하는 마음을 왜 내지 않는가, 날 추궁하는 것이냐? 그 뒷이야기를 모른다고 하진 않을 터. 제선왕은 소 대신 양을 희생 제물로 삼으라 명했다. 소와 양의 목숨 값이 어떻게 다르냐? 양이라고 눈물 흘리지 말란 법이 있느냐? 제사에 희생 제물은 빠질 수 없고 그게 양이냐 소냐 하는 것은 그 눈물을 왕이 보았는가 보지 못했는가의 차이일 뿐이었다. 넌 그 차이를 아느냐?"

맘속에 이는 거부와 반발의 말들에 휘둘리는 의효를 이첨이 이윽히 바라보았다. 그리고는 이내 껄껄 웃어젖혔다. 왕과의 밀착이 이전보다 더욱 돈독해진 요즈음, 그의 자신감은 최상이었다.

"곧 알게 될 것이다. 하찮은 일에 신경 쓰지 말고 장가 갈 준비나 착실히 하거라. 그러고 보니 네 임무가 요즘 과중했다. 조처 시키마."

이제 아버지 이첨과 대북파의 앞길을 가로막을 자는 없다. 그 뒤를 따라가기만 하면 의효 역시 승승장구할 것이다.

"다녀오겠습니다."

의효는 등청 인사를 앞세워 이첨이 던진 질문에서 벗어났다.

부관으로부터의 보고가 올라올 쯤 되었다. 의효는 아버지와의 불편했던 대화를 떨쳐 버리고 대신 낙관적인 생각으로 채웠다. 출발이 좋았다. 미출이 의효를 찾아온 건 지난밤이었다.

"알아냈습니다요."

미출을 닦달한지 만 하루가 지나기도 전이었다. 놈의 목숨을 담보로 한 거래는 꽤 괜찮은 선택이었다. 의효는 아버지가 왜 그렇게 미출을 신뢰하는지 이해할 것 같았다.

"제 정보원 중 한 놈이 공주 산성시장 국밥집에서 수상쩍은 형제를 우연히 봤더랍니다요. 눈치코치로는 조선 천지에서 둘째가라면 서러울 놈이라 한 번 입질해 온 게 월척이다 싶음 절대로 놓치는 법이 없습지요."

"사설이 길다."

"그니깐 결론만 말씀 드리자믄 그것들이 허균의 목을 훔쳐 달아난 장본인인데 말입지요. 제 정보원이 놈들의 뒤를 밟았다는 거 아닙니까요?"

"어디냐? 놈들이 있는 곳이?"

"계룡산 자락 어딘가의 도적굴이랍니다요."

"그놈들이 계룡산 도적이었다, 그 말이냐?"

"그게 아니굽쇼, 허균의 목을 탈취한 그 작자들이 도적들한테 잡혀 그것을 빼앗겼다고 보는 게…."

의효가 미심쩍은 눈으로 미출을 훑었다. 관군의 눈알이 번득이는 비상시국에 금은보화도 아니고 돈도 아니고 탈취된 죄인의 목을 도적들이 굳이?

미출이 한 발짝 다가들더니 무척 다정한 사이라도 되는 양 의효의 귀에 바짝 대고서 속살거렸다.

"나리! 그저 단순한 도적이 아닐지도 모릅니다요."

의효는 팽이처럼 돌아가는 미출의 눈동자가 몹시 거슬렸다. 의효로선 허균의 목을 찾아내는 즉시 아무도 모르게 돌한에게 넘겨줄 참이다. 도적들의 정체가 뭐든, 그들의 의도가 어디에 있든 일을 크게 벌일 필요는 없다. 의효는 미출에게 돈주머니를 건넸다.

"그 정보원한테 길잡이를 부탁할 수 있겠느냐?"

돈주머니의 무게에 눈이 휘둥그레진 미출이 고갤 주억거렸다. 의효는 그날 새벽의 상처에서 어지간히 회복된 부관을 불렀다.

"미출일 따라가면 허균의 수급을 찾아줄 눈치 빠른 놈 하날 만나게 될 것이다. 놈과 함께 잠입해 허균의 목을 수거해 오라. 계룡산에 있는 도적굴이다. 부하들을 보내 너희를 엄호하도록 하겠다."

의효는 미출을 내보내고 부관에게만 비밀스럽게 따로 일렀다. 수급을 찾는 즉시 길잡이를 따돌리고 전라도 부안현 우반골로 가라고. 선계폭포 아래 장천 계곡의 초입에서 만나자고.

돌한이 섬이네 주막에 남겨놓은 마지막 전언이 아직 유효할지 의효로선 알 수 없었다. 미출의 미행 사건으로 하여 의효에 대한 신뢰를 잃어버렸을 돌한은 자신들의 행로를 급히 수정했을지도 모른다. 하지만 의효로선 그 이외의 어떤 다른 장소도 맘대로 설정할 수 없었다.

시간이 그리 많이 남아있는 건 아니지만 그렇다고 부족할 이유는 없다. 만약 새벽녘에 부관이 허균 수급 수거에 성공했다면 돌한이 만나자고 한 유시저녁7~9시보다 훨씬 이전에 약속된 장소에 도달하게 될 것이다. 미출의 정보력이 워낙 빠른 덕이라 생각하니 허탈한 웃음이 비어져 나왔다.

의효는 새벽안개 자욱한 청사로 들어섰다. 그의 기대대로 포졸 하나가 정신없이 말을 휘달려왔다. 부관이 보낸 전령이었다.

"군관 나리!"

숨을 헐떡이는 전령의 머리 위로 허연 김이 피어올랐다. 공주에서 서울까지 쉬지 않고 달려왔을 테니 그럴 만도 했다. 하지만 의효가 기다린 전언과는 상당한 차이가 났다. 은근스럽게 속살거리던 미출의 예견이 현실화되는 순간이었다.

"부관님의 보고입니다. 도적굴은 허균 반란군 일파의 본거지로 사료됨. 전국으로 흩어진 반란군 부대장들 긴급 회동 중. 임무 수행에 만전을 다하겠음. 이상 끝!"

군관 이의효 선에서 적당히 해결할 수 있는 사안도 규모도 아니었다. 실망감이 의효를 덮쳤다. 허균의 수급 탈취가 반란군 차원에서 조직적으로 이루어졌고 그것이 제2, 제3의 봉기를 위한 신호탄이라면 어느 정도 마무리 되어가는 허균 역모사건은 전국 규모로 확산될지도 모른다. 하필 그 순간 청사로 들어서던 포도대장이 전령의 보고를 듣고야 말았다. 평소의 그답지 않게 유난히 빠른 등청이었다. 의효로선 낭패였다.

"내 이럴 줄 알았어. 역시 그 아버님에 그 아드님!! 우리 이의효 군관님이 제대로 사고 한 번 치셨구만! 역적 잔당들이 모래밭에 물 스며들듯 순식간에 사라져버린 바람에 애를 먹고 있던 판국에!"

부하의 관등성명에 존칭까지 얹어가며 포도대장은 기뻐 날뛰었다. 그리고는 경쟁관계에 있는 우포청만 빼고 천안, 아산, 공주, 대전 등 충청도 각 지방 포도청으로 협조요청을 띄웠다. 의효가 전혀 생각지도 않은 방향으로 일이 커지고 있었다.

"이봐, 뭐하나? 당장 출동하지 않고? 서두르게. 후진은 내가 직접 지휘해서 내려갈 테니."

공훈을 세울 기회가 빤히 바라다 보이는데 그걸 놓칠 포도대장이 아니었다. 부하들이 판을 깔아놓은 곳에 마지막으로 깃발만 꽂으려는 얄팍한 술수를 알면서도 의효는 그의 명령을 거부하지 못했다. 내막을 제대로 알지 못한 채 도적굴을 한바탕 휘저으리란 포부를 안고 떠난 강포교와 휘하 포졸 열 두엇의 안전 또한 걱정스러웠다.

계룡산 일대를 횡행하는 도적 무리 소탕 임무가 떨어졌단 말에 공주나 대전 포도청과의 연합인지를 묻던 강포교는 서울 좌포청의 단독 임무라는 말에 흥분했다. 지방 포도청이 해결 못한 일을 직접 처리하게 된 걸 몹시 자랑스러워하는 눈치였다. 어쨌거나 자신이 통제할 수 있는 한에서의 해결을 기획했던 의효로선 몹시 당황스러웠다.

의효는 임무 수행에 만전을 다하겠다는 부관의 마지막 전언을 곱씹었다. 상관의 명령에 따른 비밀 임무와 도적굴 상황 파악에 따른 공적 책임감 속에서 부관이 심사숙고하며 타협했을 간단명료한 문구. 그것은 의효만이 알아들을 수 있는 일종의 암호였다. 부관이 허균의 수급을 제대로 빼돌렸다면 도적굴이야 서울 좌포청 포도대장의 먹이가 되건 말건 의효가 상관할 바 아니었다.

의효는 좌포청 마당에 정렬해 있는 부하들을 이끌고 공주로 향했다. 인영에게로 통하는 길이 거기 어디선가 찾아질 것임을 기대하며….

의효가 공주 산성시장을 지나 계룡산 자락 도적굴 입구에 도착했을 때는 햇발이 제법 달구어진 늦은 아침이었다. 갈수록 길이 좁아지며 산세가 험해졌다. 한참을 행군하다 보니 개울이 나오고 산속인가 싶을 만큼 너른 분지가 나타났다. 거기에 얼기설기 엮어 만든 산채들이 작은 마을을 이루어 서있는 게 보였다.

예상과 달리 한적했다. 어디선가 들려오는 와와, 함성소리만 아니라면 인간세상을 벗어난 무릉도원이 아닐까 싶을 만큼 아름답고 적요로웠다. 강포교가 달려 나왔다.

"왜 이리 조용하냐?"

"모두들 추격전에 나섰습니다. 충청도 포졸들이 도착하자마자 연합작전으로 덮쳤는데, 막상 텅 비어있지 뭡니까? 잔챙이 몇 놈을 붙잡았지만 알아들을 수 없는 이상한 소리만 지껄이고 있습니다. 이미 우리와 한 판 붙었으니 놈들이 겁을 집어먹고 달아난 것도 이상한 일은 아닙니다만."

"알아듣게 설명하라."

"한밤중에 도적굴에서 추격전이라도 벌어진 듯 갑작스런 소란이 일었지 뭡니까? 자세히 보니 먼저 잠입해 들어간 우리 부관님이 어떤 도적놈한테 쫓겨 오는 듯 했습니다. 부관님을 엄호하려는데 수십 명의 도적이 우루루 쏟아져 나오지 않겠습니까? 놈들과 한 바탕 붙는 사이 부관님도 그 뒤를 쫓던 도적놈도 놓치고 말았습죠."

"부관은 지금 어디 있는가?"

"아직 아무 연락도 받지 못했습니다. 죄송합니다!"

부관에게서 아무 소식이 없다는 건 어쩌면 고무적인 일이었다. 다만 맘에 걸리는 건 부관의 뒤를 쫓던 도적을 강포교가 잡지 못했다는 점이다. 어쨌든 관군의 출몰에 놀란 도적들이 뿔뿔이 흩어진 정황만은 확실했다.

의효는 강포교에게 서울에서 방금 내려온 부하들을 이끌고 추격전에 합류하라는 명령을 내렸다. 지루한 지킴이 노릇에서 벗어나 추격전에 가담하게 되어 흥분한 듯 강포교가 들뜬 목소리로 몇 마디를 덧붙이고 나갔다.

"아, 참! 부관님을 모시고 온 그 길잡이 놈 말입니다. 어찌 처리해야할지 몰라 잔챙이들과 함께 가둬 놓았습니다."

분지를 둘러싼 삼면의 산자락에서 포졸들의 함성 소리가 간간이 들려왔다.


의효는 길잡이를 불러들였다. 처음 보는 놈인데도 전혀 낯설게 느껴지지 않았다. 쉴 새 없이 움직이는 눈동자, 실실 처지는 입 꼬리, 그리고 기름기가 잘잘 흐르는 목소리, 딱 봐도 미출의 친구임에 분명한 뺀질하기 짝 없는 인상의 사내였다. 길잡이 역시 한 눈에 의효를 알아보았다.

"부관은 어디로 갔나?"

"그걸 왜 제깟 놈한테 물으시는지…? 인정머리 없는 양반 같으니, 도적놈이 던진 화살인지 창인지에 찔려 고꾸라진 날 버리고 혼자서만 냅다 줄행랑을 치십디다만."

"죄인의 수급은 찾았더냐?"

놈이 히물거리며 웃었다.

"제게 주어진 임무는 완벽하게 마쳤습지요. 부관 나리께서 그걸 들고 도적 굴 밖으로 튀시는 걸 이 놈이 목숨을 걸고 도와드렸다, 이 말씀입니다요."

"나머지 도적들은 다 어디로 갔나?"

"그걸 왜 저한테 물으십니까요?"

길잡이 놈은 분명 알 것이다. 도망치기에 급급한 도적들 사이에서 뭔가를 탐지해 냈을 게 분명하다. 게다가 미처 도망치지 못한 무리 속에 섞여 있었지 않은가? 놈이 딴전을 피우며 시간을 끄는 모양새가 의효의 짐작이 틀리지 않았다는 증거 같았다. 의효는 그의 턱 밑에다 칼을 들이댔다.

"그렇게 겁을 주실 것까지야! 나리네 곳간에서 녹슬어가는 엽전 냥이나 쥐어주시면 그만일 것을…."

의효는 굳이 감정을 낭비할 필요가 없다고 생각했다. 놈의 목표가 처음부터 돈이었음을 알고 있다. 의효는 칼을 거두었다.

"내 주머니를 열게 만들 미끼는 무엇이냐?"

"지금 포졸 나리들의 추격전은 아무 소용이 없을 걸로 사료됩지요만. 한바탕 산을 휩쓸어 봐야 부처님 손바닥이랄까, 정상까지 치고 올라가 이 잡듯 뒤져봐야 결국 산채로 돌아오고 만답니다요. 다른 길을 잡아 가도 한 바퀴 돌아 산채, 또 다른 길로 가 봐도 도로 산채, 두목이 여기다 자릴 잡으면서 첨부터 그리 설계를 했다드만요. 여차할 시 아무도 쫓아오지 못하게끔 방비를 세워놓은 겁지요."

길잡이 놈의 말이 채 끝나기도 전에 그의 정보는 현실이 되어 돌아왔다. 자칭 추격전의 달인이라는 충청도의 포교 하나가 주체하지 못하는 분을 터뜨리며 산채 앞마당으로 들어선 것이다.

뭣이랴, 또 도로 여그여? 그는 향도병을 불러 정강이를 걷어찼다. 비슷한 상황이 계속적으로 이어졌다. 분기탱천한 포교와 걷어차인 정강이를 끌어안고 구르는 향도병, 그리고 다시 새로운 길을 잡아 산등성이를 타고 오르는 포졸들의 씨근덕거림 소리들이.

"값은 충분히 쳐 주마. 대신 네 놈 역시 목숨을 걸어야 한다."

은전 한 꿰미가 길잡이의 발밑으로 떨어졌다. 두 칸짜리 초가집 정도라면 충분히 사고도 남을 만한 돈이었다. 길잡이가 의효의 귓전에 대고 속살거렸다.

"허균의 수급을 손에 넣자마자 우릴 덮친 건 도적무리 중 한 놈이 아니었습죠. 애시초 서울에서 수급을 탈취해 도망치다가 도적들에게 붙잡힌 형제, 아마도 형 놈이었다고 여겨지는데⋯."

강포교가 놓쳤다는, 부관의 뒤를 쫓던 도적놈을 말하는 것일 게다. 일이 생각보다 복잡한 양상으로 흐르는 것 같았다. 의효는 허균 수급의 최초 탈취자에게 그동안 왜 관심을 기울이지 않았던가 스스로도 의아했다.

"부관나릴 그 형 놈이 쫓고, 다시 그 뒤를 도적들이 뒤쫓아 나갔는데, 얼마 지나지 않아 도적놈들이 빈손으로 몰려들 오더니만 주먹밥을 몇 개씩 챙겨들고 흩어지더란 말입지요."

"그들이 허균의 목을 포기했을 거라 그 말이냐?"

"물론 그럴 수도 있겠지요만…,"

길잡이는 침을 꿀떡 삼키며 거기서 멈추었다. 정보의 핵심에 도달한 자의 자랑과 여유를 잠시 즐기려는 듯 의효의 눈을 빤히 쳐다보는 대담성까지 드러냈다.

"그들은 흩어졌다 어딘가로 집결합니다요."

"어디냐?"

"밤섬…!"

"밤섬? 여의나루에서 배 타고 들어가는 그 율도 말이냐?"

"제 직감입니다만 거긴 아닌 듯 했습니다요."

"그럼 어디냐?"

"그건 좀 더 연구를 해봐야…."

주요 인물들이 다 빠져나간 산채에 남아 붙잡힌 자들이라면 거짓정보를 흘리기 위해 일부러 남겨진 자들일지도 모른다. 의효는 자신이 한심스러워졌다. 내용이 부실한 반쪽짜리 정보에 목매고 있는, 머릿속에다 조선 지도를 펼쳐놓고 여의나루 건너 밤섬 이외의 밤섬이 어디에 있는지 심혈을 기울여 찾고 있는 자신이. 전국 어딜 가나 밤골이 있듯 삼면의 바다 어디에도 적잖은 밤섬이 있을 것이다. 길잡이는 그런 눈치를 아는지 모르는지 더욱 은밀한 목소리로 지껄였다.

"허균이 지은 홍길동전에는 율도국이라는 나라 이름이 나옵니다요. 한 자야 어찌 쓰는지 모르지만도 율을 밤栗으로 도를 섬島으로 읽어보믄…?"

"됐다. 충분하다."

의효가 벌떡 일어섰다. 문득 떠오르는 인영의 숨결이 그를 사로잡았다.


둘만의 혼약식이 있었던 그날 새벽, 의효는 따뜻하고 포근한 인영의 품을 애써 벗어났다.

"기다려 주시오, 우리의 첫날밤을…."

인영의 붉은 입술이 잘 익은 산딸기 마냥 촉촉하였다. 차마 그 입술마저 몰라라 두고 갈 수는 없었다. 의효는 그녀의 목덜미를 끌어당겼다. 그의 뜨거운 입김이 안개가 되어 인영의 뭉클한 젖가슴을 감싸 안았다.

"기다릴게요. 평생이라도!"

인영은 마치 꿈을 꾸는 사람처럼 몽롱한 눈빛으로 뇌까렸다.

*아무도 모르는 그곳, 바다 건너 머나먼 우리들만의 나라, 아름다운 섬에서….*


226

의효는 자신의 입술로 그녀의 한 마디 한 마디를 빨아들였다. 아무도 모르는, 바다 건너 머나먼, 아름다운 섬! 하얗게 부서지는 파도와 금빛 모래언덕이, 초록빛 드리운 물그림자 사이로 어룽이는 햇살이 의효의 눈동자 가득 차올랐다.

인영은 초롱이 밝혀진 사립문 울타리까지 버선발로 따라 나왔다.

"도련님!"

의효가 말고삐를 풀다 말고 돌아보았다. 인영이 가만히 뭔가를 내밀었다. 녹옥 버들잎들이 찰그랑대던 그녀의 노리개였다.

"정표도 없이 그냥 보내드릴 수가 없어서, 절 보듯 보아주셨으면 하여…."

아무런 마련도 없이 대뜸 혼약식부터 치렀구나 싶은 미안감에 그는 인영이 내민 걸 선뜻 집지 못하고 머뭇거렸다. 의효 자신도 그에 합당한 뭔가를 내놓아야 한다 싶었다. 지닌 것 중 인영에게 줄 수 있는 게 뭘까, 인영이 내민 노리개에 버금갈 적당한 무엇이 있긴 할까?

의효는 도포자락 안 쪽에 꽂아놓은 단도를 만지작거렸다. 양가죽으로 만든 칼집은 물론 같은 재질로 덧씌운 칼자루에 닿는 감촉이 몹시도 부드러웠다. 사대부가 여인들이 흔히 속저고리에 품고 다니는 은장도보다 조금 큰 정도여서 만약의 경우를 위해 인영이 지니고 있어도 좋지 않을까 싶었다. 자신의 이름자와 뜻은 달라도 음이 같은 글씨가 새겨져 있는 건 어쩌면 운명의 배려일지 모른다.

칼자루를 씌운 가죽에다 의義를, 칼집에다 효孝를 수놓게 할 때만 해도 의효는 자신의 일생이 그러한 가치에 대한 헌신으로 빛날 것을 믿어 의심치 않았다. 개념과 실제 사이에 가로놓인 막막한 장벽 같은 걸 그땐 짐작조차 하지 못했으니까. 좌우명처럼 딱딱한 두 개의 글씨가 인영에게는 어떤 울림을 줄까? 의효는 단도를 꺼내 인영이 내민 노리개와 맞바꾸었다.

"몸에 꼭 지니고 계시기를! 아가씨의 아름다운 섬에서 함께 할 그날까지…,"

의효는 말을 다 맺지 못하였다. 인영이 울 밖으로 길게 목을 빼고서 한없이 손을 흔들었다. 함박꽃 하얀 봉오리 같던 손이 점점 작아져 한 점 눈송이로 사라질 때까지.

# 여인의 이름

\*\*\*

아름다운 시 구절

비단자락 펴 놓은 듯

맑은 노래는 구름도 머물게 했지

복숭아를 훔쳐 인간 세상에 내려 왔던가

불사약을 안고서 사람들 사이를 떠나갔나

부용꽃 휘장엔 가물거리는 불빛

비취빛 치마엔 그윽이 남은 향기

복사꽃 흐드러질 내년 봄날에

그 누가 그대 무덤을

찾아주려나[6]

## 1

나의 여정은 아직도 끝나지 않은 것인가? 이미 없는 가슴은 왜 이리도 빠

---

6 허균의 시, '애계랑(哀桂娘, 계랑의 죽음을 슬퍼하다)' 전문.

　*매창의 이름이 계생(桂生)이어서 흔히 계랑이라고도 부름.

개질 듯 아프고 진즉에 말라버린 눈물은 왜 이리도 헤프게 흘러넘치는가?

부안, 부안이기 때문이리라. 언제나 한 여인의 이름으로 시작되고 그 여인의 이름으로 채색되던 곳!

공주 목사 자리에서 내쳐진 그 해, 때마침 부안현 우반골의 정사암이 호박넝쿨처럼 내게로 굴러들어왔다. 부안의 바다는 여전히 풍요롭고 우반골 물로 빚은 술맛은 변함없이 맑고 그윽했다.

"돌아오마 약조하고 떠난 님들이 다시 오시는 걸 보지 못했습니다. 초라한 저를 친구 삼아 간간이 보내주신 편지만으로도 마음 넉넉했거늘, 이리 다시 뵙게 될 줄이야!"

어딘지 모르게 날 나무라는 듯한 매창의 어조가 그리 싫지 않았다.

"푸념인가, 앙탈인가? 그대 거문고 소릴 듣지 못하니 귓바퀴엔 먼지만 쌓이고 도무지 사는 재미가 없었다네."

"거짓부렁도 그 정도면 가히 신선의 경지인가 합니다. 그 먼지, 오늘 밤 제가 깨끗이 씻어 드리지요."

매창은 내가 지은 시와 자신이 지은 시에 곡조를 붙여 거문고를 뜯으며 노랠 불렀다. 부를 만큼 다 불렀다 싶어지자 내 누이 난설헌의 시까지 끌어다가 밤새 쉬지 않고 열띤 공연을 이어갔다. 하룻밤 내에 지난 몇 년간의 공백을 메우기라도 하려는 듯, 누르고 찍고 밀고 당기고 긁어댔다. 어느 순간 나비처럼 새처럼 날아오르고 휘돌았다. 더불어 노랠 부르고 그녀의 춤사위를 따라 덩실거리며 한 밤을 꼬박 새우고야 말았다.

땀에 젖은 그녀의 목덜미가, 하늘거리는 치맛자락이 살포시 내려앉았다. 내 눈길이 그녀의 젖가슴을 더듬었던가? 내 무딘 손가락이 그녀의 옷고름에 가 닿으려고 했던가?

"그 아이, 어디서 자라고 있는지는 아십니까?"

싸늘한 새벽바람 한 줄기가 우리 둘 사이로 지나갔다. 하르르, 촛불이 흐늘거렸다.

"온 김에 그 아일 서울 본가로 데려갈까 하는데…."

한 번도 생각해본 적 없는 말이 불쑥 튀어나왔다. 하지만 말을 뱉는 순간 그리리란 작정이 아주 없진 않았다는 변명 또한 생겨났다. 어쩌면 부안으로 내려오는 동안 맘 깊은 곳 어딘가에서 샘물처럼 솟아났다고도. 매창이 날 흘겨보았다.

"아무 희망도 없이 그저 버텨내고 견뎌내라고 주어진 목숨은 아닐 것입니다."

매창의 길지 않은 한 마디는 분명 나무람이고 힐난이었다. 아프고 또 아팠다. 조선 사회에서 서얼로 살아간다는 게 어떤 것인지를 넘치게 알고 있으면서….

어쩌면 그때였을 것이다. 자신의 비범한 재능으로도, 하늘을 감동시킬 이상으로도 박탈된 삶을 절대로 돌려받을 수 없는 한 서얼 소년의 이야기를 써야겠다고 맘먹은 것은. 가난하고 서러운 백성들에게 복된 나라의 백일몽을 떠안긴 내 소설 홍길동전이 처음 시작된 것은. 돌이켜보면 얄팍한

술수에 불과했다. 허기진 환상 이외엔 붙들 게 없는 아들의 삶에 그냥 방관
자로 머물지만은 않았다는 변명거리일 뿐이었다.

"이름이 뭔지는 알고 계십니까?"

난 차마 말하지 못했다. 아이 어미가 다녀갔다고, 이름을 지어달라기에
한 글자 써 주었다가 면박만 당했다고, 아이의 이름을 사실은 알지 못한다
고….

"워낙 아이가 야무지고 똑똑하여 다들 그냥 똘똘이라 불렀지요. 어느 날
인가 제 어미가 쪽지를 보내왔어요. 가타부타 아무 설명도 없이 허돌한許乧
韓이라는 한문 석 자가 쓰인 쪽지를. 눈치껏 알아차렸죠. 그 아이의 이름이
라는 걸. 돌처럼 굳세고 바위처럼 우뚝하길 바라는 제 어미의 마음이라는
걸."

아비인 내가 써준 한 글자를 그래도 이름자에다 넣어주려 했음인가? 문
득 콧날이 시큰해져 왔다.

"홍희어매한테 쌀말이나 보내시지요."

내 아들의 유년이 그리 서글프지만은 않으리란 보증처럼 매창이 살풋 웃
어보였다. 바보처럼 나도 따라 웃었다.

"그래도 난 향아가 부럽습니다."

매창이 지나가는 말처럼 툭 던졌다. 향아와 나의 하룻밤 인연을 부러워
하는 것인가? 향아가 낳은 내 아들을 부러워하는 것인가? 거친 파도가 가
슴 속으로 밀려들었다. 그 부러움은 어쩌자고 이제야 찾아온 것인가?

매창이 벌떡 일어섰다. 그리고는 한쪽에다 비껴놓았던 거문고를 다시 끌어다 안았다.

**봄바람에 밤새도록 비가 내리고,**
**버들이며 매화 다투어 피어나죠.**
**이 좋은 날 차마 할 수 없어요,**
**술잔을 앞에 두고 그대를 보내는 일.**[7]

마지막 한 구절이 후렴구라도 되는 듯이 매창은 하염없이 반복하고 또 반복했다. *술잔을 앞에 두고 그대를 보내는 일~~, 그대를 보내는 일~~*

오랜 만의 해후로 들뜬 밤, 그 첫 밤이 다 가기도 전에 매창이 부른 노래는 우리의 영원한 이별을 위한 송가가 되고 말았다. 그렇게 부안엘 다녀온 이후로 난 더 이상 매창을 만나지 못했다. 난 서울로, 매창은 저 세상으로. 서로가 닿을 수 없는 머나먼 길을 향해 영영 헤어지고 말았다.

어쩌면 매창에게로 한 발짝 다가선 지금, 난 그녀를 위해 어떤 노래를 준비해야 하는가?

2

의효는 두 바퀴째 산채를 돌고서도 영문을 모른 채 다시 또 산등성이로

---

7  이매창의 시 '스스로 한스러워 1' 전문
   東風一夜雨 柳與梅爭春, 對此最難堪 樽前惜別人

올라타려는 강포교를 불렀다.

"철수한다. 도적들은 이미 삼남지방 곳곳으로 흩어지고 말았다. 붙잡은 잔챙이들은 충청도 관할 포도청으로 넘긴다."

요란했던 출동에 비해 별다른 소득도 없이 본청으로 복귀하는 걸 통분해 하는 건 강포교만이 아니었다. 충청도 포도청 소속 장졸들이 몹시 낙담한 채 늙고 병든 도적 몇을 앞세우고 돌아갔다.

"아직 부관이 복귀하지 않았다. 내가 직접 지원에 나선다. 먼저 가라."

의효는 전라도를 향해 말을 달렸다. 어떻게 하리란 치밀한 계획은 없었다. 다만 확인하고 싶었다. 그들의 밤섬, 홍길동의 율도국, 허균이 만들어낸 이상향이 과연 존재하는 곳인지를.

거기로 속속 모여들 인물들의 면면에 대한 관심은 없었다. 그들의 꿈이나 이상 따위에 마음이 움직여서도 아니었다. 다만 인영이 보고 싶었다. 인영과의 약속을 지키고 싶었다. 스스로 그 약속에 대한 증거가 되고 싶었다.

의효는 멈추지 않았다. 아버지 이첨의 비웃음 소리가 귓전에 왱왱 울려왔지만 결코 속도를 줄이지 않았다.

*하늘은 결코 인仁하지 않다. 한 번 준 걸 빼앗지 않고 뒤늦게 얹어주는 법도 없지. 그러니 양반은 양반답게 천것은 천것답게, 그리 사는 것이 바로 하늘의 도를 구하는 길이다.*

수많은 질문이 의효의 머릿속을 관통해 나갔다. 그렇다면, 하늘이 결코 어질지도 자애롭지도 않다면, 무엇답다고 한들 무엇답지 않다고 한들 하늘이 무슨 상관인가? 빼앗지도 얹어주지도 않을 하늘에게서 도대체 무얼 바라 도를 구해야 하는가? 양반답다는 것은 무엇인가? 의효답다는 것은 또 무언가? 따가운 햇살이 정수리에 내리고 짭조름한 갯바람이 볼을 때리고 지나갔다.

의효는 꼬리를 물고 이어지는 질문에 대해 단 하나의 답도 구하지 못한 채로 격포항에 다다랐다. 서해안 너른 바다는 뉘엿거리는 저물녘 햇살을 받아 노랗게 물든 파도로 일렁였다. 그는 물길에 밝다는 늙은 뱃사공 하나를 구했다.

"지금 당장 출발하는 건 아닐세. 야밤삼경이 지난 후, 두어 사람을 더 여기로 데려올 것이니 단단히 준비해 놓게나."

"날 새믄 가시지 뭔 일이 그리 바쁘시대유? 달도 없는 초하룻날의 밤바다가 얼매나 위험천만인지 모르시는개벼유?"

그래도 가야한다. 저 높은 하늘이야 뭐라든 의효는 의효의 길을 가야 한다. 밤섬이 율도국의 은유라면, 의효가 알고 있는 한 그 율도국의 전범이 되었다는 위도야말로 인영이 데려다 달라던, 바다건너 머나먼 아름다운 섬이 아닐 것인가?

"요 며칠 사이 위도로 들어가는 자가 있었던가?"

"조구철도 다 끝나부렀는디 뭐하러 들어가겄시유?"

조기 철이면 수많은 어부와 장사꾼들이 모여든다는 섬, 모양새가 고슴도치를 닮아 고슴도치 위蝟자로 이름을 삼았다는 섬이다. 길잡이의 말대로 허균 잔당들이 모이기로 한 밤섬이 바로 그곳이든 아니든 의효로선 상관없었다. 돌한이 인영의 피신처로 작정해 둔 곳이 아닐지라도 미리 배편을 마련해둔 의효의 호의를 그는 무시할 수 없을 것이다.

의효는 해가 지는 서해안 바다를, 물속으로 잠겨드는 거대한 불덩어리를 눈 한 번 떼지 않고 바라보았다. 아버지와의 날들에 마침내 이별을 고하는 해넘이였다. 다시는 돌아가지 않을 것이다. 영원의 약속을 위한 단 한 번의 배신이 그토록 찬연하게 그토록 휘황하게 물에 잠기고 있었다.

뱃사공이 가리키는 바다 저 멀리 아스라한 섬들이 물결로 출렁이는 그곳에 도도록 솟아오른 섬 위도, 검붉은 저녁놀 사이로 삐죽삐죽 솟구친 나무 그림자들이 의효의 눈을 찔러왔다. 웅크린 한 마리 고슴도치가 우줄우줄 자랑처럼 세워놓은 수백, 수천의 바늘이라도 되는 양.

*기꺼이 찔리리라. 찔리고 찔려 그 속살에 가 닿으리라.*

의효는 터무니없이 부풀어 오르는 가슴을 제 두 팔로 꼭 감싸 안았다. 그리고는 해안가를 느릿느릿 걸어 내륙 쪽으로 향했다. 우반골에 있다는 선계폭포까지는 그리 멀지 않을 것이다. 부관은 어찌 됐든 약속장소에 나타날 것이다. 돌한이 인영과 함께 올지는 알 수 없다. 하지만 어떻게든 만나게 되리라. 어둠이 소리 없이 그의 어깨 위로 내렸다.


의효가 포구를 막 벗어나려는 찰나였다. 어디선가 두두두두, 지축을 흔들어대는 말발굽 소리가 울려 퍼졌다. 어스름한 들판에 자욱한 흙먼지가 회오리바람을 일으켰다. 그는 멈춰 섰다. 좌포청 소속의 군관과 포교, 그리고 포졸들이었다. 서울 좌포청 전체가 옮겨온 듯 그 수가 엄청났다.

"군관 나리!!"

강포교가 대열을 벗어나 그에게로 다가왔다. 그 뒤로 몇몇 포졸들이 따라왔다. 깜짝 놀란 의효가 물었다.

"어찌 된 일이냐?"

"부안 쪽으로 모여드는 역적 잔당들의 움직임이 포착되었답니다. 서울로 올라가는 길목에서 포도대장님을 만났지 뭡니까? 대장님은 관군 동원을 요청하러 부안 관아로 가셨고 저희는 이곳 격포항으로, 그리고 부관님은 우반골로 가셨습니다."

"부관이 보, 복귀했더란 말이냐?"

의효는 자기도 모르게 말을 더듬었다. 전혀 의외의 장소에서 부닥친 부하들도 그렇지만, 부관이 공개적으로 돌한과의 비밀 약속장소로 가는 중이라니 도저히 납득되지 않았다. 사려 깊은 부관이 행선지를 밝힐 때는 뭔가 곡절이 있으리라 싶으면서도….

"포도대장님이 서울에서 막 출발하려는데 이이첨 대감의 명령이 내려왔답니다. 부안을 봉쇄하고 특히 격포항에서 위도로 들어가는 자들을 철저히 검문 검색하라. 수상한 자가 나타나면 무조건 체포하고 여의치 않을 시 죽이라! 이렇게 말입니다."

온 몸에서 좌악 힘이 빠져나갔다. 의효를 위해 이중첩자 노릇을 하겠다던 미출이 끝내는 아버지 이이첨 대감의 수족으로 남은 것인가? 미출의 친구라던 길잡이 놈은 의효에게 추론만 남겨주고 결국은 제 친구와의 의리를 지켰더란 말인가?

"부관은 무슨 일로 우반골로 간다더냐?"

"그 역시 이이첨 대감의 명령인 줄 압니다만. 거기서 군관나릴 기다리겠다고 하시던데요."

아버지 이첨은 대체 어디까지 알고 있는 것인가? 미출일 그때 확실하게 처치해버려야 했던 것을, 의효는 온몸을 부르르 떨었다. 하지만 그보다 부관을 만나 자초지종을 듣지 않고선 이 모든 반전이 절대로 납득될 것 같지 않았다. 의효는 허청거리며 돌아섰다. 강포교와 포졸 몇이 그의 뒤를 따랐다.

"너희는 여길 지키러 온 게 아니었더냐? 왜 내 뒤를 따르는 것이냐?"

"군관나리를 그림자처럼 따라다니며 철저히 엄호하라는 포도대장님의 지시가 있었습니다."

"그러니까 대체 왜 그런?"

의효가 신경질적으로 쏘아붙였다. 하지만 부하들은 자기들끼리 눈빛을 교환하며 실실 웃어댔다.

"며칠 후면 새 신랑이 되신다고…. 축하드립니다!!"

그들의 진심어린 축하가 비수가 되어 의효의 가슴을 찔러댔다. 좌절된 배신은 이제 어디로 방향을 틀려 하는가? 의효를 끌고 가는 거스를 수 없는 거대한 힘은 어디로부터 흘러오는 것인가?

*기다릴게요, 평생이라도….*

산딸기 마냥 촉촉했던 붉은 입술을, 그 위로 벌떡거리며 뒤덮이던 심장을 이제 어쩌란 말인가? 의효는 거칠게 말을 몰아 나갔다.


3


홍희는 굴바위 외벽을 타고 오르며 뒤를 쫓는 자가 없는지 수없이 확인했다. 정통검법에 익숙한 사내는 단도 하나로는 도저히 홍희에게 대적할 수 없다 판단했음인지 추격자답지 않게 줄행랑을 놓았다. 홍희에게 뺏긴 자신의 칼에 어깨가 찔리자 완전히 전의를 상실해 버린 모양이었다.

바위 꼭대기에 납작 엎드려 있던 아지가 엄지손가락을 치켜들며 떠들어 댔다.

"그 자식이 저 아랫길로 꽁지 빠지게 내빼는 걸 두 눈으로 똑똑히 봤어요. 역시 우리 누나! 짱이야, 짱!!"

"짜식, 아첨은…! 가자!"

홍희는 아지에게서 다시 보퉁이를 넘겨받으면서 굴바위 뒤편의 옴팍한 경사지로 뛰어내렸다. 향아가 스승 스님의 입적을 계기로 홀로 독립하여 자기만의 작은 암자를 갖게 된 건 얼마 되지 않은 일이라고 했다. 분명 근처 어디일 것이었다. 홍희는 굴바위 뒤편의 널따란 암벽을 따라 산등성이를 타고 조금 더 올라갔다.

굴바위의 앞뒤를 이루는 거대한 바위 암벽이 접힌 병풍면처럼 서로 말려들어간 끝자락 틈새에 꼬막껍질처럼 붙어있는 산막이 하나 눈에 들어왔다. 암자임을 알리는 표식은 어디에도 없었다. 하지만 홍희는 거기가 바로 무향암이라는 걸 알 수 있었다. 향아 이모만의 특별한 향기가 산막 어름에서 은은히 풍겨났다. 그런데도 굳이 무향암無香庵이라니…?

홍희는 얇은 판자와 나뭇가지들로 지붕을 인 초라한 움막 앞에 섰다. 죽을 등 살 등 온갖 난관을 헤치면서도 끝내 놓치지 않고 가져온 끔찍한 선물을 두 팔로 공손하게 받쳐 들고서. 늦은 오후의 햇살이 비껴드는 지붕 위로 소슬한 바람 한줄기가 지나갔다.

"향아 이모! 스님!!"

홍희가 암자의 주인을 불렀다. 아지가 도무지 이해할 수 없다는 표정으로 두 눈을 껌뻑이며 홍희를 쳐다보았다.


흙먼지를 잔뜩 뒤집어쓴 채 고약한 냄새까지 풍기는 보퉁이를 향아가 말없이 받아 안았다. 바위처럼 고요하고 고목처럼 우두커니 선 자세 그대로. 그녀의 등 뒤론 눈을 지그시 내려감은 나무부처가 자비롭고 평안한 얼굴로 명상에 잠겨 있었다.

"내 아들인가?"

향아의 텅 빈 눈동자에서 굵은 눈물방울이 금방이라도 뚝뚝 떨어질 것만 같았다. 홍희는 아차 싶었다. 뭐라 말을 했어야 하는데, 서울에서 벌어진 최근 며칠간의 끔찍한 사태에 관해 최소한의 설명쯤은 해줬어야 하는

데…. 하지만 입술이 도저히 떨어지지 않았다.

"으음, 이모! 그게 아니고 그러니껜 그거는 돌한이 아부지, 그 허….”

이를 악물고 뻣뻣이 서 있던 향아가 그대로 풀썩 주저앉았다.

"아아, 나리마님!"

휘휘 둘러 감은 그녀의 하얀 보자기 속에서 한숨인지 하소연인지 부르짖음인지 모를 소리가 터져 나왔다. 바람결에 흘러온 이야기를 어디선가 들었을지도 모른다. 차마 보퉁이를 풀어보지는 못하고 망연스레 쓰다듬는 길고 가는 손가락…, 홍희는 고개를 돌렸다.

누나! 문밖에 서 있던 아지가 다급하게 부르는 소리가 났다. 동시에 덜커덩, 누군가가 문을 확 열어젖혔다. 누르스름한 놀빛이 향아의 서글픈 손등 위로 폭포수처럼 쏟아져 내렸다. 어쩌면 파들거리며 곤두박질치는 수천 마리의 황금빛 나비 떼 …!

"실례하겠습니다.”

도망친 줄 알았던 사내, 포도청의 부 군관이라던 자였다. 화들짝 놀란 향아가 보퉁이부터 끌어안았다. 홍희가 사내에게서 빼앗았던 칼을 잽싸게 꺼내 들었다.

"잠시, 잠시만!"

양해를 구하는 듯한 표정으로 사내가 두 손을 합장해 보였다. 무기는 들고 있지 않았다.

"허균 나리의 목을 왜 여기까지 모셔 왔는지 저는 잘 모릅니다. 그러나 그 양반이 당신 아들과 딸에게로 가야한다는 건 압니다. 나리의 자녀분들과 약속을 했습니다. 그러니 제발 그 보퉁이를 제게 넘겨주십시오."

"미친 놈! 뒤끝이 그리 칙칙해서야…. 졌으믄 깨끗이 졌다 인정하는 게 무사의 체통 아니드냐? 한 번 더 창피를 당해볼 테냐?"

홍희가 사내에게 칼끝을 겨누며 나무랐다. 하지만 사내는 홍희의 도발에 말려들지 않았다.

"스님께 말씀드린 그대로다. 목숨을 걸고 도적굴에서 허균 대감의 목을 훔쳐낼 땐 그만한 약속이 되어있기 때문이었다. 나라의 법을 거스르는 줄 알면서도 이 일을 강행하는 건 내 상관에 대한 특별한 의리 때문이다."

혼자만의 슬픔 속으로 침잠하려던 향아가 눈빛을 빛내며 물었다.

"나리께서 만나기로 약조한 이들이 대감마님의 자제분들이란 말씀이시지요? 그렇다면 여기서 이럴 게 아니라…."

하지만 향아는 말을 끝맺지 못했다. 암자 앞의 좁다란 경사지로 누군가가 거칠게 뛰어드는 소리가 났기 때문이다. 일이 잘 풀릴지 모른다는 기대로 환해지던 사내의 낯빛이 순식간에 창백해졌다.

아지가 향아의 등 뒤로 숨었다. 홍희는 사내를 향해 겨누었던 칼을 문간 쪽으로 돌렸다. 그리고선 문고리를 잡고 바깥 동정을 살폈다.

우당탕탕!

누가 먼저 문고리를 잡아당겼는지 모른다. 내부의 어둠과 바깥마당에 서린 붉노란 놀빛이 맹렬하게 뒤섞이는가 싶은 순간, 홍희와 침입자의 칼날에서 불꽃이 튀었다. 이렇다 저렇다 따져보는 말 한 마디 없이 다짜고짜 서로를 향해 찔러 들어갔다.

"형!!"

아지가 비명에 가까운 탄성을 내질렀다. 홍희도 침입자도 그 순간 얼음인 듯 그대로 굳어버리고 말았다. 말 비슷한 게 튀어나오기까지 숨 막히는 시간이 이어졌다.

"너, 너…?"

"누, 누나?!"

몇 합을 주고받다 멈춘 두 사람이 말소리란 걸 제대로 뱉어내기도 전에 무향암은 이미 정지 상태였다. 보퉁이를 안고서 안절부절 못하던 향아도, 어떻게든 허균의 목을 손에 넣으려던 부관도, 상대에게 통렬한 일격을 가하려던 홍희와 돌한 남매도, 그리고 침입자의 신상을 한 눈에 알아보았던 아지조차도 모두가 말을 잃고 움직임 또한 잃었다. 둥지로 돌아오던 산새들도 날갯짓을 멈추고 나뭇잎을 스쳐가던 바람도 숨을 죽였다. 모두들 각자의 놀라움에 겨워 어찌할 줄 몰랐다.

얼마나 지났을까? 누군가가 그들 사이의 정적을 비집고 들어섰다.

"안녕하세요?"

서산에 걸린 거대한 진홍빛 불덩어리를 한가득 등에 진 소년이었다. 양반가 도련님쯤으로 보이는 그의 어설픈 인사말이 미묘한 침묵의 균형을 깼다. 아름답고 쓸쓸한 얼굴이었다.

"허인영이라고 합니다."

소년은 소년이 아니었다. 허균의 딸, 그들로서는 감히 쳐다보지도 못할 고귀한 가문의 지체 높은 여인이었다. 부관이 깊이 머리 숙여 그녀에게 인사를 했다. 누가 시키지도 않았는데 아지도 향아도 허리를 구부려 인사를 했다. 양반 앞에선 자기도 모르게 머릴 조아리게 되고 마는, 오랜 세월 몸에 밴 양반 아닌 자들의 습관이었다.

홍희만이 뻣뻣하게 선 자세로 인영을 훑어보았다. 이미 끝장 나버린 고귀함의 잔영이 흩뿌리는 피로와 서러움을, 쫓기고 또 쫓겨야 할 미래만이 눈앞에 놓인 한 마리 사냥감의 공포와 고독을… .

"네 상관에게 전하라. 계산은 끝났다고. 더는 만날 일이 없길 바란다고. 수고했다. 가라!"

돌한이 부관을 향해 위엄 있게 말했다. 서울 올라간 지 삼 년 만에 제법 군림하는 자의 자세를 터득한 말씨였다. 홍희는 말할 수 없이 반가운 동생 돌한이 문득 낯설게 느껴졌다. 부관은 얼른 떠나지 못하고 머뭇거렸다.

"유시의 약속은 어찌 되는 거냐?"

"계산이 끝났다고 이미 말하지 않았냐? 더는 볼 일이 없을 것이다."

사내가 목례를 하고서 산길을 내려갔다. 뭔가 전할 말이 있는 듯 쭈뼛거리던 인영이 그대로 힘없이 주저앉았다.


홍희는 슬그머니 뒤로 물러섰다. 해야만 한다고 생각했던 일을 끝내 해

냈다. 그 이후는 이제 더 이상 홍희 몫이 아니었다.

돌한이 보퉁이를 안고 서 있는 향아에게 큰 절을 올렸다. 평생 처음으로 올리는 절이었다. 살아있는 어머니에게도, 죽은 아버지에게도.

인영도 절을 올렸다. 다시는 볼 수 없는 아버지에게, 그리고 어쩌면 아버지의 마지막 길을 닦아줄 스님에게.

향아는 버선발 위로 투두둑 떨어지는 눈물을 그냥 두었다. 돌한도 인영도 서로 고개를 돌린 채로 먼 하늘만 쳐다보았다. 그러나 이내 평정심을 되찾은 건 돌한이었다.

"시방은 울 때가 아닌 듯 합니다만."

그는 향아에게서 보퉁이를 빼앗아 짊어지며 약간은 퉁명스럽게 말했다. 젖먹이 때 이후로 처음 보는 어머니가 야속해서는 아닌 듯했다. 그의 기억 속에 아무런 흔적도 새겨놓지 않은 어머니가 그저 어색해서 그러는 모양이었다.

"당장 떠나야 합니다. 관군이 우릴 쫓아올 것이니."

"여기서 천도제라도 지내드리는 게 돌아가신 분에 대한 예의가 아닐지…?"

향아는 어른이 되어 나타난 아들 앞에서 한없이 쪼그라들어 말 한 마디 제대로 끝맺지 못했다.

"아무리 친절해도 관군은 관군입니다. 우리의 소재를 알고 있는 이상 곱게 보내주진 않을 것입니다."

뚜벅 걸음을 옮기는 돌한을 따라 향아와 인영이, 그리고 아지가 뒤따라 갔다. 홍희는 잠시 망설였다. 굳이 그들과 함께 갈 이유를 찾을 수 없었다. 쭉쭉 뻗은 전나무와 소나무들로 우거진 깊은 산길로 그들의 옷자락이 하나 둘 스며들어갔다. 곧장 날아오르려는 학처럼 날개를 펼친 채 가파르게 치솟은 봉우리들이 순식간에 제 날개 속으로 그들을 감추었다.

 홍희는 돌아섰다. 굳이 작별인사를 할 필요는 없을 것이다. 이런저런 변명을 구구히 늘어놓을 필요도 없을 것이다. 그녀는 산길을 내려갔다. 너무 오래 집을 비워두었다.

# 불의 향기

\*\*\*

　천하에 두려워해야 할 자는 오직 백성뿐이다. 백성은 물이나 불, 호랑이나 표범보다 더 두렵다. 그런데도 윗자리에 앉은 자들은 백성을 업신여기며 제멋대로 모질게 부려먹는다. 도대체 어째서 그러한가?

(중략)

　호민豪民이야말로 크게 두려운 존재이다.

　호민은 나라의 잘못을 엿보다가 일이 이뤄질만한 때를 노려 팔뚝을 걷어붙이고 밭이랑 위에서 한 소리 크게 외친다. 그러면 수많은 원민怨民들이 소리만 듣고 모여드는데 함께 의논하지 않았어도 그들과 같은 소리로 외친다. 항상 그 자리에 순종하며 살던 항민恒民들도 또한 살 길을 찾아 호미자루와 곡괭이 등을 들고 따라와서 무도한 놈들을 죽인다.

(중략)

　하늘이 사목司牧을 세운 까닭은 백성을 도우려고 한 때문이지, 한 사람이 위에 앉아서 방자하게 눈을 부릅뜨고 골짜기 같은 욕심이나 채우라고 한 것은 아니었다.[8]

---

8　허균의 논 '豪民論(호민론)' 일부

# 1

나는, 아니 잘린 내 머리통은 하염없이 어딘가로 가고 또 간다. 나는 이제 더 이상 나라고 부를 수 없는 끔찍한 덩어릴 굳이 왜 따라다니고 있나? 살아생전의 버릇이 혼에 새겨진 탓인가?

형제처럼 가까웠던 사명당 유정선사는 내게 충고했더랬다. 남의 잘잘못을 말하지 말라고. 이로움은커녕 재앙을 불러온다고. 병마개를 막아두듯 입을 막아 지키는 게 몸을 편안케 하는 최고의 비법이라고. 그러나 타고난 성정을 어찌 거스를 수 있을까? 감춘 걸 들춰내고, 숨긴 걸 찾아내고, 묶인 걸 풀어헤칠 때 온몸에 짜릿짜릿 흐르는 전율을 어찌 몰라라할 수 있을까?

난 어쩌면 외치는 자, 팔뚝을 거둬 붙이고 한 소리 크게 외치는 자로 태어났는지도 모른다. 해서 말을 참을 수 없는 자로 살아야 했는지도, 황망하게 빼앗긴 내 소리를 대신 외쳐 줄 누군가를 기대하며 이렇게 배회하는지도…!

인영이다.

눈물 그렁거리는 인영의 눈동자가 시커멓게 썩어가는 내 머리통을 어루만진다. 희고 고운 손가락으로 산발한 내 머리칼을 감기고 단정하고 가지런하게 상투를 틀어준다.

"아버지! 저도 조선의 백성입니까?"

소훈 간택 최종 심사 날 아침, 응원 차 들른 내게 한창 단장 중이던 네가 물었지.

"그렇다마다."

별로 고민하지 않은 내 즉답에 정색을 하고서 네가 다시 물었다.

"그렇다면 어찌 저를 두려워하지 않으십니까?

뒤통수를 한 대 얻어맞은 듯 골이 얼얼했다. 언젠가부터 너의 질문에는 그 질문의 뒤와 또 그 뒤를 생각하게 만드는 묘한 껄끄러움이 서렸다. 토론이라면 조선 천지에 나를 이길 자가 없고, 변설로는 내게 넘어가지 않을 자가 없음에도 네 질문 앞에서만은 쩔쩔매게 되었다.

어쩌면 그날부터였을 게다. 네가 세자궁으로 들어가고 싶지 않다고 분명한 의사를 밝혔음에도 내가 어물쩍 넘어간 그날부터. 내 혁명이 그런 것이냐고 따져 묻는 말에 아무런 대답도 주지 않은 채 왕실과의 혼담을 일사천리로 밀어붙인 그 무렵부터.

네 까만 눈동자가 한 발 더 나아갈 것인지 말 것인지 머뭇거리는 걸 난 보았다. 거기서 멈췄더라면 좋았을 것을….

"마음에 둔 사내가 있습니다."

시중꾼들을 물리고 난 후 조심스럽게 털어놓은 네 고백은 그야말로 청천벽력이었다. 세자의 후궁으로 내정된 아가씨의 입에서 절대로 나와서는 안 될 말이었다. 만약 누군가가 듣고 발설이라도 한다면 너는 물론 집안 전체가, 그동안 공들여온 이첨과의 끈끈한 밀월이, 그리고 왕과의 비밀스런 연합조차도 결딴날 판이었다. 그것은 바로 죽음이었다.

"어리석은 것. 넌 아무 말도 하지 않았고 애비는 아무 얘기도 듣지 않았다."

난 황황히 별채를 나섰다. 물어볼 말이, 듣고 싶은 말이 추수철의 나락더미처럼 쌓이는데도 난 그것들을 단호히 털어냈다. 안개에 휘감긴 너의 작은 정원에선 별 바라기로 밤새 꽃잎을 펼치고 있던 분꽃들이 소리 없이 하나 둘 잎을 닫더구나. 중문 앞에는 널 태울 가마가 엎드려 있고.

그때 이첨의 아들 의효가 대문간으로 들어섰다. 너의 입궁 행렬을 수행하겠다 자청해온, 제 아비와는 달리 나로 하여금 무장을 해제케 하는 기묘한 매력을 지닌 청년이. 한번쯤 녀석과 밤을 새워 술을 마셔보리라, 그 순간 생뚱맞은 생각이 떠오른 건 왜였을까?

너의 따스한 손이 내 눈꺼풀을 쓸어 덮는구나.

이젠 두 번 다시 뜨지 못할 허균의 눈, 널 위해 절대로 울어주지 못할 비겁한 아비의 눈!


향아다.

내 문드러진 입술을 어루만지는 가늘고 긴 손가락, 넌 시커멓게 눌러 붙은 핏자국을 지워내고 너덜거리는 살점들을 닦아준다.

"나리마님, 아이의 이름을 지어주십시오."

잿빛 승복에는 그리 어울리지 않는 희디 흰 보자기를 가면처럼 너울처럼 뒤집어쓴 네가 날 찾아왔었지.

오래도록 잊고 있었다. 사내아이 하나가 태어났다고, 아이가 젖을 떼기도 전에 그 어미가 행방을 감추었다고, 아일 보러 내려오시길 바란다고 보내온 매창의 편지를.

꿈에도 생각지 못했다. 행방을 감추었다는 아이 어미가 비구니가 되어 나타날 줄은. 밑도 끝도 없이 아이의 이름을 지어 달라 대뜸 청해 올 줄은.

함께 있던 친구들이 일제히 날 노려보았다. 가난으로부터의 피신처를 제공하겠다는 내 초청에 응해 가족과 함께 몇 달 째 공주 관청의 내아에 머물고 있던 친구들은 사대부가의 서얼들이었다. 높은 학식과 정연한 문장과 뛰어난 기개가 아무 쓸모도 없이 낭비되도록 방치하는 이상한 나라, 이상한 시대의 소외자들….

난 서둘러 먹을 갈고 글씨를 썼다. 내 뒤통수를 향해 한 여름 햇발처럼 쏟아지는 그들의 따가운 눈길을 의식하며.

"한韓! 큰 나라 한이라니요? 이렇게나 무거운 뜻을 그 아이에게 지우시겠다는 것입니까? 싫습니다."

너는 기껏 지어준 아이 이름을 마다하고 한 순간에 후루루 사라져버렸다. 한 줄기 기이한 향내만 남겨 놓고서. 오랜 세월이 흘렀음에도 잊히지 않는 너의 향기, 우아한 듯 메마르고 세련된 듯 고단한….

너의 향기로운 손이 내 추한 몰골을 씻고, 칭얼대는 아일 어르듯 경을 읊는구나.

이젠 더 이상 시 한 구절 읊지 못할 허균의 입, 널 위한 노래 한 구절 불러 줄 줄 몰랐던 냉담한 지아비의 입술!


2

저 멀리 하늘 높이 치솟은 기암괴석이 의효의 눈길을 사로잡았다. 선계

폭포인 모양이었다. 장쾌하게 쏟아져 내려야 할 폭포소리는 들리지 않았
다. 승천하는 한 마리 용인 듯, 깎아지른 벼랑 사이로 난 길고 검은 자국만
이 선명했다. 큰비가 내릴 때만 일시적으로 생겨난다는 폭포의 흔적일 것
이다.

계곡물 흐르는 소리가 들려왔다. 아직 푸르스름한 빛이 남은 초저녁 하
늘을 산새들이 가로질러 갔다. 부관이 달려 나왔다.

"이쪽 지리에 밝은 관군을 기다리고 있는 중입니다. 골짜기 전체를 수색
하라는 명령이 떨어져서요."

"밤중에 관군까지 동원하여 이 깊은 산속을 뒤진다, 이유는?"

"허균 잔당들이 이쪽으로 모여들고 있답니다."

"정확한 정보인가?"

"저희는 하달 받은 명령에 따를 뿐 정보의 출처나 진위에 대해선 알지 못
합니다."

지극히 모범답안 같은 대답에만 충실한 부관을 의효는 이윽히 바라보았
다. 여기저기 긁힌 상처로 얼룩진 얼굴과 무명천으로 둘둘 감싸 안은 왼 쪽
어깨가, 그리고 구멍 나고 찢어진 도포자락이 할 말을 잔뜩 품은 채 의효의
시선을 맞받아냈다. 의효는 부하들에게 경계태세를 지시했다. 관군이 도
착하는 즉시 치고 올라갈 수 있게끔.

둘만의 영역이 어느 정도 확보되자 의효는 부관에게 속삭이듯 나직하게
물었다.

"어찌 된 일이냐?"

"그들은 오지 않을 것입니다. 이미 원하는 걸 얻었습니다."

"그게 무슨 소리냐?"

"죄송합니다. 그자가 계산은 끝났다고, 더는 만날 일이 없길 바란다고 군 관나리께 전해 달라 했습니다만."

부관에게서 자초지종을 들은 의효는 그야말로 할 말을 잊었다. 돌한과의 약속이 단지 끝내야 할 계산이었던가? 오로지 그 만남을 향해 모든 걸 던질 각오로 달려왔건만….

머리가 하얗게 비고 뭔가 없힌 듯 가슴이 답답해져 왔다. 섭섭함인가, 허탈함인가? 억울함인가, 분노인가? 의효는 소용돌이치는 감정의 회오리 속으로 까무룩 빠져들었다.

그때 격포항 쪽으로부터 전령이 왔다. 위도로 들어가는 배를 통제할 인원 몇 명만 남겨두고 모두 우반골로 합류한다는 포도대장의 전언을 가지고. 어떤 첩보가 있었기에 위도를 버리고 우반골에다 전력을 집중하기로 한 것일까?

"그들이 어디로 갈 것인지 혹시 짚이는 데라도 있느냐?"

"글쎄요. 단지 그자의 고향이라서 이곳 부안까지 내려온 것인지, 아니면 그들 사이의 특별한 어떤 약속 장소가 가까이에 있는 것인지는 잘 모르겠습니다만."

"밤섬을 말하는 게냐?"

부관이 다소 놀란 빛으로 의효를 쳐다보았다.

"알고 계셨습니까?"

"거기가 어디냐?"

"모릅니다. 저희 같은 아랫것들이야 윗분의 판단에 따를 뿐이지요."

부관이 말하는 윗분이 누구인지 의효는 안다. 흩어진 역적 잔당들이 밤섬에서 다시 모인다는 정보를 입수하자마자 아버지 이첨은 나름의 분석 끝에 위도와 정사암 양쪽으로 감시의 그물을 쳤을 것이다.

처음엔 위도가 더 신빙성 있는 지역으로 지목되었을 게 분명하다. 하지만 배를 타고 반나절 이상 가야 하는 위도는 물길을 막고 감시하는 것만으로도 얼마든지 통제 가능한 장소였다. 그런 위험부담을 안고 배를 띄울 어리석은 도망자는 없을 것이다. 이첨이 우반골 정사암을 최종 후보지로 결정한 건 바로 그런 고려에서 나왔으리라.

원래 정사암은 작은 암자가 있던 자리에다 변산 출신으로 부사 벼슬까지 지낸 김청택이 만년을 보내려고 지은 별장이었다. 첩첩산중에 자리하고 있음에도 저 멀리 서해안이 한 눈에 들어오는 툭 트인 전망으로 하여 귀향을 꿈꾸는 선비들에겐 선망의 장소였다. 그러나 서울로부터 너무 멀리 떨어져있는 까닭에 그가 죽은 후론 돌보는 이 없이 황폐해지고 말았다. 관리에 버거움을 느끼던 그의 아들이 부안의 풍광에 홀딱 반한 허균에게 선뜻 내준 건 칠팔 년 전이었다.

유배에서 풀려난 허균은 서얼 친구들과 함께 내려와 낡은 집을 수리하고 마당에다 제법 규모 있는 텃밭까지 일구었다. 외롭고 배고픈 친구들을 왁자한 술잔치와 흥겨운 가무와 유려한 시의 향연으로 초대하고픈 선의였을 것이다. 자신의 정치적 이상을 그들과 함께 키워나가겠다는 허세가 그 밑바탕에 얼마쯤 깔려 있었을지 의효로선 짐작할 수 없는 일이나.

말도 많고 탈도 많은 허균의 소설 홍길동전이 거기서 탄생되었고, 그곳에서 자주 어울렸던 허균의 서얼 친구들 일곱 명이 훗날 역모사건에 연루되어 처형된 걸 보면, 장소에도 스스로 지고가야 할 특별한 운명 같은 게 따로 있는 것인지…?

저 아래서 횃불들이 하나 둘 올라오는 게 보였다. 부안의 관군들인 모양이었다.

의효는 자신의 약속을 믿고 배를 준비해놓은 채 기다릴 뱃사공을 문득 떠올렸다. 뱃사공은 오늘 밤 노를 저을 일도, 돈주머닐 꿰 찰 일도 없을 것이다. 의효는 자기도 모르게 긴 한숨을 내쉬었다. 인영에게 어떤 일이 있어도 믿고 기다려 달라 했던 의효의 약속은 언제까지 유효할 것인가?

"아가씨는 어떻더냐?"

의효는 인영의 안부를 묻고야 말았다.

"그리 험한 꼴을 당하신 분답지 않게 여전히 아름다우셨습니다."

부관의 표현은 지나치게 정형적이었다. 배려와 위로로 가장한 채 정작은 아무 사실도 알려주지 않는 관용구….

의효는 소맷자락 안쪽에 넣어둔 인영의 노리개를 만지작거려 보았다. 길쭉한 버들잎을 반으로 나누듯 한가운데를 길게 가로지르는 잎맥이, 그 중심에서 퍼져나간 보다 가늘고 여린 잎맥들이 감촉되었다. 잎자루는 도톰하고 잎새의 끝자락은 살짝 휘어, 이파리 하나하나마다 제 나름의 부피감으로 충만하였다. 차갑고 딱딱한 돌덩이를 쪼개 이토록 섬세한 생명력을 불어넣은 자는 누구인가?

시끌벅적한 인기척이 일렁이는 횃불들과 함께 가까이로 다가왔다. 부안과 인근 김제, 정읍 등지에서 별안간 소집된 군사들일 거였다. 그들은 밤마실이라도 나온 양 조금쯤 들떠 보였다. 이미 대단한 성과라도 올린 사람처럼 만면에 웃음꽃이 활짝 핀 포도대장이 의기양양하게 말을 몰아왔다.

"자네 공이 크네. 역적 잔당 놈들을 일망타진한 다음 한 잔 쭉! 흐흠, 이쪽 기생들이 그리 죽여준다지 않은가?"

평소의 그다운 너스레였지만 의효는 그저 웃어넘길 수가 없었다. 산을 타넘어 올라가서, 선계폭포 꼭대기까지 밀고 올라서서 만나게 될 것은 무엇인가? 돌한과 인영이 나타나지 않으리란 부관의 단정을 믿어도 되는가?

서울 좌포청의 포졸들과 지역 관군들이 각각 담당구역을 나누어 위치를 잡았다. 산세에 밝은 부안의 군사들이 선두에 섰다. 포도대장의 명령이 쩌렁쩌렁 밤 숲을 뒤흔들었다. 살벌하기 이를 데 없는 구호였다.

"역적 놈들을 때려잡으러 간다! 움직이는 게 뭐든 무조건 쳐 죽여라!!"

수많은 횃불들이 우렁차게 화답했다.

*때려잡자! 죽이자!!*

까닭도 사유思惟도 없는 외침들 사이를 뛰어넘을 수 있을까? 뛰어넘은들 착지 가능한 언덕은 있을까? 의효는 어둠과 함께 짙어지는 참담을 무방비 상태로 그저 두었다.

문득 부끄러웠다. 남겨둘 무엇이 있어 머뭇거렸던가? 직접 나서는 대신 왜 부관을 앞세웠던가? 히물거리며 웃는 아버지 이이첨의 얼굴이 떠올랐다. *너는 오갈 데 없는 내 아들, 패기와 야망이 남다르지.*

"가자!!"

포도대장이 근엄하게 외쳤다. 좌포청 포졸들과 동원된 전라도 병사들이 와아아 함성을 질렀다. 산자락을 한 바퀴 둘러친 거대한 불의 띠가 등성이를 타넘기 시작했다.


3

그리 길지 않았던 지난 며칠이 마치 지옥에서의 귀환 여정인 것만 같았다. 숲과 계곡이 뿜어내는 싱그러움에서 홍희는 자유의 향기를 빨아들였다. 내려가는 길은 가뿐했다.

그들은 아마도 짙푸르게 우거진 대나무 숲을 통과해 갈 것이다. 하늘 선녀들이 지상구경을 하러 내려올 때만 사다리처럼 놓였다가 감쪽같이 사라지고 만다는, 선계폭포의 물줄기가 까마득한 지상으로 낙하를 시작하는 바로 그 언덕을 지나서. 그렇게 그들은 신선들만이 산다는 선계仙界, 신비로운 하늘나라로 들어가게 될 것이다.

숲길 초입에 있는 샘물로 목을 축이고, 그게 바로 신선 선녀들의 생명수라는 감흥도 없이 터덜터덜 길을 재촉하겠지. 우람스런 폭포로 콸콸 쏟아져 내리기까지, 그 순간의 통쾌한 낙하를 위해 묵묵히 기다리는 물들을 담고 있는 소沼 위로 여러 개의 사람 그림자가 지나갈 테지. 유리처럼 말간 수면이 튕겨내는 어둠 속으로 투명하게 일렁이며….

홍희는 스스로 결별하고 내려오는 길임에도 그들의 자취에 신경을 쓰는 자신이 우스꽝스러웠다. 그럼에도 생각은 자꾸만 정사암을 향해 날아갔다. 돌한은 분명 거기를 통과해 갈 것이다. 제 아비의 시신 한 조각을 모신 아들로선 아버지 살아생전의 추억이 깃든 장소를, 그것도 아버지의 삶에서 중대한 획을 그은 창작물이 탄생된 장소를 모른 척 지나쳐 갈 수 없을 것이다.

산길을 반나마 내려왔을 즈음, 홍희는 흔들림이랄까 술렁거림이랄까 미묘한 전율에 멈춰 섰다. 밤 숲답지 않게 회번덕이고 소란스러웠다. 뭔가가 움직이고 누군가가 다가왔다. 홍희는 커다란 나무등치를 타고 올라갔다. 산자락 저 아래서 수많은 불빛들이 일렁였다. 점점이 이어져 산을 에워쌀듯 불의 고리를 이룬 수많은 횃불들, 관군이었다.

홍희는 훌쩍 뛰어내렸다. 그리고는 뛰기 시작했다. 오던 길을 되짚어 숨한 번 쉬지 않고. 생각이나 판단이 끼어들 틈은 없었다. 어둠은 그리 방해되지 않았다. 홍희에겐 낯익은 숲, 익숙한 계곡이었다. 우회로는 질러가고 바위 언덕은 타넘었다. 돌부리에 채이든 가시덤불에 찔리든 아랑곳하지 않고 정신없이 내달았다.

쏴아쏴아 어디선가 파도소리가 났다. 갑자기 깊은 산이 열리고 너른 마당을 지닌 초막 한 채가 모습을 드러냈다. 그 앞에 우줄우줄 모여선 검은 그림자들….

홍희는 가속도가 붙은 달리기에 급제동을 걸었다. 언제 저리도 많은 사람들이 모여들었을까? 홍희는 놀란 입을 다물지 못한 채 멍하니 그들을 바라보았다.

"대장이 자빠진 자리에서 우리가 일어서고, 우리가 자빠지믄 거그서 또 다른 우리가 일어설 거래이. 대장 깃발은 바로 여그, 우리 안에 있고, 새로운 조선 또한 우리 안에 있으니께네. 우린 절대로 끝나지 않을 거래이!"

좌중 앞에 우뚝 서서 장중한 연설을 막 마친 자의 얼굴이 낯설지 않았다. 수십 개의 결연한 눈빛을 당당하게 받아내고 있는 자, 계룡산 도적굴의 두목이었다. 그들의 숙연 가운데로 차마 뛰어들지 못해 홍희는 머뭇거렸다.

두목의 연설이 끝나자 돌한이 나섰다.

후! 홍희는 자기도 모르게 한숨을 내쉬었다. 돌한이 그들과 한통속일 거라곤 단 한 번도 생각해 보지 못했다. 다만 허균의 수급이 흩뿌리는 악취의 나침반을 따라 왔을 거라고만 생각했다.

마당 가운데 쌓아 올린 나뭇단 위로 그럴싸한 나무 상자 하나가 우뚝 올라앉은 게 보였다. 허균의 수급이 담긴 상자일 것임에 분명했다. 그 앞에 서 있던 돌한이 속저고리에서 뭔가를 꺼냈다.

죽은 자 앞에다 제물처럼 진설하는 산 자의 약속, 혹은 각오!!

그 허망하고도 의미 없는 의식을 돌한이 행하려고 한다. 홍희는 고개를 돌렸다. 왠지 창피하고 왠지 껄끄러웠다. 하지만 소리는 홍희의 귀를 피해 가지 않았다.

*하나, 조선의 노비제도를 폐한다.*

*하나, 노비 대신 임금 노동자를 쓴다.*

*하나, 3정승 6판서를 비롯한 모든 벼슬자리에 양인이든 천인이든 가리지 않고 골고루 등용한다.*[9]

*하나, 또 하나 …………*

홍희는 고개를 다시 돌려 돌한을 바라보았다. 구호도 약속도 눈물도 비참도 없는 그저 선언, 선언이었다. 이상하게도 가슴이 두근거렸다. 누구나 그리지만 누구도 말하지 않는 꿈, 누구나 바라지만 누구도 기대하지 않는 세상, 그런데 돌한이 그걸 말하고 그게 가능한 세상이라고 선포하고 있다!

읽기를 마친 돌한이 나뭇단에다 불을 댕겼다. 화르르르, 어둔 하늘을 향해 순식간에 치솟은 사나운 불길이 상자를 휘감았다. 무향스님 향아의 독경소리가 울려 퍼졌다.

*수리수리 마하수리 수수리 사바하…, 깨끗해지이다. 깨끗해지이다. 진실로 깨끗해지이다……*

---

9  명화적의 난(인조7년, 1629) 당시 화적들이 내세운 개혁안 15개조 중 일부 차용. 황해도 출신 유민으로 구성된 이들은 특권을 배격하고 평등을 지향하는, 당시로서는 급진적인 사회개혁안을 내세움.

파르라니 드러난 스님의 뒷머리가 애잔했다. 목숨처럼 휘감겨 있던 하얀 보자기를 정녕 어디에다 떨구었는지…? 시퍼런 불혀가 상자를 홀라당 벗겨내고 허균의 턱과 제대로 다물리지 않은 입술을 삼켰다.

흐으, 흐으으!!

숨죽여 흐느끼는 인영의 울음소리 뒤로 한숨과 통곡의 강물이 흘렀다. 샛노란 불꽃이 허균의 눈동자를 녹이고 해골을 쪼갰다.

홍희는 맹렬히 타오르는 불길의 장엄에 경도되어 관군이 밀려오고 있다는 긴급하고도 위중한 전언을 잊었다. 왜 그토록이나 미친 듯이 달려왔던가에 대한 생각마저 놓아버렸다.

"누나아!"

아지가 구르다시피 뛰어왔다. 홍희는 자기도 모르게 두 팔을 벌려 아지를 껴안았다.

"의리라고는 병아리 눈물만큼도 없는 못된 누나 같으니!"

아지의 팔딱거리는 심장소리가 홍희를 일깨웠다. 홍희가 다급하게 외쳤다.

"저 아래 관군들이 몰려오는디! 도망쳐야 해요."

숙연했던 분위기가 일순 흐트러졌다. 좌중의 술렁임을 다독이며 두목이 외쳤다.

"잊지 말래이! 우리 하나하나가 밤섬이다. 죽어도 살아래이!"

죽어도 살아야 한다는 모순적인 명령을 안고서 발자국들이 후두두 흩어졌다.

"누나! 아가씨와 어머닐 부탁해. 곧 뒤따라갈 테니!!"

홍희를 바라보는 돌한의 눈빛이 간절했다. 와와! 저 아래서 관군들의 함성소리가 올라왔다. 산 아래는 울긋불긋한 꽃들로 가득 찬 거대한 꽃밭 같았다.

"뒷수습은 내 몫입니다. 오라버니! 가세요. 가서 못 다한 일을 하세요."

인영의 목소리는 단호했다. 그녀는 품속에서 단도를 꺼내 쥐었다. 아무도 자신을 말릴 수 없다는 결연한 의지가 넘쳐흘렀다.

"안 됩니다. 난 대감마님께 약속을 했어요. 어떤 일이 있어도 아가씰 지켜드리겠다고."

돌한이 인영에게 다가들며 말했다. 인영이 칼집에서 칼을 뽑았다. 그리고는 자기 목덜미에다 칼끝을 들이댔다. 여차하면 그어버리기라도 할 기세였다.

"제발! 기회를 주세요. 이 모든 참극의 불씨였던 아버지를 속죄하게 해주세요. 내 약혼자가 저들 중에 있을 거예요. 설마 내 목을 베기야 할까요? 그러니 여러분은 여러분의 길로, 나는 나의 길로!!"

산자락을 에워 싼 불의 띠가 점점 더 가까이 조여 왔다. 홍희는 이런 어리석은 실랑이가 지금 왜 필요한지, 허균의 수급을 사르는 불길로 자신들의 위치를 노출시킨 것도 모자라 얼마 남지 않은 피신 시간마저 까먹으려하는지 이해할 수 없었다. 죽은 자를 태우고 남은 티끌들을 모아 기념비라도 세우겠다는 것인가?

미처 타지 못한 살점들이 사위지 않은 불길 속에서 지글거렸다. 벌겋게 단 뼛조각들이 잔 돌멩이가 되어 튀었다. 홍희가 순간 몸을 날려 인영의 팔꿈치를 걸어챘다. 인영의 손에 쥐어져 있던 단도가 인영 자신의 목 줄기에다 가는 빗살무늬를 그리며 땅바닥으로 내리꽂혔다.

헛!

휘청거리는 인영의 허리를 돌한이 받쳐 안았다. 순간 판단력을 잃은 멍한 눈길들이 홍희에게로 쏟아졌다.

"가요! 언능!!"

홍희가 그들을 밀어내며 소리쳤다. 그리고는 아직 타고 있는 장작개비 하나를 집어 정사암 지붕 위로 휙 던졌다. 하나의 확실한 초점으로 관군의 시선을 집중시킬 요량이었다. 그렇게 되면 북쪽 능선을 타고 도망 길에 나선 다른 이들을 엄호해주는 동시에 자신들의 퇴로도 그만큼 수월하게 확보할 수 있을 것이다. 타닥타닥, 불길이 초가지붕으로 금방 옮겨 붙었다.

홍희는 거대한 바위 암벽으로 가로막힌 북쪽으로는 불길이 쉽사리 번지지 않을 거라 판단했다. 게다가 불길은 산 아래 방향으로 번져 나갈 확률이 높다. 이미 식어버린 산 정상에서 아직 열기가 남은 골짜기 쪽으로 산바람이 불기 시작했으니. 관군이 올라오고 있는 바로 그 동남쪽 방향을 타고 불길은 내려갈 것이다.

돌한이 인영을 안다시피 하고서 바위 언덕을 타넘었다. 인영이 어떻게든 몸을 빼내려 애를 쓰며 한사코 뒤돌아보았다.

*저 칼을, 제발 저 칼을…!*

하지만 아무도 신경 쓰지 않았다. 횃불의 고리로부터 한 발짝이라도 더 멀어져야 한다는 당위가 그들을 내몰았다. 앞장 선 두목의 뒤를 따라 그저 내달렸다. 정사암은 더 높이 더 환하게 불타올랐다. 인영은 뒤돌아보기를 멈추었다. 그리고는 빈 칼집을 속저고리 안쪽에다 깊숙이 집어넣었다.

벌겋게 타오르는 불길 한 가운데 홀로 남겨진 글씨 하나, 義의!

땅바닥에 비스듬히 내리꽂힌 단도가, 반짝거리는 금빛 글씨가 불길 속에서 파르르 떨었다.

<br>

4

향아가 하얀 보자기를 풀어낸다. 평생을 친친 휘감고 다녔던, 그녀의 일부가 되어버린 보자기를….

화상자국으로 이지러진 한쪽 볼이, 평생을 가리고 감추었던 골지고 문드러진 상처가 드러난다.

아릿한 치자꽃 내음이 썩어가는 내 목덜미를 휘어 감는다. 마른 흙바람에 실린 달콤한 장미향이 내 꺼진 볼을 뒤덮고 문드러진 입술과 주저앉은 콧날에 휘감긴다. 너의 입김이 속살거린다.

*잘 가요. 나의 시, 나의 노래, 나의 사랑!*

살을 태우고 뼈를 녹이는 뜨거운 불길 속으로 네 향기는 더욱 황홀하게 스며든다.

# 작가 후기

　조선의 시인 허난설헌을 다룬 전작 〈하늘 꽃 한 송이, 너는〉을 출간하고 2년 만이다.

　애초의 계획보단 훨씬 더 긴 시간이 흘러버렸다. 허균과 허초희, 특별한 두 남매의 삶과 문학을 소설로 재구성해 시리즈로 엮으리라 작정했던 그 당시, 후속작이 될 이 소설의 초고본은 거의 완성 단계였음에도….

　내심 떠나보내기 싫었는지도 모른다. 그에게 푹 빠져버렸기 때문이다.

　벼슬자리에서든 연애에서든 자신의 인간적 욕망을 감추지 않았고, 학문적·문학적 성취에 대한 자부심을 공공연히 드러냈으며, 좋고 싫음을 명확히 함으로써 수많은 적을 만들어 낸 사내, 허균. 아마는 그의 천재성과 충분히 해명되지 않은 죽음이 날 사로잡았을 것이다.

　역적으로 몰려 처형됨으로써 역사의 뒤안길로 사라진 그는, 조선 왕조가 막을 내릴 때까지 신원을 회복하지 못해 그 누구로부터도 호명되지 못했다. 수많은 그의 뛰어난 저작들 역시 방치되고 잊혀졌다. 하지만 그가 지은 소설 홍길동전만은 저잣거리에 남아, 자기 시대와 불화했던 그에의 기억을 은밀하게 전해주었다. 주류 기득권층의 외면에도 불구하고 400년 넘는 세월 동안 끈질기게 살아남아, 허균이라는 금지된 이름을 끊임없이 상기시키면서….

혁명가로 죽었으나 소설가로 살아남은 허균!

그가 남긴 홍길동전은 우리 문학의 중요한 자산이자 당대 한글 문학의 뛰어난 성취였다. 연구자들을 자극하는 몇몇 논쟁거리가 제기되었지만, 그렇다고 그에게 바치는 헌사를 아낄 필요는 없을 것이다. 그리고 그 방식은 소설적일 때 더욱 의미 있지 않을까 생각했다.

그러니까 이 소설 〈허균, 불의 향기〉은 조선의 소설가 허균에 대한 나의 헌사다.

최후 진술마저 끝내 거부당한 그가 마지막으로 하고 싶었던 말이 무엇이었을까에 대한 나름의 탐구이자, 몇 줄로 압축된 역사적 사료 이면에 가려진 허균의 진실을 내 방식으로 찾아가는 과정이기도 하다.

실패한 혁명이었으나 성공의 기대에 부푼 순간이 분명 있었을 테고, 그의 죽음을 슬퍼하며 통곡하는 이들의 눈물이 조선 천지를 적셨을 테고, 일어난 적 없고 행해지지 않았으며 기록되지 않은 이야기들 또한 적잖이 유포되었을 것이다.

이 소설은 바로 그 '~했을 것이다'를 포착하여 직조한 상상력의 산물이다.

허균과 함께 한 지난 몇 년은 참으로 충만했다. 넓어지고 깊어지고 풍성해졌다.

'사람들이 내 시를 보면 "이것은 허균의 시다."라고 말해주면 좋겠다.'던 허균의 당당한 바람까지도 나의 것이 되었다. 이젠 그 충만감을 다른 이들과 나눌 때가 된 듯하다. 혼자만 누리기엔 그가 너무 크다.

코비드19라는 감염병의 대유행으로 일상이 마비되고 삶의 터전이 잠식되어 버린 시절, 고독과 사유에로 우리를 초대하는 비대면의 시간, 이 소설이 독자님들께 작은 위로나마 전해주길, 내 소심한 사랑을 배달해 주길 소망해 본다.

가을바람 소슬한 저녁, 이진

# 허균, 불의 향기

초판 1쇄 인쇄일 | 2020년 09월 25일
    2쇄 인쇄일 | 2020년 10월 29일
초판 1쇄 발행일 | 2020년 10월 06일
    2쇄 발행일 | 2020년 11월 05일


지은이 | 이진
펴낸이 | 정구형
편집/디자인 | 우정민 우민지
마케팅 | 정찬용 김보선
영업관리 | 정진이 한선희
책임편집 | 김보선
인쇄처 | 신도인쇄
펴낸곳 | 국학자료원 새미(주)
    등록일 2005 03 15 제251002005000008호
    경기도 고양시 일산동구 중앙로 1261번길 79 하이베라스 405호
    Tel 02 442 4623 Fax 02 6499 3082
    www.kookhak.co.kr
    kookhak2001@hanmail.net

ISBN | 979-11-90988-77-3 *03810
가격 | 13,500원